門田泰明時代劇場の世界

燦然と輝く娯楽剣戟文学の頂き！

拵屋銀次郎半畳記

俠《きょう》客《かく》　一〜五

「拵屋銀次郎半畳記」大河シリーズ　第1期

幼君を暗殺し大坂に新幕府創設を画策する前《さきの》老中首座。幕府、大奥に激震疾《はし》るなか、銀次郎にくだった暗殺指令とは

拵屋《こしらえや》銀次郎半畳記

汝《きみ》 想《おも》いて斬《ざん》 一～三

「拵屋銀次郎半畳記」大河シリーズ第２期

銀次郎に迫る妖美の月光院。将軍家兵法指南役・柳生俊方にも凶賊の刃が……。
炎柱《ひばしら》趨《はし》り地鳴り轟《とどろ》く銀次郎剣が乱舞！

拵屋《こしらえや》銀次郎半畳記

汝《きみ》 戟《げき》とせば 一 二

「拵屋銀次郎半畳記」大河シリーズ第３期
猛毒の矢を肩に浴び、生死の境をさまよう銀次郎。
黒鍬の女頭領・黒兵の手厚い看護を受け遂に目覚めた銀次郎は阿修羅と化した！（続刊執筆中）

徳間文庫

拵屋《こしらえや》銀次郎半畳記

無外流　雷《いなずま》がえし 上

門田泰明

徳間書店

一

「あ、動いちゃなんねえよお内儀《かみ》さん。曲がっちまいやす」

「ごめんなさい」

「そのまま、ちょいと右へ顔を振ってくんない。そっと……ほんの、ちょいとだけね」

「こう？」

「振り過ぎだい。どうも今日は呼吸《いき》が合わねえなあ。仲のいい俺たち二人なのによう」

「だって上を向けだの下を向けだの、銀ちゃんたら注文が多過ぎるんですもの」

「いつもそうだが私《あっし》はお内儀《かみ》さんのために一生懸命やっているんですぜい。中村座の雪之丈《ゆきのじょう》好みにしてくれだの、吉村座の団四郎に嫌われないようにしてくれだの、もう三年近くもハイハイと我儘《わがまま》を聞いてきたんだ。注文が多いのはお内儀《かみ》さんの方でしょうがえ」

「もう銀ちゃんの意地悪……きらい」

「私《あっし》は化粧だの髪結《かみゆ》いだの着付けだのといった女相手の装師《よそおいし》じゃねえんですぜい。ただの博打《ばくち》好きな遊び人の銀次郎《ぎんじろう》なんだ。それが一体全体どうしたことか、いつの間《ま》にかこんな役目をよう……」

「仕方がないでしょう。銀ちゃんのお化粧仕様《しよう》だって髪結いだって着付けだって、腕が半端《はんぱ》じゃないんだもの、今じゃあ江戸中の女の噂《うわさ》よ」

「半端には、なりたくともなれねえんですよう怖くって。間もなく三十半ばになろうというのに二十五に見せろだの、団四郎に嫌われたら死んで化けて出てやる、などと大年増《おおどしま》に睨《にら》みつけられた日にゃあ、遊び人の銀次郎も博打を忘れ必死で装師になってしまいまさあな」

「そこが凄《すご》いのですよう。銀ちゃんの何にでもなり切れるってところが凄いのですよう」

「ま、せいぜい持ち上げておくんない。はい、動かないで動かないで……すうっと引いて……ここで少し撥《は》ねる……と」

「強く撥ねないで頂戴《ちょうだい》よ。団四郎さんは優しい印象を好むお人ですから」

「しっかりしなせえお内儀《かみ》さん、今夜は団四郎じゃなくて、きつめの流し目を好む中村座の雪之丈でしょうがえ」

「あ、そうでしたわね」

「なんだか頼りねえ逢《あ》い引きだあな……さ、出来た。これでお終《しめ》えだい」

〝銀ちゃん〟とやらは細筆を黒漆塗《くろうるしぬ》りの四角な捏墨入《こねずみい》れの上に置き、そばにあった柄鏡《えかがみ》（銅製）を「さあ、見なせえお内儀《かみ》さん」と手渡すと、「疲れたあ」と両手を上げそのまま仰向《あおむ》けにひっくり返った。

もう一刻《いっとき》近くも休むことなく、薄皺《うすじわ》が目立ち出したお内儀《かみ》さんとやらの顔を相手に真剣勝負を仕掛けていたから、体よりも気分的に疲れ切っていた。

「すてき……」

と、お内儀《かみ》は柄鏡の中の自分の顔にうっとりと見とれた。〝銀ちゃん〟の手によって見事に作り上げられた若々しく美しい顔が柄鏡の中にあった。その柄鏡の背には㊗の刻印が目立つ大きさで入っている。なんと〝銀ちゃん〟手作りの柄鏡だった。

この実に小器用な手先を持つ〝銀ちゃん〟とは一体何者なのであろうか。

「自分で言うのも何だけど、若い頃の私《わたくし》はねえ銀ちゃん、この鏡の中の美しさそのままだったのですけれどもねえ」

「なあに。お内儀《かみ》さんは今もゾクッとする妖《あや》しい魅力をお持ちでさあな」

「ほんと？」

と、お内儀《かみ》が柄鏡を膝《ひざ》の上に置いて振り向いた。

「本当でさあ。今頃この私《あっし》に何を言わせなさいやす」と、仰向《あおむ》けにひっくり返っていた〝銀ちゃん〟が体を横向きに半回転させ、手枕《てまくら》となった。

「先程《さきほど》も言いやしたように、もう三年近くもお内儀《かみ》さんの顔をいじくってきたんだ。妖しくて綺麗《きれい》だから飽《あ》きもせずに続けられたんでさ」

「あら、そのようなことを言ってくれたのは初めてですね」

「え？……そうでしたかい」

「そうよう。ね、〝銀ちゃん〟……そうだ、これからは銀次郎様と呼ぼうかしら。舞台が跳《は》ねるまでまだ間《ま》があるから、何なら私此処《わたくしこ》で思い切って銀次郎様に肌身を……」

「わっ、止《よ》してくれい。気色《きしょく》の悪い」

〃銀ちゃん〃は飛び起きると広縁《ひろえん》に逃げ出し、お内儀《かみ》が眦《まなじり》を吊《つ》り上げたが直《す》ぐにニッと両の目を細めた。

「冗談ですよう、冗談。さあ、そろそろ行かなくてはなりませんわね。刻限には厳しい雪之丈様ですから」

「間違わねえでおくんなさいよ。今夜は吉村座の団四郎じゃなくて中村座の雪之丈でござんすからね」

「大丈夫ですよ。まだ耄《ぼ》けちゃあいませんもの。はいこれ、今日のお手当ね銀次郎様。いえ、銀様、うふふふっ」

お内儀《かみ》は懐《ふところ》から財布を取り出すと、一両小判を一枚、カチリと音をさせて化粧台の上に置き立ち上がった。

「ありがとうござんす、遠慮なく貰《もら》っときやす」

「そのうち私《わたくし》の御寝間の相手もするのよ銀様」と言いながら、お内儀《かみ》が板《いた》の間《ま》から土間《どま》へと下りた。

大柄な女であった。それに胸元も腰あたりも豊かで眩《まぶ》しいほど肉感的である。若々しい妖しさを放っている唇はほんのりと濃いめの紅《べに》であった。紅の下に墨をうっすらと引いているからだった。銀次郎独自の紅の塗り方である。

唇が見せている若々しい妖しさは、そのせいであった。

だが見る者にぶるっと震えがきそうな魅惑的雰囲気が眉《まゆ》と切れ長な双《ふた》つの目にあった。

眉は細めに引いて、眉尻を少し撥《は》ねてある。長さは常識よりもほんの少し長めで、これが銀次郎美学の眉引きの特徴だった。間もなく三十半ばとかになるお内儀《かみ》だというのに、何とも言えぬ燃えあがるような妖美を、眉と目のあたりから放っている。女好きの男にとっては、たまらない目つきだ。

外に出て、遠ざかってゆくお内儀《かみ》の後ろ姿を見送る銀次郎の口から、「可哀想《かわいそう》に……」という呟《つぶや》きと溜息《ためいき》が漏《も》れた。

「お旗本のお嬢様でも、親の生き方、考え方ひとつで、仕合わせにもなれば不幸にもなる……今のお内儀《かみ》さんの表情からはとても仕合わせは窺《うかが》えねえや。身を持ち崩さねえよう上手に遊びなせえよ、お内儀《かみ》さん」

見送るお内儀《かみ》の後ろ姿が商家の角を折れて見えなくなるまで、銀次郎は玄関先に然《さ》り気《げ》なく腕組をつくって佇《たたず》んでいた。

顔見知りの左官職人が「よっ」と手を上げて通り過ぎるのに、「やあ」と笑《え》みを返すことも忘れない。

「それにしても役者の体にもたれかかっている時のお内儀《かみ》は一体《いってえ》どのような顔をしているのやら……ま、女嫌いの俺には関係ねえ事だが」

銀次郎は小さく首を振ってみせると、一枚格子の引き戸を開けて猫の額《ひたい》ほどの玄関先に入り、大きな欠伸《あくび》を一つして、くしゃみを加えた。

吹けば飛ぶような古くて貧相な二階建の一軒家、それが銀次郎の住居《すまい》だった。

一応、表通りに面してこれだけは頑丈《がんじょう》そうな一枚格子の引き戸があり、それを開けて玄関先に入ると二枚の腰高障子《こしだかしょうじ》が立ちはだかる。その腰高障子の向こうに玄関土間と広めの台所と十畳大の板の間があった。

急な階段を上がった二階は、六畳大の板の間が二間《ふたま》。表通りと裏長屋に向かって窓がある。かなり大きめの窓で、したがって二階は明るい。

家の中に入った銀次郎は、雪駄《せった》を脱ぎ板の間に上がって、お内儀《かみ》が座っていた**跡**を眺《なが》めた。そこは、板の間の上に半畳の青畳が一枚敷かれていた。

その半畳の青畳《あおだたみ》こそが、この家へ訪ねて来た時の「お内儀《かみ》の居場所」だった。

お内儀《かみ》が自分の懐金《ふところがね》でよく知った間柄の畳屋へ注文し、薄目の青畳を拵えて敷かせたものである。綺麗好きなお内儀《かみ》だから青畳は毎年自分の懐金で敷き替えさせている。

このお内儀《かみ》、名を季代《きよ》といって日本橋の大店《おおだな》太物問屋「近江屋《おうみや》」の女主人《おんなあるじ》だった。女主人とは申せ、「近江屋」が三百石の小普請《こぶしん》入り旗本家へ貸付けて焦《こ》げ付きとなった六百両のいわば「担保《たんぽ》」として「近江屋」の後妻に入った元《もと》姫様である。借金まみれの三百石・小普請入り旗本家の娘とはいっても、町人から見れば歴《れっき》とした姫様だ。

十七、八年前にその姫様が十八の若さで「近江屋」へ「担保後妻」として入った当時、主人《あるじ》の芳兵衛《よしべえ》は六十歳で、三年前の冬に心《しん》の発作《ほっさ》で突然死するまでは季代の肉感的な体を毎夜なめまわすという元気さだった。

この芳兵衛には前妻との間に子が無かった。若い後妻季代との間にも勿論《もちろん》子は出来ず、どうやら種無《たねな》し亭主らしかった。

以来、「近江屋」では女主人《あるじ》季代の天下が続いており、役者買いなど一人寝の鬱憤《うっぷん》を晴らす性悪《しょうわる》遊びに嵌《は》まっているというのに、店は芳兵衛時代よりも大繁盛していた。

元旗本の姫様という素姓《すじょう》からは考えられないような驚くべき商才が、この季代にはあったという事であろうか。

「眠いや……するこたあ無《ね》えから『おけら』に赤提灯《あかちょうちん》が下がる迄《まで》は、ひと眠りするかあ」

銀次郎は青畳の上に、俯《うつぶ》せの大の字となった。

「へへっ。案外いい匂《にお》いがしやがるぜい。お内儀《かみ》さんの座ったあとはよう……」

呟いて目尻を下げた銀次郎であったが、直ぐにそのまま大鼾《おおいびき》をかき出した。

二

遠くから、子雀《こすずめ》の囀《さえず》りのようなものが聞こえてきた。いや、何を言っているのか判《わか》らない人の声のようでもあった。

それも幼い子ではないか、と思われた。「頭の中」が、銀次郎にそう教えていた。

その小声が次第に近付いてくる。やはり子雀の囀りではなかった。

はっきりとした黄色い声が耳のそばであって、銀次郎はようやくのこと目を覚まし、半畳の畳の上に「だ、誰でえ……」と体を起こした。

「おじさん、こんにちは」

今にも泣き出しそうな表情の、痩《や》せた幼い女の子だった。それがいつの間にだか板の間にまで上がってきて半畳の畳の縁《へり》に膝頭《ひざがしら》を触れ合わせて正座をしていた。ぼろ布裂《ぎれ》を縫《ぬ》い合わせたような着物を着ており、しかも薄汚れている。年齢《とし》は七、八歳といったところであろうか。

「勝手に上がってごめんなさい」

女の子がきちんと両手をついて泣き出しそうな顔のまま頭を下げたものだから、銀次郎は「ほう……」と思った。町人の娘らしくねえ、と直ぐにピンとくるものがあった。

「いいよ、いいよ。板の間は膝に痛《いて》えやな。さ、こっちへ座んねえ」

銀次郎は板床へ下がって胡座《あぐら》を組み、小さな体を畳の上に座らせた。

「此処《ここ》が、このおじさんの家だと判って、やって来たのかえ」

「はい」

「名前《なめえ》は？」

「堀内千江《ほりうちちえ》と申します」

「堀内千江ちゃんか。お侍《さむらい》の子だね」

「はい」

「で、このおじさんに何の用だえ」

なるべく優しい調子で、と自分に言い聞かせながら話しかける銀次郎だった。

「お願いです。母上をお助け下さい」と、まだどこか辿々《たどたど》しい喋《しゃべ》り様《よう》だ。

「母上……を？」

「母上の仇討《あだう》ちをお助け下さい」

「えっ」

予想もしていなかった「仇討ち」が七、八歳の女の子の口から出たことで、思わず銀次郎は背中を反《そ》らせてしまった。

「このおじさんに、母上……いやお母様の仇討ちを手伝ってほしい、と言うのかえ」

「はい」

「で、そのお母様は今どちらに?」

「神田鍛冶町《かじちょう》の『長助《ちょうすけ》』という旅籠《はたご》にいます」

(またあ、あのボロ職人旅籠の登場かあ……)と、銀次郎は黙って頷《うなず》いてみせた。

このところ近隣地方の町村から江戸へ仕事を求めて訪れる職人が目立って増えていた。神田は腕に自慢の職人の町として知られているせいで、江戸へ仕事を求めてやってきた近隣地方の職人たちは神田職人町の中心に位置する「長助」に泊まる事が多かった。

それでいつとはなしに江戸で職人旅籠と言えば「長助」。「長助」と言えば職人旅籠と相場は決まっていた。

かなり大きな旅籠ではあったが、建物は相当に古いことでも知られている。

「お母様が此処《ここ》に来られねえという事は、どこか体を悪くしたのかな、千江ちゃん」

「うん」

千江は、はじめて「うん」を用いてこっくりと頷《うなず》き、その拍子に大粒の涙をこぼした。

「そうかえ。よしよし。泣かなくってもいいやな。大丈夫、大丈夫。おじさんと一緒に『長助』へ戻ろう。それでお母様から事情を聞こうじゃねえかい。それでいいかな千江ちゃん」

「はい、宜《よろ》しくお願い致します」

千江は再び両手をついて、きちんと頭を下げた。

この幼い女の子がどうして此処まで訪ねて来られたか、銀次郎は「長助」の名を聞いた瞬間に理解できていた。

「長助」の主人《あるじ》長之介《ちょうのすけ》二十九歳は銀次郎と同年で、しかも博打好き、酒好き、喧嘩《けんか》好き、の三拍子揃《そろ》った悪友だった。

（恐らく俺がどう動くか読みに読んで、この子を直ぐ玄関先まで宿の下働きの爺《じい》様《さま》に送ってこさせたに違いねえ。全く、しゃらくせえ事をしやがるぜ、あんの野郎）

銀次郎はそう思って胆《はら》の内で苦笑し、「さ、行こうかえ」と腰を上げ笑顔で千江に手を差しのべた。

千江は小さな痩せ細った手を銀次郎に預けて、まだ不安気《げ》な表情のまま立ち上がった。

「誰ぞに此処まで送って貰ったのかえ」など、問わない銀次郎だった。

神田鍛冶町の「長助」から、ここ本八丁堀まで七、八歳の女の子が一人でこられる道理が無いのである。

誰ぞに玄関先まで連れて来て貰ったことは目に見えていた。

(ひょっとしたら、長之介の野郎が自分で連れて来たのかも知れねえ……)

そう疑いもした銀次郎だった。

父娘《おやこ》にも見えなくはない二人は、晴れわたった青空のもと手をつないで歩いた。

「あらま、銀ちゃん。今日はまた、どうしたこったえ」

顔見知りの貧乏長屋の女房が、顔の前で右の手をひらりと振り泳がせ、目つきで冷やかして足早に通り過ぎてゆく。

銀次郎は千江に訊《たず》ねた。

「ところでよ千江ちゃん、お母様の体の具合はどうなんだえ」

「熱が高くて咳《せき》がひどいのです」熱が高くて、の呂律《ろれつ》がまだ未熟なところに、この子の必死さがあった。

「いつ頃から？」

一瞬労咳《ろうがい》（結核）かなと思った銀次郎に「二、三日前から」と千江が答えたので、銀次郎の表情が（よかった……）と緩《ゆる》んだ。

「きっと風邪《かぜ》をひいたんだなあ。医者には診《み》て貰っているのかえ」

「はい。『長助』の御主人が連れて来て下さいました」

熱が高くて、の呂律は未熟でも御主人という言葉を、きちんと使える幼い千江ではあった。しかも「……来て下さいました」で締める辺《あた》りさすが幼くとも武家の子だ。

「お母様の名前は、何てえんだい」

「秋江《あきえ》と申します。季節の秋に、江戸の江と書きます」

「こいつあ驚いた。千江ちゃんはお母様の名を書けるんだ」

「はい」

「じゃあ、千江ちゃんの名をおじちゃんの掌《てのひら》に書いとくれ」

銀次郎は千江とつないでいた手を放して裏返し、掌を広げて「どうかな」と微《ほほ》笑《え》んだ。

千江が右手の人差し指で、銀次郎が逆様《さかさま》からでもはっきりと判るほどに、自分の名を書いてみせた。

「ふうん。お母様にも千江ちゃんにも、江戸の江が付くんだな」

「亡くなった父上が、母上の名を一字取って名付けたそうです。母上から、そう聞かされていますす」

「千江ちゃんは、実にしっかりと話せるねえ。一体《いってえ》幾つなんでえ？」

「七歳です」

「こ、こいつあ驚いた。しっかりした話し様《よう》なんで十歳くらいかな、と思っていたんだがよ。へえ、凄いや千江ちゃんは」

二人はまた手をつないで歩き出した。

「そうだ。今日は茅場町《かやばちょう》の山王御旅所《さんのうおたびしょ》（千代田区永田町・日枝《ひえ》神社の摂社《せっしゃ》。現存）の縁日だったい。よし、神社へ寄ってな千江ちゃん。黒飴《くろあめ》でも買って行こうかい。お母様の分もよ」

「わ、うれしい」

千江は胸元で手を合わせると、ようやくのこと子供らしい言葉と笑顔を表に出した。

「ようし、買ってやるぞ。風車とか竹蜻蛉《たけとんぼ》とか紙風船とかもな。千江ちゃんにいっぱい買ってやるぞ」

「はい」と千江は素直に頷いた。目を細め満面に笑みであった。余程《よほど》に嬉《うれ》しかったのであろう。

銀次郎は、この子から仇討ちの深い理由《わけ》をあれこれと訊《き》き出さなくてよかった、と思った。恐らく詳細については幼い千江も知らないであろうし、母親秋江とやらから聞けば済むことであった。

日枝神社の摂社である山王御旅所は、気持のいい快晴のせいでか人人人で賑《にぎ》わっていた。

「千江ちゃんは、おじさん家《ち》へ来るとき、この神社の前を通らなかったのかえ」

「うん……えーと……この道ではなくて……」

と、千江がちょっと不安気な顔つきとなって、あたりを見回す。

「いいよ、いいよ。さあ、鳥居を潜《くぐ》ろうかえ千江ちゃん」

銀次郎は「千江ちゃん」を盛んに用いた。そうしない事には千江の痩せて小さな内懐《うちぶところ》へは入っては行けねえ、という〝博打好き銀次郎〟特有の計算があった。

二人は日枝神社摂社の鳥居を潜り、人ごみの中へまぎれ込んだ。

銀次郎は千江の小さな右手を、己《おの》れの左手でしっかりと握っていた。

自分でも気付かぬ内に、「この子との出会いは宿命的なものかも……」という思いが頭をもたげはじめてさえいた。

「あ、おじちゃん、竹蜻蛉屋さん……あそこ」

千江が参道脇《わき》の大松の下の屋台店を指差した。

「お、よく見つけたなあ千江ちゃん。よし、そばへ行ってみようかえ」

「はい」

ちょいとご免なせえよ、急いでおりやすんでご免なせえよ、おい兄ちゃん少し前を空《あ》けてくんねえかい、右手を掻《か》き分けるように前へヒラヒラと泳がせつつ、軽妙な口ぶりに時としてドスを含ませる銀次郎を、千江は物珍しそうににこにこしながら見上げていた。

「へい、失礼致しやすよ。おい親父《おやじ》さん、でけえ体で齧《かぶ》り付《つ》きに立たねえで、幼い子に譲ってやんない。どきねえ」

「なんだとう」

振り向いた目つき悪い大柄な不精髭《ぶしょうひげ》が、銀次郎の顔をぶつかる程《ほど》の間近に認めるや否や、「あ、これは……」と頭をひょいと下げ人だかりの中へあたふたと消えていった。

下から銀次郎を見上げていた千江の幼い表情が思わず「へえ……」となる。

銀次郎のことを幼いなりに、「凄い……」とでも感じたのであろうか。

その幼い表情の変化に気付いていない銀次郎であった。

「さ、千江ちゃんよ、もうちょいと前へ寄りな。もうちょいとよ」

「はい」と背中をそっと優しく銀次郎に押されて、何歩か前に出る千江だった。

四十半ばくらいの浪人、と思われる屋台主の口上がはじまった。が、この種の商売の屋台主にはニセ浪人も少なくない事は見物人は百も承知だ。

「さあさ寄ってらっしゃい、見てらっしゃい。見えねえ人は首をロクロにしなせえ。さあ、始めるよ。もと大名家用人まで勤めたこの空屋飛太郎《そらやとびたろう》のつくった竹蜻蛉はそんじょそこいらの竹蜻蛉とは、素材も品格も作りの美しさも桁違《けたちが》い。まずは拙者《せっしゃ》苦心の作で、京《みやこ》の御所《ごしょ》様（天皇）もその優雅な飛び様にうっとりと見とれなされた羽の差し渡し（直径）一尺半の大竹蜻蛉〝すずむし〟を御覧《ごろう》じろ」

うそつけっ、と見物人の間に一声があって人だかりが沸いたが、次の光景に期待してか、直ぐに静まった。

空屋飛太郎とかが屋台の下から取り出したのは、なるほど一尺半はある大竹蜻蛉であった。

わくわくしているのか、千江が銀次郎の左手をぎゅっと握りしめる。

「よっく見ているんだぜえ。高あく飛んで面白《おもしれ》えよ。凄おく高あく飛ぶんだ」

銀次郎が背中を丸めるようにして千江の耳元で囁《ささや》くと、千江は「はい」と返した。

「さ、皆の衆、拙者の手元をとっくと御覧じろ」

屋台主空屋飛太郎とやらは大竹蜻蛉を左手で高々と上げて見せてから、その柄《え》の部分をわざとらしくピシャリと音を立てて右の掌《てのひら》に押し当てた。

「いよいよ行《ゆ》きますぞ皆の衆」

と、前置きが長く皆をやきもきさせるのも屋台売りの手か。

「そこの可愛《かわい》いお嬢ちゃん、よいかな、よいかな」

と、飛太郎はまだ前置きを続けている。人だかりは我慢ならぬかのように「んもう……早くやれ」と揺れたが、千江は真っ直ぐに見つめられ、幼い顔に朱を走らせて大きく二度頷いてみせた。

「よいしょっと……」

己れに掛け声を掛けて、差し渡し一尺半の大竹蜻蛉の柄を両手で挟《はさ》んだ飛太郎の顔つきが、それ迄《まで》とは違って真剣となる。

両手で挟み揉《も》まれた大竹蜻蛉がヒュッヒュッと鋭い音を発して回転を始め、人だかりはようやく息を殺した。

飛太郎の両手で挟み揉まれた大竹蜻蛉が、回転に勢いをつけて遂《つい》に浪人の手を離れた。

垂直にしかも一気に空へ舞い上がってゆき、人だかりが「おうっ」と揺れたのも束《つか》の間、大竹蜻蛉は何を機嫌を損ねたのか不意に急旋回して降下し、飛太郎の額《ひたい》にゴツンと激突した。

「あ痛あっ」

悲鳴をあげた飛太郎が地面《じべた》に尻もちをついたものだから、一瞬静まり返った人だかりが直後、ドッと沸いた。拍手をする者もいる。

千江がそれこそ前かがみとなって笑いころげた。はち切れそうな幼子《おさなご》の笑いであった。銀次郎が満足そうに頷く。

「面白かったかえ千江ちゃん」

「うん、面白かった」

「ここの屋台の竹蜻蛉はいつも、まともに飛んだ事がねえんだよ。さ、次へ行こうか」

「でも千江、小さいのが一つ欲しい」

「そうか、欲しいか。よし判った」

銀次郎は千江の手を引いて、立ち上がって尻の汚れを払っている飛太郎のそばへ行った。

「あ、これはどうも……お久し振りで」と、飛太郎が小声で軽く頭を下げ、尻のほこりを払う手を休めた。

「おい、この子に小さいのを一本やってくんねえか」

銀次郎がそう言いながら着流しの袂《たもと》から銭貨《ぜに》を取り出して手渡そうとすると、何故か相手は「いりやせんよ、みずくせえ」と囁《ささや》くように応じ、屋台の下から羽の差し渡し二、三寸の竹蜻蛉を一本取り出した。

千江が円《つぶ》らな瞳《ひとみ》を輝かせて竹蜻蛉に手をのばした。

三

職人旅籠《はたご》「長助」の前で立ち止まった銀次郎と千江は、どちらからともなく顔を見合わせて笑った。「長助」はかなり古い建物だったが、入母屋《いりもや》造りの相当な大きさだ。

「しっかりと『長助』までの道筋を覚えていたじゃねえか。偉いぞ千江ちゃん。てえしたもんだい」

「うん」

頷《うなず》く千江の表情からは、銀次郎に深刻な問題を持ち込んだ時の暗さと怯《おび》えはすでに消えていた。

「それ、重くねえかい。おじさんが持ってやろうか」

「ううん、重くない。大丈夫」と、もはや銀次郎に対しては普通の幼い子の喋《しゃべ》り方だった。幼いなりに、肩の力みが抜けてホッとしているのだろうか。

首から下げるかたちにして貰って両手で抱《かか》えるようにしている風呂敷《ふろしき》包みの中には、縁日で銀次郎が買ってやったあれやこれやが入っている。風呂敷も縁日物だ。

「さ、入ろう。お母様の部屋は？」

「廊下の一番奥の突き当たりの部屋です」

「長助」では一番日が差し込む庭に面した明るい部屋、と銀次郎には直ぐに判った。

同時に「長助」では宿賃が一番高い部屋でもある。

銀次郎は千江のみすぼらしい薄汚れた着物を改めて眺《なが》め、「長之介の野郎……情《なさけ》をかけやがったな」とひとり呟《つぶや》いたあと「さ、千江ちゃん……」と小さな背に手をやった。

二人は「長助」の暖簾《のれん》を潜《くぐ》った。

土間の上がり框《かまち》の右手端の方に、これから旅立つのか二人の老旅人が腰を下ろして草鞋《わらじ》の紐《ひも》を結んでいる。

その旅人の後ろに見送りのため正座して控えていた二人の中年の女中が、銀次郎と顔を合わせ「あらっ」というように破顔《はがん》した。

「おじちゃんは後でお母様の部屋へ行くから、千江ちゃんは先に戻ってな」

「はい」

と、千江が草鞋を脱いで框を上がり、廊下を小走りに奥へと消えていく。そのボロボロの草鞋を見ながら銀次郎は、

「おい、おタネさん」

と、二人の女中の内の一人、女中頭のタネを手招いた。

銀次郎に呼ばれた小柄な日焼けした顔の女中頭が、敏捷《びんしょう》に立ち上がって土間に突っ立ったままの銀次郎の前へやってきた。

「すまねえがなおタネさん……」と言いながら銀次郎は着流しの袂《たもと》から小粒を取り出した。

「これで千江ちゃんと母親の草鞋をな、いつでも発《た》てるよう余分も含めて二、三

足ずつでも揃えておいてくれめえか」

「わかったよ銀ちゃん」

「つり銭があったら取っときねえ」

「うん、ありがとう。おタカさんと二人で使わせて貰うよ」

そう言いながら、もう一人の古顔の女中の方へ視線を流す女中頭のおタネだった。

「長之介の野郎が帳場《ちょうば》に座ってねえじゃねえか。御天道様《おてんとうさま》はまだ高《たけ》えってえのに、またこれか」

銀次郎がむつかしい顔をつくって壺《つぼ》をひっくり返す手つきをして見せると、おタネは顔の前で右手を横に振った。

「いま銀ちゃんと一緒に戻ってきた幼子《おさなご》の母親の部屋なんですよう」

「風邪をひいてるって、子供から聞いているんだが悪いのけえ」

「熱がかなり高くってねえ。大工町《だいくちょう》の東庵《とうあん》先生に診て貰って薬を飲んでいるらしいんだけど一向に下がんなくって」

「東庵先生も患者思いの大変いい先生なんだが……よし、じゃあ思い切って湯島《ゆしま》天神下《てんじんした》の蘭方《らんぽう》の名医芳岡北善《よしおかほくぜん》先生に急ぎ来て貰いねえ。急ぎだ」

「でも銀ちゃん、芳岡蘭方診療院と言やあ、貧乏人がその前まで行くと思わず震えあがる程の立派さなんだよ。支払いもきっと高いよ。お武家のような大きな門構え、大勢を受け入れている二階建の入院棟《とう》、手術室とかいう部屋にはオランダ渡りの沢山の医者用の道具とかが……」

「立派な診療院であるのは先刻承知なんだよ。高《たけ》え支払いの方とやらはこの銀次郎が責任を持たあな。四《し》の五《ご》の言わずに、とにかく芳岡診療院まで下働きの小僧でも走らせねえ」

「小僧でいいかねえ。芳岡北善先生ほどの御人《おひと》に失礼にならないかねえ」

「あのなあ、おタネさんよ。芳岡診療院の初代院長である芳岡南善《なんぜん》先生てえのは、誰彼を差別しねえ『名医の神様』と言い伝えられている人物なんだい。その南善先生の血を引く北善先生が、貧しい旅の患者に冷《つめ》てえ訳がねえ」

「そ、そうだねえ、判った。じゃあ、私《あたし》が行ってくるよ。ついでに草鞋も途中で忘れずに買ってさあ」

「そうしてくんねえ。でな、高《たけ》え支払いはこの銀次郎がするとはっきり帳場へ、いや外来受付とかいうのに伝えておいてくんねえ。先《ま》ずそこが大事だ。困っている貧しい母娘《おやこ》に負担をかける訳にはいかねえからな」

「いいこと言うねえ銀ちゃん、北善先生と相当に親しいのだね」

「いや、一度もお会いした事はねえやな。この銀次郎はなにしろ丈夫で病気知らずだからよ」

「なんだい。相当に親しい間柄、と思ってしまう言い方じゃないのよう。ま、いいや。とにかく行ってくるよ銀ちゃん」

「ああ、頼む」

おタネがあたふたと出かけると、雪駄《せった》を脱いだ銀次郎は土間から上がって真っ直ぐにのびた廊下を奥へ向かって急いだ。かなり大きな入母屋造りなだけに、廊下もそれなりに長い。

と、廊下の突き当たりの襖《ふすま》が開いてひとりの男が姿を現わした。

銀次郎の足が、待ち構えるかのように廊下を塞《ふさ》いで止まる。

相手が銀次郎に気付いて右手を軽く上げ、近付いてきた。

背恰好《せかっこう》が銀次郎に非常によく似ている。五尺七寸くらいはあるのだろうか。

目の前にまでやって来て立ち止まった相手の胸倉を、銀次郎は一言も発せずいきなり右手で摑《つか》むと、左手で障子を開けた部屋へ力任せにそ奴を引きずり込んだ。障子の向こう――室内――の様子を知り尽くした開けようだった。日がよく差し込む明るい布団部屋である。布団を湿《しめ》らさないためであろう日の差し込みがよく工夫されている。

「長之介、てめえ……」と銀次郎は相手の胸倉を放さない。

「しっ。ちょっと声が大きいがな」

「なんだと、この上方野郎《ぜえろく》……声の大きいのは、生まれた時からでい」

とは言ったが声を抑える銀次郎であった。

「ま、そう怒んな怒んな」

上方訛《かみがたなま》りの男は「長助」の主人《あるじ》長之介とかであった。

長之介は自分の胸倉を摑んでいる銀次郎の右手を上へ持ち上げるようにして放すと、開けっ放しの障子を閉めて布団部屋の奥まで「来いよ……」と銀次郎を促《うなが》した。

黙って従った銀次郎は、自分から布団部屋の奥の美濃紙《みのがみ》を張った障子を左右へ引いた。

　すると、もう一枚の美濃紙障子があって、何故かこれは細めにそうっとあける銀次郎だった。

　二枚目の障子の外側は櫺子窓《れんじまど》になっていて、雨雪の時はこれが閉じられる。

「見てみねえ、長《ちょう》」

と銀次郎に顎《あご》の先をしゃくられて、長之介は細めに開けられた障子に顔を近付けた。

「三本柳の真ん中の柳の下だ」

「年の頃は三十半ば。紺の印半纏《しるしばんてん》を羽織った一見職人風の奴《やつ》やな」

「おうよ。俺とあの女の子……千江ちゃんが本八丁堀を出た直後から、見え隠れしてついてきやがったい」

「儂《わし》が千江ちゃんを銀次郎ん家《ち》の前まで連れていった時も、あんの野郎はかなり上手《うま》いことついてきやがったんや。そやから千江ちゃんをお前《めえ》ん家《ち》の中へ入れたあと、逆に奴をつけたんやけど、失敗してもた。見失《みうしの》うてしもたんや」

「あの印半纏に染め抜かれている㊀ってえのは既製の半纏に見られる印よ。つまり奴は職人なんぞじゃねえ。見習いの若い十五、六の職人が着ているってえのなら話は判るが、三十半ばの職人が着る半纏じゃねえやな」

「あんな奴は知らん振《ぶ》りするより、ちょっと脅した方がええんとちゃうか。いっちょ後ろから近付いて、いてこましたろかな」

「まあ、今は待て長《ちょう》。それよりもお前《めえ》、次から次とややこしい仕事を俺ん所へ持ち込むんじゃねえやな。俺は化粧拵《ごしらえ》も喧嘩拵も駈落《かけおち》拵も借金拵も、商売にしているなんざあ外に向かって一言も言っちゃあいねえ。それを手前《てめえ》が勝手に言いふらしやが……」

「それ以上言うなや銀よ。よう考えてみ。銀次郎様に頼んだらどんな拵《こしらえ》かて完璧やわ、っちゅう現実がすでに出来上がっとるやんけ。今や何をやらしても一生懸命で玄人跣《くろうとはだし》、と江戸中の姐《ねえ》さんや女将《おかみ》さん達の間で大変な噂や。しかもやで、それで結構に稼《かせ》いでやな、床下には小判がワンサと唸《うな》ってるっちゅう噂も広がってけつかる」

「何が、けつかる、じゃい。おい、この銀次郎は年中カネが無《ね》え事を誇りにして生きてるんでい。疑うんなら床下でも天井板でも、その手でひっぺがしてようく

っちゃ」

「年中カネが無いんは下手《へた》な博打に懲《こ》りんと手え出すからや。自業自得というや

見やがれい」

「その博打の手ほどきを真面目で純真な俺に教えたんは何処《どこ》の誰じゃい。『女狂いの長之介』で知られた手前《てめえ》じゃねえか」

「おいおい止《や》めてんか。儂《わし》は女には優しいし大好きやけど、狂うたりは絶対にせえへん。とにかく千江ちゃんの母親の話を一度聞いたってくれへんか銀よ。儂からの又聞《またぎ》きやのうて、千江ちゃんの母親の口から直接になあ」

「そのつもりで来たんじゃい。しかし長《ちょう》よ、条件が一つあらあな」

「なんや、条件て……」

「黒羽織の姐《ねえ》ちゃんや大店のお内儀《かみ》達の化粧拵だけは以後勘弁して貰いてえ」

「そらあかん。今や遅し、と覚悟した方がええんと違《ちゃ》うか。だいいち〝銀次郎の化粧拵見事なり〟の噂を広めたんはこの長之介と違《ちゃ》うで。日本橋の太物問屋『近江屋』の綺麗《きれい》な女主人《あるじ》やんけ」

「その女主人《あるじ》季代に〝銀次郎がお茶屋に上がると女達の化粧をそれはもう実に妖

しく美しく拵えてみせる〃と吹聴《ふいちょう》してあの年増を俺ん所へ来させたのは手前《てめえ》じゃねえか。以来、俺ん家《ち》の半畳の青畳《あおだたみ》は女のひと休み場みてえになっちまってるんだ。化粧臭《くさ》くてたまんねえや」

「この大江戸には女に持てた事のない哀《あわ》れな男が山ほどもいるねんで銀よ。なにしろ女よりも男の数の方が多いこの江戸や。その事を思《おも》うたらやな、自分ん家《ち》の半畳の青畳が女のひと休み場になってるちゅうんは、仕合わせこの上もない結構な事と違《ちゃ》うか。とにかく儂はあの柳の下の泥鰌《どじょう》の首をひと締めしてくるよって、千江ちゃんと母親のことは頼んだで銀」

長之介は銀次郎の肩をポンと叩くと、櫺子窓の外へチラッと視線をやってから二枚目の障子を閉めて銀次郎から足早に離れていった。

銀次郎は「けっ」と舌を打ち鳴らして長之介の背中を見送った。

四

職人旅籠《はたご》「長助」の正面入口とは正反対の位置にある勝手口から出た長之介は、

小路《こうじ》伝いに鍛冶町の表通りに出ると「まだ居《お》んのかあの阿呆《あほ》んだら」と三本柳の方をジロリと睨《にら》みつけた。

銀次郎と話を交わしていた時とは、表情が一変している。目つきに職人旅籠の若主人《わかあるじ》には不似合いな凄みがあった。

長之介はゆっくりとした足取りで、三本柳の真ん中の柳の下にいる泥鰌に後ろ方向から近付いていった。

職人旅籠「長助」の表通りは神田の職人町を南北に貫くいわば中心通りで、人の往き来も多い。

「よっ」

と道具箱を肩にした若い職人が急ぎ足で笑みを投げかけ長之介とすれ違った。

長之介が表情を崩して黙って手を上げてみせる。

三本柳が近付いてきた。㊀半纏を着た男は腕組をして然《さ》り気なく柳にもたれ、人の出入りが目立つ「長助」の表口を眺《なが》めている。

「おいっ」

男の真後ろに立って、長之介が野太い声を出した。

だが相手はべつに驚く様子も見せずに振り返った。左の頬《ほお》に斜めに走る刀創《とうそう》があって、どこから眺めても職人の印象ではない。

「おんどれは何ぞ用あって、ここに立っとんのか」と、長之介の目がギラリと光った。

「なんでえ手前《てめえ》は。往来の何処《どこ》に立とうが俺の勝手じゃねえか」

と、相手は長之介に体の向きを変え、足元から頭の上まで黄色く濁《にご》った目でなめまわした。

「儂《わし》はな、ほれ、目の前にある職人旅籠『長助』の若旦那様ちゅう奴や。おんどれのような汚ない面《つら》が宿の前に立っとったら、客が怖がるやないか、ええ、おっさん。それとも何か。おんどれは『長助《うち》』の客の誰かに悪さでもしてこまそうと謀《たくら》んどんのか」

「大人しく聞いてりゃあ好き勝手言いやがって、この上方詭野郎《ぜえろくなまり》。手前《てめえ》、俺を誰だと思ってやがんで」

と、男の手が懐《ふところ》に滑り込んだ。

「おんどれのような阿呆面男《あほづらおとこ》、どこの誰か知るかあ惚《ぼ》け。ぐちゃぐちゃ言わんと、此処《ここ》で『長助』を見張ってる理由《わけ》を早《は》よ言わんかえ、おっさん」

「き、貴様っ」

眦《まなじり》を吊り上げた相手が今にも懐から何かを摑《つか》んだ手を出そうとしたとき、

「長《ちょう》さん、長《ちょう》さん」と金切り声を張り上げ、前掛《まえか》けを襷掛《たすきが》けにした若い女が、向こうから息せき切って駈《か》けてきた。

「お、何があったんや春《はる》ちゃん。さては好きな男に逃げられたんやな」

「そ、そんなんじゃないわよ。お、お侍二人が大酒呑《の》んで金も払わずに店で大暴れしてんのよ、何とかして」

「なんやてえ。この真っ昼間から大酒呑んで暴れとる無銭飲食の馬鹿侍がいるのんかいな。世も末やな。すまんけど、それやったら宿に今銀次郎が来てるさかいそっちに頼んでんか。儂はこれから、このおっさんをぶちのめさなあかんよって」

「え、宿に銀ちゃんが来てるの」

「おっとそや、あかんわ、あかん。銀次郎には手が放せん大事な用事があるんやった。よっしゃ、儂が店へ直ぐ行くよって、もうちょっと我慢してんか。直ぐや。

直ぐに行くよって」

「早くよ。早く来てね長《ちょう》さん」

「よっしゃ。心配せんでええよってに、先に戻っとり」

「うん」

「お父《と》やんに大丈夫やと言うとき。大丈夫やとな」

言い終えて長之介は「待たせたな、おっさん」と相手に向き直った。

ところが、今の今まで長之介を相手に五分の威勢を張っていた頬傷の男が、俯《うつむ》き加減で肩を小さく窄《すぼ》めている。顔つきには怯《おび》えさえあるではないか。

「なんや、おっさん。腹でも痛《いと》なったんか」

「………」

「黙っとったら判らへんやないけ。何とか言わんかいおっさん。糞下痢《くそげり》でも始まったんか」

「あのう……銀次郎さんを御存知なので？」

「気色悪い奴《やっ》ちゃな。なんじゃい急に〝銀次郎さん〟だの〝御存知〟だの良《え》え言葉使いやがって。おっさんには似合わん似合わん。おんどれはこの長之介をなめとんのか」

「い、いえ。決してそうでは……」

「とにかく儂は呑んだくれの馬鹿侍をぶちのめさなあかんのや。そやさかい、おっさんも一緒についてこい」

「し、しかし……」

「しかしも糸瓜《へちま》もあるかえ。おんどれは銀次郎の怖さを知ってけつかるな。銀次郎の名前を聞いたとたん小便でもちびったんけ。儂が兄弟の盃《さかずき》を交わしたたった一人の男、それが銀次郎や。判ったか頬傷のおっさんよ」

「へ、へい……」

「とにかく呑んだくれた無銭飲食の馬鹿侍を急いでぶちのめさなあかんのや。おんどれがなんで儂と幼子《おさなご》を尾行したり、『長助』を見張ったりするんか、ゆっくり聞かせて貰おか。そやよってに一緒について来やがれおっさん」

「一緒に……ですかえ」

と、男は不安そうに辺りを見まわした。

「なんじゃい。おんどれはおんどれで、誰かに見張られてけつかるのか」

「あ、いや……」

「ほんなら黙って付いてこい。あ、黙っとったらあかんのや。色々と訊《き》かんとな」

それにしても凄みをぎらつかせる長之介の目つきだった。半端者《はんぱもん》とか遊び人とかの雰囲気を遙《はる》かに越えてしまっている。

長之介は頬傷の男と肩を並べて鍛冶町通りを足早に歩き出した。

「おんどれは何ちゅう名前なんや」

「権道《ごんどう》……と言いやす」

「権道？……なんや鯨《くじら》みたいな名前やな。江戸者《もん》か」

「いえ、生れは伊豆の下田でして、十五の年に江戸へ流れてきやした」

「伊豆の下田ゆうたら景色のええ、魚の美味《うま》い人情の厚い所《とこ》やんけ。儂も一度だけ行ったことがある。それはとも角としてや、おんどれは職人半纏《はんてん》を着てけつかるけんど、職人やないな。遊び人か」

「そ、その通りで……」

「その遊び人がなんで、幼子の後をつけ回したんや。それとも何か、おんどれは幼子をつけ回したんやのうて、儂や銀次郎を狙《ねろ》て尾行さらしとったんか」

「ほんなら、あの千江という幼子の行き先が気になって、後をつけとったんか」

「その通りで……へい」

「その理由《わけ》を訊く前に一つ答えて貰おか。おっさんはなんで銀次郎を怖がっとんのや……怖いんやろ、そうやろ」

「ま、怖いといやあ、へい、それに違いありやせんが……とにかく無茶苦茶に腕っぷしが強いもんで」

「よりによってあの銀次郎に喧嘩《けんか》でも吹っかけたんか」

「喧嘩というよりはカネを強請奪《ゆすりと》ろうとしたんでさ」

「なんやて、カネを？」

「お大名家下屋敷の中間《ちゅうげん》部屋で夜によく賭場《とば》が開かれるんでござんすが、そこへ時折り見える銀次郎さんが十日ほど前でしたか、三十両も稼《かせ》がれやして……」

「えっ、あの博打下手《ばくちべた》の銀が三十両も稼いだやて？」

「へい。その稼ぎ金を……そのう……」

「めっ、めっそうも……」

「ははぁん。判ったでおっさん。おんどりゃあ仲間と組んで、その博打金《ばくちがね》を狙《ねろ》て賭場からの帰り道の銀に襲いかかりやがったな」

「全く兄いの仰《おっしゃ》る通りでござんす」

「おい、しょぼくれ。儂を気安う〝兄い〟呼ばわりさらすな。で、銀に襲いかかってどうなったんや」

「皆が皆……五人で襲いやしたが……五人が五人とも真っ暗な浄善寺の蓮池《はすいけ》へ叩き込まれやして」

「なんや、その浄善寺の蓮池ちゅうんは？」

「賭場を出て一町《ちょう》ばかり西にある念仏宗の寺でござんして、神田方向へは境内《けいだい》の雑木林《ぞうきばやし》を抜けて山門前通りに出るとかなりの近道になりやす」

「おっさんらは、その雑木林の蓮池へ叩き込まれたんか」

「へい、見事に」

「なにが見事じゃ阿呆《あほ》んだら。おんどれらは銀に浄善寺とやらの蓮池へ誘い込まれたんじゃ。そんな事も判らんのかおっさん」

「えっ、では銀次郎さんは俺等《あっしら》の謀《たくら》みに気付いていなすったと？」

「当たり前やないけ。あんの野郎は狼《おおかみ》みたいに鼻の利《き》く奴《やっ》ちゃ。おんどれら五人が蓮池へ叩き込まれたんは、銀の配慮《はいりょ》や」

「配慮？」

「そうや、配慮や。あんの野郎は別名〝配慮の銀〟ちゅうてやな、煮えたぎる殺意をぐっと堪《こら》え半歩手前で配慮するっちゅうのを得意としとんのや。自分の頭に炎《ひ》がついて本気になってまう事をいつも恐れとるよってにな。その配慮があらへんかったら今頃、おんどれらは手足をベキバキに折り曲げられとったやろ。腹の皮を引き裂いて胃の腑《ふ》を摑《つか》み取ることなんか丸っきり平気でやる奴《やっ》ちゃ。よう命があったもんや」

「ひえっ」

「蓮池に叩き込まれたくらいで感謝せんとあかんで、おっさん。合掌《がっしょう》せんかい合掌を」

「お、仰る通りでござんす。誠にもって」

権道は真顔で両手を合わせた。

「おんどりゃあ、えげつない顔をさらしとる割には、気の小《ちっ》ちゃい奴《やっ》ちゃな。さてと、おっさん。そろそろ本題に入らして貰おか」

「昔から顔つきがえげつない野郎は、気が小さいと決まっとりやす。へい」

「馬鹿……」

「何もかも話しやす。そのかわり金輪際《こんりんざい》、向後《こうご》俺《あっし》には近付かねえと約束して下さいやすか」

「背後に相当怖いのがおるんやな」

「すでに頼まれ賃を貰ってしまっているもんで……絶対に口外してはならねえと念押しされて」

「一体なんぼ貰《もろ》たんや」

「五両……」

「判った。そのかわり正直に話さんとあかんで。針の先ほどの嘘が混じっとっても〝配慮の銀〟が牙《きば》をむいて動き出すよってにな」

「話しやす。何もかも話しやす」

「よっしゃ、聞こか」

長之介がそう言って頷《うなず》いた瞬間だった。ヒュッと鋭い音を発して後ろ首を何かが掠《かす》めたと同時に、肩を並べていた権道が悲鳴ひとつあげず、もんどり打って横転した。

五

「失礼致しやす。開けてよござんすか。銀次郎と申しやすが」

銀次郎は障子に触れた手を、そのまま止めて中からの返事を待った。

ふた呼吸ほど置いて、「どうぞ……」と澄んだ声が返ってきた。

（なんと若え綺麗《わけ》な声だ……）と、銀次郎は驚いた。仇討《あだう》ちなどという仰天するような問題を幼い娘に持って来させるくらいの母親だから、「相当に芯《しん》の強い女に相違ねえ」と思っていた銀次郎だが、「どうぞ……」という綺麗な声の響きには、どこか弱々しさがあった。風邪熱に侵されている故《ゆえ》ではなく、控えめな人柄としてのひ弱さ思慮深さ、銀次郎はそのように捉《とら》えた。

「入りやすよ」

と声を掛けて銀次郎は障子をゆっくりと引いた。計算しての、ゆっくりだった。

その間に幼子《おさなご》の母親堀内秋江とやらが表情を整えるだろうと。

これも〝配慮の銀〟だからこそなのか。

両手を畳について深く頭を下げている女の姿が、目の前に現われた。

その隣で幼い千江が、母親を見習って同じように頭を下げている。痛々しい、と銀次郎は感じた。

布団はきちんと折り畳まれて部屋の隅《すみ》にあり、女の前には銀次郎のためであろう宿の座布団があった。薄汚れて薄っぺらな座布団だ。

障子を静かに閉め終えた銀次郎は、「寝ていなくっても大丈夫なんですかえ」と、女の前に座り、「さ、もういいから二人とも頭を上げておくんなせい」と物静かな口調で告げた。

「突然に勝手なるお願いを申し上げたにもかかわりませず、さっそくにお足をお運び下さいまして心から御礼を申し上げます。また、娘千江に対し沢山の温かなお心遣いを賜《たまわ》りまして……」

「ま、ま、堅苦しい挨拶《あいさつ》は抜きに致しやしょう。どうぞ面《おもて》を上げて下せえまし」

「はい」

銀次郎に促《うなが》されて女――堀内秋江――は顔を上げ、ちょっと遅れて幼子千江も

に真顔となる。

母親を見習った。銀次郎と目が合うと、千江は口元に小さな笑《え》みを見せたが直ぐに母親秋江を見た。

銀次郎は「うん」と頷《うなず》いて見せてやりながら、まっ直ぐに母親秋江を見た。

年齢《とし》は二十六、七といったところであろうか。

なんと色の白い〝ほんのりと優しい美しさ〟の顔立ちをした女であろうか、と銀次郎は思った。仇討ちの言葉などは全く似合いそうもない、と胸の内で呻《うめ》きさえもした。

〝ほんのりと優しい美しさ〟、この言い方以外の如何《いか》なる表現もこの若い母親には当て嵌《は》まらない、と銀次郎は自分を納得させた。そのことが、「よし、この母娘《おやこ》の力になろうかえ」と、銀次郎に覚悟を決めさせた。男、銀次郎らしい早い覚悟だった。

「言葉を飾らずに話をさせて戴《いただ》きやす。その方がお互いの心の内が判り易《やす》うござんすからね。私《あっし》は銀次郎と申しやして無為徒食《むいとしょく》という看板を背負ったその日暮らしの下らねえ奴、と、まあ、そう思って下さいやし。人によっちゃあ〝拵屋《こしらえや》銀次郎〟などとつまらねえ冠（異名）を付ける野郎がいやしてね。おっと、野郎じゃねえや、歴《れっき》とした大店《おおだな》のお内儀《かみ》だったい……」

そこまで言ったとき、堀内秋江が右手の甲を軽く口元へ持ってゆき「くすり……」と肩を僅《わず》かに波打たせた。

銀次郎はてっきり咳込《せきこ》んだものと思って、少し慌《あわ》てた。

「大丈夫ですかい。矢張り横になって戴きやしょう」

と、立ち上がって布団が折り畳まれている部屋の隅へ行きかけた。

「いいえ、大丈夫でございます。このままで平気でございます」

と、今度は秋江の方が困惑の表情を見せた。

「私《あっし》の勝手な判断で蘭方の名医に診察を頼んでありやす。なあに支払いの方は心配いりやせん。おっつけ見えやしょうから、布団の上に横になっていなせえ。な、そうしなせい。その方がよござんす」

そう言い言い銀次郎は部屋の隅まで行き、折り畳まれた布団を秋江の前まで運んで、敷き整えた。秋江の困惑の表情など全く気にしていない。あれよあれよ、だった。

「さ、さ……風邪は体を休めるに限りやす。油断はならねえ。言うように致しなせえ」

銀次郎の手が秋江の肩に軽く触れかけると、さすがに秋江は困惑の表情を見せたまま、しかし目元にははにかみを覗《のぞ》かせて頷《うなず》くしかなかった。

結局、秋江は銀次郎に促されるまま布団の上に体を横たえた。

すると銀次郎と目が合った千江が（ありがとう……）と言いた気な笑みを顔いっぱいに広げて、こっくりと首をたてに振って見せた。

「おいで……」

銀次郎は千江を手招いて自分の隣――薄座布団の上――に座らせた。

「さてと、堀内秋江様と仰《おっしゃ》います事についちゃあ、ここにいる千江ちゃんから聞いておりやすが、お武家の奥方様ですねい」

「寝床に身を預けたままの、このような無作法なる姿で銀次郎様とお話を交わすなど、心苦しくてなりませぬ」

「じゃあ何だ。私《あっし》も奥方様の横にぴったりとくっ付いて寝転びましょうかえ」

「まあ……」

銀次郎の思わぬ言葉に秋江が目を大きく見張り、幼い千江は思い切り目を細めてさも可笑《おか》しそうにケラケラと喉《のど》を鳴らした。

その明るい笑い声で、秋江の〝ほんのりと優しい美しさ〟の面立《おもだ》ちから、それまでの硬さが消え去った。

「順を追ってお聞かせ下さいやし。どなた様の仇《かたき》を討ちたくて、幼い千江ちゃんを私《あっし》の元へ寄越したんですかねい」

「この職人宿に疲れ切って倒れ込むように一夜をお願い致しましたところ、風邪の熱を出してしまい今日で四日目と相《あい》なりまする。私の只事《ただごと》でない様子を当宿《とうやど》の御主人殿が察知下されて色々と訊《き》かれ、つい事情を打ち明けましたるところ……」

「おっと、この職人宿の主人《あるじ》長之介てえのが、千江ちゃんを私《あっし》の元へ連れて来たことについちゃあ先刻承知でござんす。話を省きなすって結構でさ。長之介は私《あっし》の無二《むに》の友でございやすから、野郎の考えやする事についちゃあ何でもお見通しでございやすよ。で、どなた様の仇を?……」

「夫、堀内満右衛門国吉《みつえもんくによし》の仇を是が非でも討たねばと思い、こうしてひとり娘の千江と共に国元を出て江戸へ参りました」

「やはりお武家の奥方様でしたねい。旦那《だんな》様である堀内満右衛門国吉様についてお聞かせ下さいやし。率直に」

「はい。夫の満右衛門国吉は西国二見藩《さいごくふたみはん》五万八千石に仕《つか》える国家老堀内重兵衛国友《じゅうべえくにとも》の嫡男《ちゃくなん》でありひとり息子でございました」

「ほほう。西国二見藩五万八千石と言やあ、外様《とざま》だけれども、私《あっし》らのような半端者《はんぱもん》でも知っているなかなかの名家でございやすね。そこの国家老の家柄とはたいしたもんだい」

「とは申せ、三人おりました国家老の末席つまり三番位国家老でございました事から、何かと気苦労が多く、また筆頭・次席家老の注文もあれこれと厳しく、そのためか昨年十二月義父《ちち》重兵衛国友は卒中で急死致しましてございます。まだ体力充分以上にございました五十一歳の若さでございました」

「なんとまあ……」

「義父《ちち》重兵衛国友は穏やかな人柄で学問芸術をよくやり、また槍術《そうじゅつ》にも長じていたことから若い藩士が義父《ちち》を慕《した》って堀内家に出入りすることが多うございました」

「そのような状況はひょっとして筆頭家老、次席家老の妬《ねた》みを買いやせんかね」

「仰《おお》せの通りでございます」

「矢っ張りねえ。侍の社会は陰湿でござい、と言いたくもなりまさあ。……あ、千江ちゃんに、これから先の話を聞かせても差し支えございやせんか。何でしたら宿の女中に預け……」

「いいえ。幼子とは申せ千江も我が家の父の仇を討たねばならぬ身。この場にいて悲しい話を聞くことから逃げてはならぬと思いまする」

「なるほど……判りやした。ですが、言葉や表現の一つ一つには注意を払って下さいやし。この子は純真ないい子だあ」

「気を付けて言葉を選ぶように致しまする」

「お義父上《ちちうえ》様が卒中で急死なされやしたあと、三番位国家老としての堀内家は奥方様の旦那様満右衛門国吉様が何の支障もなく家督を相続なさいやしたね」

「ところが、そうは参りませんでした」

「え……」

「夫満右衛門国吉は年齢《とし》が二十七歳と若かった事もありましてか、堀内家の家長としての地位相続は認められましたるものの、義父《ちち》が得ていました家禄九百五十石は三百石にまで減らされ、役職につきましても『暫《しば》し無役』を告げられましてございます」

「なんですってい」

「誰が如何《いか》なる理由でそのような方向へと堀内家の処遇を貶《おとし》めたのかは、はっきりと致しておりませぬ。ただ、重役会議では一人の異存者もなく満場一致で、そのように裁決されたようでございます」

「家禄の六百石以上もの削減《さくげん》、及び暫し無役というこの非情な二点について、一《いっ》体誰《てえ》が堀内家に伝えたのでございやすか」

「次席家老斉賀彰玄高綱《さいがしょうげんたかつな》様御自《おんみずか》ら堀内家に出向いて参られ、淡々と告げられましてございます」

「淡々とねえ。で、それに対する異議申し立ては？」

「許される雰囲気ではございませんでした。もし強硬に意議を申し立てておれば、堀内家の家禄は更に百石、二百石と減らされていたやも知れませぬ。あるいは蟄《ちっ》居《きょ》を申し渡されたやも……」

「ひでえ話だ。いやだねえ侍《さむれえ》はよ。さてと、旦那様の満右衛門国吉様について聞かせて下さいやし。仇を討ちたいということは旦那様は誰かに命を絶たれやしたね」

「はい。私《わたくし》の元許婚《もといいなずけ》に雨降る夜、城下の蛍川に架《か》かる七色橋の袂《たもと》で待ち伏せられて一刀のもとに……」

「ちょっ、ちょっとお待ちになって下さいやし。いま、元許婚と仰いやしたかい」

銀次郎は驚いて訊き返しながら、幼い千江が竹蜻蛉《たけとんぼ》で遊びはじめた事で少しばかり肩の荷を下ろした。

「はい。夫の命を絶った下手人は、私《わたくし》より四歳年上の元許婚で馬庭念流《まにわねんりゅう》を心得る比野策二郎《くらのさくじろう》でございます」

「なんだか話が入り組んで参りやしたが……」

「私《わたくし》の生家であります崎山家《さきやま》、比野家ともに良縁と納得し、また私《わたくし》と策二郎も気が合いまして両家親族からも祝福され婚約を交わしました。けれども策二郎が仮面をかぶった人間である事が次第に判って参りました。遊里《ゆうり》へ頻繁に出入りし、幾人もの女に入れ揚げるなどで三百両を超える借財のあることが露見したのでございます」

「なんとまあ、三百両を超える、ですかえ」

「はい。二見藩では比野家は名家のうちに数えられてはいるものの禄高は二百五十石。策二郎が己《おの》れの借財をあわよくば七百石を食《は》んでおりましたる崎山家に助けて貰おうとしていたらしいことも浮き上がって参りまして……」

「なるほど、それで婚約解消となった訳でござんすか」

「左様でございます」

「それにしても七百石の禄を得ておりやした崎山家が、何故にまた格下二百五十石の比野家と縁を結ぼうとなさいやしたので」

「比野家は筆頭家老斉賀徳之助《とくのすけ》様の奥方様の妹君が嫁《とつ》いだ先でございますことから、父は私《わたくし》の将来を思って縁組に前向きになりました。私《わたくし》の産む男孫《おとこまご》が比野家を継ぐことをきっと夢見ていたのでございましょう」

「奥方様は今、筆頭家老斉賀……と仰いやしたね」

「はい。筆頭家老斉賀家は、次席家老斉賀家から見て分家筋に当たります。つまり次席家老斉賀家こそが本家なのでございます」

「これはまた……すると藩内には斉賀一族の糸が蜘蛛《くも》の巣のように張り巡らされておりやすので？」

「そのように申し上げても宜《よろ》しいやも知れませぬ」

「しかし、元許婚比野策二郎は如何なる理由で旦那様の命を絶ったのでござんすか。雨降る夜に待ち伏せまでして」

「判りませぬ。見当もつきませぬ」

「判りませぬ、見当もつきませぬって……婚約を解消された恨《うら》みとか何とか」

「それならば私《わたくし》の両親とか私《わたくし》など、崎山家の者を直接に狙いましょう。それに遊里に入り浸《びた》っていた放蕩《ほうとう》策二郎には幾人もの女がおりますことから、婚約を解消されたくらいでは剣客の誇りも手伝って易々《やすやす》と刀を抜いたりは致さぬと思います」

「なるほど……言えていやすねい。で、藩の比野家に対する処罰は？」

「ありませぬ。また策二郎も出奔《しゅっぽん》いたしたままで、藩から追捕《ついぶ》の手が伸びている様子もございませぬ。命を絶たれた夫に対しては藩より三十両の弔慰金《ちょういきん》が出ましたるのみで、お調べはもとより、事件として扱う様子も全くございませぬ」

「ひでえ話だな。それはそうと、藩から仇討ちの許可が正式に出ましたのかえ」

「はい。それは戴いておりますけれど、母娘《おやこ》だけによる仇討ちの事、という厳しい条件が付いてございまして、私《わたくし》と娘千江以外の一族の誰も仇討ちに直接加わってはならぬ、という御達しでございます」

「へええ……そのような仇討ちは、あまり聞いた事がねえなあ」

「幸い七百石を食《は》んでおりまする生家の崎山家は今のところ無傷でございますことから、路銀《ろぎん》（旅費）等につきましては、つましく旅する限りに於《お》いてさして不自由は致しておりませぬ。策二郎を追い求める旅ゆえ目立たぬよう着る物も履《は》く物もわざと貧しく装《よそお》うてはおりまするが、これも策二郎を討ち果たすまでの辛抱でございまする」

「その策二郎だが、この江戸にいる確証でもあるんですかい」

「確証はございませぬけれど、堀内家の義母上《ははうえ》様も生家崎山家の両親も、先ず江戸藩邸に潜《ひそ》んでいると見てよい、と申しております」

「判りやした。では策二郎の体つき、面立《おもだ》ちなどの特徴を教えて下さいやすか。私《あっし》がうまく二見藩江戸藩邸に張り付いて様子を探ってみやしょう」

「お力をお貸し下さるのですね。ありがとうございます。大変心強く思いまする。ですが江戸藩邸と申しましても上屋敷、中屋敷、下屋敷とございまして……」

「心配いりやせん。任せておくんない。江戸市中、私《あっし》の知らねえ所は無《ね》えんだ」

「では頼りにさせて戴きまする。それではこれ迄《まで》に申し上げましたる藩関係者の姓名の字綴《じつづ》りを認《したた》めませぬと……」

と、体を起こそうとする秋江に向かって、銀次郎は「字綴りなど、いらねえ。いらねえですよ」と右手を横に振って見せた。

「ですけれど、それでは余りに……」

「そいじゃあ、比野策二郎の字綴りだけ念のため聞いておきやしょうかい」

「はい。比野《くらの》の比《くら》は、比《くら》べる比較《ひかく》するの比《ひ》でございます。野《の》は野原《のはら》の野《の》、策二郎《さくじろう》の策《さく》は策謀《さくぼう》の策《さく》でございまして……」

「おっと、そこ迄で結構でござんすよ。あとは、どうでもいいこった」

「大丈夫でございますか」

「平気平気。大切なのは策二郎の体つき、人相の方だねい。大体の事を言って下さりゃあ、絵には素人《しろうと》の私《あっし》ですが、多少似た顔つきを拵えて見せやしょうかい。

ちょいと待って下せえよ」

銀次郎はそう言って腰を上げると、障子を開けて廊下に出た。

「おい、おタカさんいるけえ。おタカさんよう」

「はあい」と表口の方から古顔女中タカの間《ま》の抜けたような声が返ってきた。

「すまねえが、紙と筆と墨壺《すみつぼ》を持ってきてくんない。すぐにだ」

「はあい。判りましたよう」

女中タカの間のびした返事が表口の方で尾を引いた時、不意にバンッ、ピシャンとけたたましい音が廊下を伝わってきた。

銀次郎は表口の腰高障子が思いっきり引き開けられ、過剰な力で閉じられた音と即座に判ったが、タカの「ひっ」という驚き声が廊下を走ってくる。

続いてその廊下を踏み鳴らす乱暴な足音。

銀次郎は舌を打ち鳴らすと「ちょいとお待ちになって下さいやし」と堀内秋江に告げて静かに障子を閉め、表口の方へ足を急がせた。

近付いてくる銀次郎に気付いて、険《けわ》しい顔つきの長之介が布団部屋の前で足を止めている。

銀次郎は長之介の前まで来ると、人差し指の先で相手の額《ひたい》を小突いた。

「おい、長《ちょう》。手前《てめえ》は馬鹿か。ここは客のいる旅籠《はたご》だろうが。しかも手前は此処《ここ》の主人《あるじ》じゃねえか。宿の中で大八車を引くような音を立てるんじゃねい。もそっと静かに歩かんかえ」

声を抑えて、もう一度「この馬鹿」と締めくくる銀次郎であった。

それを聞き流した長之介は、険しい顔つきのまま布団部屋の中へ銀次郎を促した。

「銀よ。三本柳の真ん中にいた㊀印の半纏《はんてん》を羽織った泥鰌《どじょう》やけどな、殺《や》られてもた」

「殺られただと。どういうこったい」

さすがに銀次郎の顔色が変わった。

「俺の後ろ首をかすめて飛んできよった大きめの手裏剣みたいな物《もん》がな、泥鰌の首を右から左へと貫きよったんや。切っ先が三寸以上も左肩側へな」

「なにいっ」

「完全に貫通した訳やないけど、それにしても手裏剣にしてはあれは余りに大き過ぎる」

「もっと詳しく話してくれ。あの半纏を着た泥鰌は一体《いってえ》何者なんでえ」

目つき鋭く詰め寄る銀次郎の体を両手でやんわりと突き離した長之介は、天井を見上げて小さな溜息《ためいき》をつき呟《つぶや》いた。

「こいつは大騒動になりそうやでえ銀……」

六

蘭方の名医芳岡北善《よしおかほくぜん》が秋江を診察するのを、銀次郎と長之介はその傍《かたわ》らに畏《かしこ》まって正座をし見守った。

北善先生は十八、九の女性助手を連れてきており、その助手が気になるのか長之介の視線が、畏まった正座の割には落ち着いていない。

銀次郎は、寝床の上に座っている秋江の脈を診《み》たり、首に両手を当てたり、顎《あご》の左右下あたりをさすって見せる北善先生の手の動きを追うことに、一心不乱であった。それこそ固唾《かたず》を呑みさえしている。西洋医術の手の動き方が余程《よほど》に珍しいのであろうか。

「聴音《ちょうおん》……」

と北善先生が言葉短く助手に告げた。

「はい」

助手が頷《うなず》いて脇に置いてあった縦横高さ一尺ほどの木箱の上蓋《うわぶた》を両開きにして、色々な医療具の中から二本の紐《ひも》を付けた小さな湯呑みのようなものを選んで取り出した。

「これから心の臓の音を胸側と背中側からそれぞれ聴いてみますからね、胸元を大きく開いて下さいますか」

当たり前のように穏やかな口調で言う助手の言葉に「え……」と秋江は小さくうろたえた。

二本の紐の先をそれぞれ左右の耳に軽く詰め込んだ北善先生が、上目使いでジロリと銀次郎、長之介を睨《にら》みつける。

「さ、手伝いましょうね」

助手が秋江の胸元に手を伸ばした。

「早く出て行きなされ」と北善先生が銀次郎と長之介に障子の方を指差して見せる。

「あ、は、はい……」と、遊び人の二人がようやく慌《あわ》て気味に腰を上げた。

「ふん。何を考えとるんじゃ、あの二人は」と、北善先生が苦虫を噛《か》み潰《つぶ》したような顔つきとなり、胸を開いて豊かな白い乳房を露《あらわ》にした秋江に、手作りに見えなくもない湯呑みのような形の聴音器（のちの聴診器）とやらを近付けた。

銀次郎と長之介は客たちの出立《しゅったつ》で騒がしくなっている帳場そばまで戻った。

「おい長《ちょう》よ。俺はちょいと今から赤坂の二見藩上屋敷まで出かけてくる。母娘《おやこ》の面倒をひとつしっかり見てやってくれ」

「銀が母娘《おやこ》の仇討ちを手伝うと決めた以上、儂《わし》としては黙って見てられへんがな。しかし、二見藩上屋敷、気い付けてや。油断すなよ」

「大丈夫だ。秋江さんから聞いた話の筋は、きちんと通っている。どこにも怪しい曇りはねえ。その話の筋から不用意に飛び出さなきゃあ心配はねえよ」

「話の筋についての感想は、儂も同じじゃ。曇りはあらへん。尤《もっと》も儂は秋江さんから直接に詳細を聞いた訳と違《ちゃ》うからその点だけがな……」

「なんだとこの野郎。俺の口から打ち明けられた詳細は又聞《またぎ》きだから信じられねえ、とでも言いたいのか」

「そんな面倒臭いこと思うかいな。又聞きやさかい真相との間に小さな食い違いの一つや二つあっても仕様《しよう》ないな、ちゅう程度のことや。気にすな気にすな」

「殺された権道《ごんどう》とかいう鯨みたいな名前の男についちゃあ、左内坂《さないざか》（新宿区市谷に現存）の寛七《かんしち》親分が背後関係を調べ、間違《まちげ》えなく知らせてくれるんだな」

「大丈夫や。寛七親分は嘘を言わん目明しや。そやから儂も、権道の尾行したり見張ったりの怪しい動き様《よう》について、知ってるだけのことを親分に打ち明けたんや。背後関係については必ず連絡してくれるやろ」

「なら、いいんだがよ」

「権道が殺された現場辺りは丁度、左内坂の寛七親分と湯島の義平《ぎへい》親分との縄張りが背中合せになっているような少し重なり合っているような、難しい所なんや。たまたま寛七親分が現場近くを通りかかってくれて助かったけどな」

「そうよな。義平親分てえのは湿《しめ》った性格で、俺はどうも虫が好かねえ。ともかくよ、母娘《おやこ》を頼んだぜい」

「ああ、任しといてんか」

「じゃな……」

銀次郎は職人旅籠《はたご》「長助」を後にした。

職人町の通りを二町ばかり行くと同心《どうしん》風、目明し風などが散り散りに道端にしゃがんで四方を見まわしている。

（あそこか。権道とかが殺《や》られたのは）と、銀次郎は歩みを緩《ゆる》めて近付いていった。

「寛七親分……」

目明し風の背後にそっと近付きしゃがんで、銀次郎は小声を掛けた。

しゃがんだ姿勢で腰を回すようにして振り向いた三十五、六に見える日焼けした渋《しぶ》い面立ちの男が、「よ、銀か……」と、表情を少し緩めた。寛七親分とはしばしば盃を交わす事もある銀次郎である。

「権道とかいう鯨みてえな名前の遊び人風が殺られたこと、長之介から聞きやした」

「そうかえ。権道の懐《ふところ》にゃあ遊び人には不似合いな一両小判二枚があってよ、この辺りに奴の懐から飛び出したに違いねえ小判三両が散らばってやがったんでい。事件の手がかりになるようなものが他に何か落ちてねえかと、いま同心の旦那方と探しているんだが」

応じる寛七親分も同心たちの方を気にしつつ小声だった。

「小判が懐から飛び散る程の勢いで、権道とやらは地面に叩きつけられたんですかねい」

「首に大きな手裏剣みてえな物が、えれえ勢いで飛んできて突き刺さったらしいんだ。その勢いで殴り倒されるように横転したんだろう、と同心の旦那方は仰《おっしゃ》っているんだがな」

「その大きな手裏剣みてえなものは、どの方角から飛んできたのでしょうかねい」

「長之介の説明によれば、権道の位置が此処《ここ》、長之介が此処に立っていたというからよ……」

腰帯をヒュッと鳴らして十手を抜き取った寛七親分は、その十手の先で地面を指《さ》し示してから立ち上がった。

銀次郎も寛七親分を見習って腰を上げる。

「おそらく、東のあの方角あたり。鍛冶屋《かじや》と研《と》ぎ屋の間の通りからだと思うんだがな」

寛七親分の十手が指す方向を、銀次郎の視線は追った。

「この大通りと丁《てい》の字でつながっているあの通りまでさがって、人目につかぬよう手裏剣を投げるってえのは至難の業《わざ》でござんすね。それに、とても歩いている人間の首に命中させられる隔《へだた》り(距離)じゃありやせんぜ」

「だが、長之介の説明からだとあの通りまでさがって何者かが投げた、としか考えられねえ。それも人目につかぬよう一瞬のうちにだ」

「となると神業《かみわざ》じゃござんせんか」

「うむ。まさしく神業だ」

「当たり前《めえ》の町人にはとても出来ませんや」

「そうよな」

「その手裏剣、ちょいと見せて貰えやせんか」

「駄目だ。すでに与力旦那の手に渡っている」

寛七が首を横に振ったとき、「おう、銀次郎、来ていたのかえ」と野太い声が掛かった。

四十半ばに見える同心の一人が十手で右の肩をポンポンと叩きながら近付いてくる。

「これは千葉《ちば》様、お久し振りでございやす」

「ほんに久し振りよな。変わりはねえかい」

「へい。それはもう大人しい無為徒食の毎日でございやして」

「けっ。お前《めえ》が大人しいと、御天道様《おてんとうさま》がうろたえて西から昇りなさるよ。ま、寛七の手伝いをしてくれるのはいいが、邪魔はするなよ。お前《めえ》は役人じゃねえんだからよ」

「心得ておりやす、へい」

「無為徒食の毎日なら、迷惑をかけねえよう寛七を上手に手伝ってやってくれ。但《ただ》し、間違っても手前《てめえ》の手柄になんぞするんじゃねえぞ。手柄ってえのは十手持ちのためにあるもんだからよ」

「承知致しておりやす。へい」

「そのうち『おけら』で一杯《いっぺえ》やろうや。儂が持つからよ」

「ありがとうございやす。喜んで」

「ほんじゃな……」

配下の若い同心の方へ引き返していく、南町奉行所の市中取締方筆頭同心、千葉要一郎《ようういちろう》であった。鹿島新當流《かしましんとうりゅう》の達者として知られた同心だ。もう一つ達者なのは、他人の銭でしっかり飲み食いする事である。「俺が持つからよ」が実行されたことを、長い付き合いになる銀次郎は未《いま》だ知らない。

が、銀次郎はこの剣客同心千葉要一郎が決して嫌いではなかった。とにかくさっぱりとした性格で且《か》つ幼い子供に優しいのだ。誰彼の差別なくである。

「寛七親分、私《あっし》はこれからちょいと行きたい所がございやす。この場はこれで失礼させて戴《いただ》きやすが何か手伝う事が生じやしたら後《のち》ほどにでも遠慮なく声を掛けておくんない」

「判った。その時は頼むぞ。千葉の旦那は、遊び人のお前を更生させるために、どうやら思い切って十手を持たせたい胆《はら》のようだ。覚えておくこったな」

「じょ、冗談じゃねえや。十手なんぞ、ご免こうむりやす。止《よ》しておくんなせえ」

銀次郎は慌《あわ》てて言い残し小駈《こが》けに寛七親分から離れた。

「ははは。あの馬鹿、本気にしやがった。〝配慮の銀〟などと怖がられている割にゃあ、案外に初《うぶ》な野郎だぜ」

笑って見送る寛七親分だった。

七

赤坂新町四丁目、五丁目の通りを過ぎた銀次郎は、三年前に閉門蟄居《ちっきょ》となって今は草ぼうぼうと化している旗本邸跡地の角を左へ折れると、清水谷《しみずだに》へと入っていった。

「相手は馬庭念流の達者か。そう簡単には討たせてはくれめえ。こいつあ一波乱ありそうだな」

銀次郎はぶつぶつと呟《つぶや》いたが、べつに怖がっている表情でもなかった。

中小の武家地に挟まれた清水谷を経て檜坂《ひのきざか》を抜けたところで、道は東・西方向の二手に分かれ、右手角に寄合辻番所《つじばんしょ》（組合辻番所。大名旗本共同運営）がある。請負制（委託制）であるため近頃では無人の所が少なくない。

手当てが安いため番人が充分に集まらず、雇えたとしても「いざ……」という場合に役に立たない老人が多かった。とくに夜間の番所詰めは物騒なことから敬遠されている。

「ここの番所も無人かえ。幕府の御偉方《おえらがた》は判ってんのかね、この深刻な実態を……」

銀次郎はそうこぼして辻番所の陰に立った。

半町と行かぬ先に西国二見藩五万八千石の上屋敷があった。幕府から与えられた宅地に二見藩が建てた「藩江戸役所」（藩邸）であり、表通りに面しては長屋（藩士の居宅）が外塀《そとべい》を兼ねる、いわゆる長屋塀が続いている。

藩士の居宅（長屋）を外塀とするのは、藩邸を「万が一の事態」から防禦《ほうぎょ》するための目的があった。

その長屋塀の三か所に、向こう側から手前辻番所側にかけて表門、小門、勝手口門（台所門とも）がほぼ等間隔で設けられている。

江戸市中を焼き尽くさんばかりだった明暦《めいれき》の大火（明暦三年。一六五七・一・十八）までは競うようにして豪華絢爛《けんらん》であった大名屋敷建築だったが、大火の後は幕府の御達しもあって、多くの大名屋敷の建築が派手さを抑制した地味なものとなっていた。

暫《しばら》く辻番所の陰で様子を窺《うかが》っていた銀次郎が、「行ってみるか」と漏らしてゆっくりと歩き出した。

先ほど清水谷の通りへ入った辺りから町人地は全く見当たらなくなっており、武家屋敷通りと化している。通りの右も左も武家屋敷で、この刻限、侍すらも歩いていないひっそりとした柳並木の道だった。したがって町人が歩いていると極めて目立つ上、場合によっては不審がられる。

だが銀次郎は、そんな事など気にする様子もなく、ぶらりぶらりと散歩の足取りだった。

この通りの右手は〝大江戸の遊び人〟である銀次郎が知らぬ筈《はず》のない、長門萩《ながとはぎ》藩毛利《もうり》家の中屋敷（旧赤坂防衛庁跡）の長い土塀――白塗りの――だった。明暦の大火の直後などは再建費用の抑制という老中会議の考えが優先して板張り塀が推《すい》奨《しょう》されたりしたが、しかし類焼《るいしょう》防止には高めの土塀が良いという建築職人たちのしっかりとした思想も手伝って、土塀を採用したり板塀を土塀に改めたりする武家も少なくなかった。

尤《もっと》も経済的に余裕のない中小の武家にとっては、薄っぺらな板張り塀で我慢するしかない。

銀次郎の視線は次第に近付いてくる二見藩邸の表門にじっと注がれ、しかも毛利家中屋敷の土塀に沿うようにしてぶらりぶらりとした足取りであったから、まるで怪しまれることを望んでいるかのようだった。

この毛利家中屋敷の中間《ちゅうげん》部屋では、月に一度だけ「屋敷預り役」が条件つきで公認する賭場《とば》が開かれ、銀次郎は常連だった。「屋敷預り役」が賭場を公認するのは、てきぱきとよく働く中間が他の大名屋敷や口入れ屋などに引き抜かれるのを防ぐための、人事政策の一つでもあった。ただ、さすがに「藩役所」である上屋敷で賭場が開かれる事はない。

多くは下屋敷、ときによっては中屋敷だ。

条件付き公認というのは、金銭の貸し借りはしない、女人《にょにん》は入れない、その道の玄人《くろうと》である博徒は加えない、の「三ない」である。この「三ない」は、どこの大名屋敷の公認賭場でもほぼ共通していた。

二見藩表門まで来た銀次郎は「よいお天気で」と、老門番に丁重《ていちょう》に腰を折った。二枚の大きな両開きの唐門《からもん》（表門）は閉じられ中は窺《うかが》えなかったが、門柱を背にして所在無さ気に六尺棒を手に立っていた老門番が「うん」と笑みを返した。

〝ひとり門番〟であったためか銀次郎に挨拶《あいさつ》され、退屈の虫がちょっと消え去ったような人懐《ひとなつ》っこい笑みだった。

「これの刻限には、まだちいと早いぞ」

老門番が六尺棒を持っていない左手で壺をひっくり返す手つきをして見せつつ、小声で言った。

「とんでもございません。私《あっし》はそっちの方は全く……へい」

銀次郎はそう言って頭の後ろに手を当てひょいと下げると、恐縮したように老門番を眺めつつ足取りを急がせた。

唐門は表通りから下がった位置となっているため、老門番の姿は直ぐに銀次郎の目には見えなくなった。

銀次郎が小門を過ぎて勝手口門の手前辺りまで行った時であった。

小門が音を立てることもなく左右に開いて、二人のがっしりとした体つきの侍が出てきた。

背丈は共に同じくらい、年齢《とし》は一人は二十八、九、もう一人は三十半ばくらいかと思われた。若い方の侍の目つきが、かなり鋭い。

二人は表門の方角――銀次郎とは反対の方角――に向かって歩きかけたが、三十半ばくらいの方が視野の端《はし》で銀次郎の後ろ姿を捉えたのか、足を止め振り返った。
三、四歩先へ行きかけた若い方も、連れの様子に足を止めた。
「比野《くらの》、奴ではないのか」と、三十半ばの方が小声で言った。

「権道と連れ立っていた町人ですか?」と、若い方が囁《ささや》き返す。

「うむ。背恰好がよう似ておる」

「なるほど背丈はあれくらいですが……しかし、ちょっと待って下さい多村《たむら》さん。あの男の歩き様《よう》」

「おっ……そう言われてみれば」

「あの足取り、それに加えてさり気なく握りしめたる両の拳《こぶし》。多村さん、あの自然な歩き様に見える身構えはまぎれもなく無外流《むがいりゅう》霞《かすみ》の足捌《あしさば》き……」

「いや、よく似ているが少しばかり違うぞ比野。霞の足捌きは足先がやや外向きとなる筈《はず》。しかし、奴の足先をよく見てみろ」

「なるほど。綺麗に真っ直ぐですね。と、言うことは……」

「柳生《やぎゅう》だ。それも柳生本流（尾張柳生・江戸柳生）から忌《い》み嫌われて外されている柳生外流《がいりゅう》の足運び闇猫《やみねこ》……間違いない」

「ですが柳生外流の足運び闇猫は、確か無外流にもある筈で、しかも柳生流、無外流ともに簡単なように見えて皆伝級とも言える至難の業《わざ》と聞いています。その足運びを何故《なにゆえ》にあの町人が……しかもこの二見藩邸前の通りを、わざとらしく目立つようにして歩くなど」

「比野よ、奴はおそらく町人ではあるまい」

「では幕府の隠密《おんみつ》？……我々の日頃の余り感心しない品性が、嗅《か》ぎつけられたのでしょうかな」

比野とやらは、そう言ってニヤリとした。

「柳生外流を心得る者が幕府の隠密に就《つ》くなど、聞いたことも無いが」

「ですが多村さん……」

「ま、ひとつ反対側から回り込んで奴の前に出てみるか」

「幸いこの界隈《かいわい》のこの刻限、六本木の通りを除いては殆《ほとん》ど人の通りはありませんよ」

「思い切って殺《や》ってしまうか、比野」

「場合によってはその方が……私が斬りましょうか」

「我々のため、そして藩のためを思えば目ざわりな奴は……な。よし、急ごう」

「はい」

多村と比野という二人の武士は、表門の方へ向かって小走りとなった。

余程《よほど》の武芸の達者なのであろうか、二人とも殆《ほとん》ど足音を立てない。

表門の前を二人が小駈《こが》けに抜けるとき、藩における二人の地位、立場をよく心得ているのか、老門番が慌《あわ》て気味に直立の姿勢をとった。

銀次郎は二見藩邸の勝手口門の前を通り過ぎ、十四、五間《けん》ほど行ったところで左——六本木通り——へ折れた。それまでと違って町家《まちや》が目立つ通りだった。

「丁と出やがるか半と出やがるか……小鯛《こだい》の一匹も釣れてくれりゃあ有難《ありがて》えんだ

が」

銀次郎は呟《つぶや》き呟き町家が目立つ通りを小駈けに過ぎて、次の辻を左へ折れた。それはまるで、二見藩の二人の侍と出会う事を選択したかのような、辻の選びようだった。

銀次郎は再び中小の武家屋敷に挟まれた静かな通りへと入っていった。

この界隈の道は右へ左へと複雑に曲がったり枝分かれしていたりで、二見藩の二人の武士が足を急がせたとしても、直ぐに銀次郎の面前に立ち塞《ふさ》がれる訳ではない。

だが、風雲急を告げ始めた証《あかし》なのか、一陣の風が不意に音を立てて銀次郎の足元を吹き抜け、砂埃《すなぼこり》がザアッと舞い上がった。

八

銀次郎は中小の旗本屋敷に挟まれた通りを抜けて御先手組《おさきてぐみ》屋敷に突き当たった辻を左へ折れた。御先手組とは、「弓組」と「鉄炮《てっぽう》組」で組織されている江戸幕府の軍事職制の一つであって、「弓組」は先手弓頭《がしら》(総御弓頭とも)に、「鉄炮組」は先手鉄炮頭(総御鉄炮頭とも)に差配《さはい》されている。

この二つの組頭を合わせて総称したものが「先手頭」と呼ばれていた。したがって、二つの組頭の上に統括者としての「先手頭」が別に存在していた訳ではない。

統括者は若年寄である。

「この辺りも新しい町家が増えやがったねい」

呟《つぶや》いた銀次郎は小旗本の屋敷に挟まれて建っている長屋路地へと足早に入って行った。路地奥の向こうに見えている通りへ、抜けるためだった。

不祥事で取り潰されたか、後継者が絶えて廃絶となった武家地が近頃このように長屋と化す事が珍しくなくなってきた。幕府から裕福な町人筋へ長屋建築地として意外に簡単な手続きで下げ渡される例が増えてきているのだ。

その理由として、江戸の町人人口《じんこう》の急増と、浪人対策があった。浪人対策とは、主家を失って職を求め江戸へ江戸へと集まってくる浪人の住居《すまい》(長屋)の確保を指している。何処《どこ》そこ長屋に、元なんとか藩出の誰野誰兵衛が移り住んでいるという、治安対策上の把握目的もあった。

「この界隈《かいわい》すべてが、そのうち町家になるだろうぜい。侍《さむれえ》の時代も、そう長くはねえなあ」

長屋路地を突き抜け人通りの無いやや広い通りに出た所で立ち止まった銀次郎は、振り向いて危ない言葉を口にした。

「侍の時代も、そう長くはねえ」などが御公儀筋の耳にでも入ると、ややこしい事になりかねない。

長屋はシンと静まり返っていた。

(武家屋敷地の中に出来たこのような新しい長屋は、おそらく独り住まいが多いんだろうぜ)

と、銀次郎は思った。

事実、その通りだった。江戸へ江戸へと集まってくるのは独り身の職人とか仕事や夢を求めての男が多く、そのため江戸は野郎人口に比して、女の数が少なかった。江戸は長い歴史を有する京都や大坂と違い、街区によっては〝女日照り〟が目立つ町でもあったのである。

ただ、日本橋や神田界隈、それに本所深川などには世帯持ち長屋が少なくなく、したがって新興の町人地に比べて〝女日照り〟を感じさせる程のこともない。

銀次郎の足は、あろうことか街区をひと回りするかたちで二見藩上屋敷を目指していた。もう一度、上屋敷の前を素通りして、様子を探る胆《はら》だった。あの老門番に不審の目を向けられるのは、覚悟の上だ。

人の姿が全く無い静かな通りを行き、小旗本屋敷の角を左へ折れた銀次郎の足が、「おっと……」とつんのめった。

小走りで辻をこちらに向かって曲がろうとした奴と、危うくぶつかりそうになったからだ。

「気をつけろい、この野《や》……あ、銀ちゃんかえ」

「なんでえ。六《ろく》さんじゃねえか。どしたい、こんな所でよ」

「いやさ、今日は月に一度のなんとも鬱陶《うっとう》しい日でさあ」

「鬱陶しい？　そう言やあ、青ざめた顔して額《ひたい》に脂汗《あぶらあせ》を浮かべてるじゃねえか、この気持よい秋空の下でよう」

「大きな声じゃ言えねえが、この辺りの貧乏小旗本には、うちの酒をただ酒と勘違いしていやがる野郎が多くて全く参ってんだ」

「あ、そう言やあ今日は、月に一度のツケを回収する日だったかえ」

「毎月きちんきちんと回収しねえ事にゃあ、節季《せっき》(年末)まで待て、なんて威《おど》し半分に言い出す情《なさけ》ねえ侍が多くってよう。うちじゃあ百姓町人だって身銭を切って綺麗に呑《の》んでくれるってえのに、近頃の侍ときたらもう……」

「今日はどれくれえ集金して回ろうってんだい」

「この界隈だけで十八両ばかりなんだが」

「なんとまあ。十八両もツケ酒をしてやがんのかえ、この辺りの貧乏侍《ざむれえ》は」

「声が大きいよう銀ちゃん」

「構うもんけえ。よし、今日は俺がちょいと付き合ってやろうじゃねえか六さん」

「いいよう、いいよう。銀ちゃんが居酒屋『おけら』のツケ取りの表に立った日にゃあ、それこそ血の雨が降る大騒ぎになりかねねえ。俺ひとりで、じっくりと集金して回るから」

「これは集金じゃねえぜ六さん。取り立てだい、取り立て。六さんは人が善《い》いから侍どもになめられるんでい。青ざめた顔で額に脂汗を浮かべ駈けて来たが、何ぞあったんじゃねえのかよ」

「うん、この向こう辻で、もう三月《みつき》分も払いを溜《た》めてやがる二見藩の多村兵三《たむらへいぞう》ってえ侍とその仲間にばったり出会ったんで、今日こそはと食らい付くようにして支払ってくれと頼んだんだが蹴り飛ばされてよう」

「なんだと。二見藩の侍《さむれえ》に蹴り飛ばされたあ?」

と、銀次郎の目の奥が静かに光った。

「その多村兵三ってえのは、仲間と連れ立って呑みに来る事が多いんで、もう三両近くもツケが溜まってんだ。けんど、何だかおっかない侍でよう。目つきが凄いんだわさ。町人の分際で武士の顔に往来で泥を塗る気か、と本気顔《ほんきがお》で腰の刀を半身抜きやがったんで一目散に逃げて来たってえ訳だ」

「そうだったのかえ。居酒屋商売も色々と苦労が多いんだなあ六さん。余程に困ったことがあったら俺に声を掛けてくんねえ。大人しく手伝うからよ」

「有難《ありがと》よ。また近いうちに呑みに寄ってくれや」

「ああ、二、三日中にもな」

「それはそうと、銀ちゃんは、これから何処へ?」

「野暮用だよ、野暮用」

「この先の辻あたり、気を付けなせえよ。そろそろ多村兵三とその仲間の侍野郎が現われるかも知れねえから」

「わかった。安心しねえ。ツケの取り立ては口にしねえからよ」

「うん、そいじゃな……」

　薄気味悪いほど静かな通りを小走りに遠ざかってゆく神田須田町《すだちょう》の居酒屋「おけら」の主人六平《ろくへい》五十一歳を見送る銀次郎の表情に、険しさが広がっていった。

（二見藩の多村兵三か。侍《さむれえ》のくせしやがって平気で三両近くもツケ溜めしやがる野郎の面《つら》を見ておくのも悪くはねえな）

　胸の内で声なく呟《つぶや》いて銀次郎は歩き出した。堀内秋江、千江母娘《おやこ》の仇で馬庭念流《りゅう》の達者比野策二郎に結び付く何らかの手がかりとなるかも知れない、という思いもあった。

（六さんのあの慌《あわ》て様《よう》は、多村兵三という侍が余程《よほど》に怖かったに違いねえ。ツケの取り立ての町人に対して本気顔で刀の柄《つか》に手をかけるなんざ、まったく許せねえ野郎だ……それにしても近頃の武家町ってえのは、静かなばっかしで元気がね

えなあ)

ブツブツと呟きながら、近付いてきた辻の手前でちょっと歩みを緩《ゆる》めた銀次郎だった。六さんが「そろそろ多村兵三が現われるかも知れない辻……」と言った所だ。

が、歩みを緩めた銀次郎ではあったが、べつだん恐れる様子を見せる訳でもなく、そのまま辻を左へ折れた。またしても一人の姿も無い死んだように静まり返った通りが待ち構えていた。

十七、八間ほど先で右に折れている短い通りである。右へ折れていることが、二見藩上屋敷へと近付いている何よりの証《あかし》でもあった。

銀次郎の足が、通りの中ほど辺りまで進んでふっと止まった。左右が中小の侍屋敷の裏塀に挟まれた静か過ぎる通りだ。この界隈に入り込んでしまうと、武家屋敷の裏塀に挟まれたこのような通りが目立つようになる。

銀次郎は動かなかった。何かを待ち構えるかのような眼差《まなざ》しを、八、九間先の辻へ向けている。

六さんのように余程の用がない限り町人は入り込まない、と言ってよい〝物騒通り〟でもあった。「新刀の試し斬り」などの辻斬りは、月の出ない夜にこのような通りを行く町人を狙ってなされることが多い。

辻斬りは近頃、増える傾向にあった。

「あれだけ威《おど》しておけば、二度と払え払えとは言うまい。ははははっ」

「私は本当に斬り捨てるのかと思いましたよ」

「あいつの執拗《しつよう》さによっては、その積もりだったがな」

「私はまだ『おけら』を二度しか知りません。また、連れていって下さいよ多村さん」

「いいだろう。今夜にでも行くか」

「楽しみにしています」

「あの六平とかいう店主《あるじ》の女房は大年増《おおどしま》だが、これまたなかなかに肉感的で色気があってな。亭主の留守を狙ってそのうち抓《つま》み食いでもしてやろうかと思っておるのだ」

「ふふふっ。相変わらず女が好きですねえ多村さんは」

「ああいう亭主は、無礼討ちを怒鳴れば縮みあがって何でも言う事を聞くものだ」

銀次郎の耳にうっすらと届き出した話し声が、次第に近付いてくる。

「来やがったな、多村兵三」

呟いた銀次郎は雪駄《せった》を脱ぐと、パンッと大きく打ち鳴らして雪駄裏の土汚れを落とし、後ろ帯へと差し込んだ。

それまで聞こえていた話し声が、ピタリと止《や》んだ。

銀次郎は歩き出そうとして、一歩を踏み出した。

この時だった。辻の角に二人の侍が、ぬっと姿を現わしたのは。

銀次郎にとって初めて見る侍二人であったが、相手にとっては「場合によっては斬る」べき獲物だった。むろん、そうとは知らぬ銀次郎である。

双方とも足を止めることなくゆっくりと間を詰め、そして擦《す》れ違う寸前となった。

「いい秋日和《びより》でございます」

ほとんど相手の顔を見る事もなく銀次郎は丁重に言葉をかけて腰を折り、これに対し相手は「うむ」と頷《うなず》き返し、双方ともに擦れ違って背中を向け合った。

二歩、三歩と離れた辺りで、銀次郎の背に「おい町人……」と声が掛かった。

「へい」と銀次郎が振り返る。

二人の侍はすでに立ち止まって体をこちらへ向けていた。

ここで銀次郎は、一人は二十八、九、もう一人の方は三十半ばくらいか、と読んだ。

その二人の視線が自分の足元にじっと注がれている事に気付いて、銀次郎の表情が「ん？」となる。

「町人、これから何処《どこ》へ行く」

三十半ばくらいに見える侍の方が野太い低い声で訊《たず》ね、三人の視線がようやく結び合った。

「へい。自宅へ戻るところでございやすが」

「自宅とは何処だ」と、侍の声は抑え気味だ。辺りの武家屋敷へ塀越しに聞こえるかも知れないことを警戒しているのだろうか。

「あのう、何故そのような事を、お訊《き》きなさいますので」と、銀次郎の声も低くなった。

「お前は訊かれている事だけに答えればよい。自宅は何処だ」

「恐れいりやすが、何かと物騒な世の中でございやすから、見知らぬ御方様には貧乏町人といえども住居《すまい》を教える訳には参りやせん」

「なにっ。貴様、我々を押し込み強盗を働く輩《やから》とでも見ているのか」

「とんでもございやせん。身形《みなり》を拝見しただけで何処かの御家中《ごかちゅう》の立派な御侍《おさむれえ》様《さま》と判りやす。ただいまは一例を申し上げましただけのことで」

「いや。許せんな貴様。住居《すまい》と、それに名を申せ」

「名は銀次郎と申しやして、呉服屋の月割り代金（月賦）の集金を手伝っておりやす」

「ふうん、金集めの銀次郎か。で、住居《すまい》は？」

「申せやせん。ご勘弁《かんべん》下さいやし」

「金は集まったのか」

「いやあ、買う時は調子のいい客に限って、支払いの時は渋柿《しぶがき》になりやすから簡単には回収できやせん」

「ほう。支払いの悪い奴を渋柿と申すのか」

「へえ。私《あっし》ども町人は、物を買って支払いを渋る奴、散々《さんざん》に飲み食いをしておいて支払いを渋る奴などを〝渋柿野郎のコンコンチキ〟などと申して、それはもう大層軽蔑《けいべつ》致しておりやす」

聞いて三十半ばくらいに見える侍のこめかみに、ピリッと稲妻が走った。

「おい町人。貴様、先ほど二見藩上屋敷の前をぶらりぶらりと様子見でもするかのように通り過ぎたであろう。なぜ今、裸足《はだし》になっておる」

「あ、これはどうも。見られておりやしたか。いやなに秋の素足歩きってえのは気持の宜《よろ》しいもので」と、銀次郎は恐縮したように頭の後ろへ手を当てた。

「そのお前が、どうしてこの道を歩いておるのだ。このままだと、またしても二見藩上屋敷の前に出るではないか」

「探しているのでございますよ。渋柿野郎、いえ、月割り代金を支払って戴《いただ》く小旗本のお屋敷を」

「金集めの分際《ぶんざい》で、小旗本というような言葉は用いるな。武士に対してまったく無礼千万」

「いえ。その通りだから真《ま》っ正直《しょうじき》に申しているのでござんすよ。間違《まちげ》えなく小旗本の渋柿野郎のコンコンチキでござんす。私《あっし》は今日初めて訪ねるのですがね、これ迄《まで》に金集めに馴《な》れた三人もの若い衆や老爺《ろうや》が入れ替わり訪ねて、みんな殴り倒されているんでさあ。だから素足歩きは逃げる用意でもありやすんで」

「殴り倒されるのは町人側の態度が悪いからであろう。ま、そのような事はどうでもよい。おい町人……貴様」

「………」

「どうも町人ではないな。素姓を明かせ。一体何者だ、貴様」

「へ？」

銀次郎の顔つきが、きょとんとなった。問われている事の意味が理解できていない者の顔つきだ。

「貴様が当たり前の町人でないことは、貴様の足が証しておる」

「足？　この素足が？」

と、銀次郎は自分の足を見た。きょとんとなった顔つきが一層のこと困惑を深めている。

「もういいでしょう多村さん。面倒です」

それまで黙っていた若い方が言い、多村と呼ばれた年長侍が「そうよな」と頷《うなず》いて、目に凄みを漲《みなぎ》らせると、「私が斬ろう」と右手を刀の柄《つか》に触れた。

若い方の侍は頷いて見守っている。

身の危険を感じて銀次郎が素早く後退《あとじさ》った。ぶあっと音を立てて吹き飛んでくるかのような、猛烈な殺気を覚えていた。

多村なる武士が抜刀の構えのまま一歩、二歩と足を踏み出し、そのまま勢いをつけた。

(風だ……)

と感じたこの時にはもう、銀次郎は身を翻《ひるがえ》して走り出していた。

だが、多村なる侍は、銀次郎が感じた如《ごと》くまさに風であった。

前傾姿勢で全力逃走に入らんとしていた銀次郎の背後へ、多村は一気に迫るや抜刀して斬り下ろした。サクッという微《かす》かな音。

「うわっ」

と叫んで血玉を撒《ま》き散らした銀次郎が身をよじって倒れる。

その上から串刺《くしざ》しするかのように多村は刀の切っ先を突き下ろした。

「やめろっ、助けてくれ」

必死に転げ回って一突き、二突きの切っ先を間一髪躱《かわ》した銀次郎は、辛うじて立ち上がるや二度目の逃走に入ろうとした。目をむいた恐怖の形相《ぎょうそう》だった。着ている物の背中が、左肩から右腋《わき》にかけて短く斜めに切られている。血が噴き出していた。

「逃がすか」

多村が刀を振り上げて迫った。

銀次郎が泳ぐように、つんのめって逃げる。

迫った多村が、銀次郎の背中を右肩から左脇腹にかけて斜めに斬り下ろした。

「ぎゃあっ」という銀次郎の悲鳴。大声だった。

「多村さん、まずいっ」

見守っていた若い方の侍が多村に駈け寄り、鋭く小声を掛ける。

着ている物の背中を真っ赤に染めて、銀次郎は走り出していた。

よろめいている。腰まわりに血が広がっていた。

「とどめを……」

「いや。今の悲鳴は屋敷の塀向こうに届いています。はやく此処《ここ》を離れましょう」

「しかし比野……」

「大丈夫です。奴は助からない。切っ先は背筋に対してしっかりと深く斬り込んでいました」

「わかった」

多村はよろめきつつ遠ざかってゆく銀次郎の後ろ姿を睨《にら》みつけながら、慌《あわ》てる様子を見せることなく懐紙《かいし》を取り出して、刃を清めた。

九

神田の職人宿「長助」の主人《あるじ》長之介は強張《こわば》った顔つきであたふたと、湯島天神下の子泣き坂を駈け下りた。

子泣き坂は右手の浅い崖下《がけした》すぐの所に小さな竹林がある短く急な坂道で、左側は古い旗本屋敷の土塀が続いている。

長いこと名もなき坂道だったが、いつの頃からか子泣き坂と呼ばれるようになっていた。誰が名付けたか、子泣き坂の意味は何なのか、は今もってはっきりとは判っていない。べつに界隈に〝子泣き〟が多いという訳でもない。

この子泣き坂を下り切った突き当たりに、蘭方の名医芳岡北善の診療院があった。厚い野地板葺《のじいたぶき》のなかなか立派な薬医門を構え、三百坪はありそうな敷地を白い土塀で囲んだ野地板葺入母屋《いりもや》造り一部二階建の診療院である。

その診療院へ長之介は駈け込んだ。

長之介が玄関式台《しきだい》の前に雪駄《せった》を脱ぎ捨てようとするのを、ふた呼吸ほど遅れて薬医門を潜《くぐ》った十五、六の若い男が「こっち。こっちです……」と言いながら庭内を小駈《こが》けに真っ直ぐ突き進んだ。

長之介に「銀次郎さんが大変」と報《し》らせた芳岡診療院の見習い医師仁吾《じんご》だった。見習い医師とはいってもまだ十五、六の小僧だから、芳岡北善の雑用を引き受けつつ医学を学ぶ書生《しょせい》みたいなものだろう。

だがこの仁吾、のちに芳岡診療院の後継者となる大変な博聞《はくぶん》の名医へと大成するのだが、それはともかく、書生という言葉はこの時すでに漢籍や国書にも学僕《がくぼく》の徒の意味であらわれている。

　庭の奥まった所で立ち止まった仁吾が、振り向いて離れを指差した。

　そこが芳岡診療院の手術室なのだが、息急《せ》き切って今日はじめて診療院を訪れた常に元気潑剌《はつらつ》の長之介は、まだそうとは知らない。

「奴はどこなんや……」

「離れの中、まだ手術中です」

　息を荒らげて訊く長之介に、仁吾は右手人差し指で離れを指したまま小声で答えた。

　離れは庭に面した三面の雨戸、障子を全て開け放っていた。

　室内へ充分に明りを取り入れる目的でだろう。

　その離れの中央で名医芳岡北善と三人の助手が腰高より少し高めの治療台（手術台）を取り囲んでいた。

　三人の助手のうち患者の体の上でてきぱきと手を動かしている二人は女性《おんな》だ。

「間もなく終わる筈《はず》です。ここで待ちましょう」と、仁吾が囁《ささや》く。

「大丈夫なんか、銀次郎の阿呆野郎は」

「背中が血まみれでしたからねえ……でも芳岡先生が治療に当たっておられるの

です。大丈夫です」

「うーん、そうは言うてもやな心配やで」

「芳岡先生を手伝っている助手三人も大変優秀な方《かた》たちです。うち二人は、もう準医師の資格を先生から許されています。大丈夫ですよ、きっと助かります」

「そ、そうか。なら安心やな……で、銀次郎の阿呆野郎は自分から此処《ここ》へ転がり込みよったんか。それとも誰かに担《かつ》ぎ込まれよったんか」

「自分からです。それも転がり込むようにして、という訳でもなく……痛《いて》え、痛え、と呻《うめ》いてはいましたがね」

仁吾が小声でそう言った時、治療台に向かっていた芳岡北善が顔を上げ、白い布で出来た鼻口の覆《おお》い（マスク）を取って長之介を見た。

長之介は離れの上がり口まで近付いて、「ありがとうございます、芳岡先生」と、深々と頭を下げた。

医師芳岡北善は黙って頷《うなず》くと、縁側までやってきて胡座《あぐら》を組んだ。

「先生、傷の具合は、どうでっか。大丈夫でっか」

「こら、大きな声を出すな。ここは診療院じゃ。入院患者もおる。銀次郎は心配ない。四、五日でほぼ綺麗に治る」

「四、五日？」

長之介は一瞬、気抜けしたような顔つきになった。医者でなくとも全治四、五日といえば引っ掻《か》き傷程度と判る。

「せ、先生。いま四、五日で治ると言いはりましたか」

「言うたが……」

「ほな、聞き間違いと違うんや」

「うん、違うな」

「という事は、猫の爪《つめ》で軽く引っ掻かれた程度でっか」

「ま、それよりは重いが……おい長之介、もそっと近《ちこ》う寄れ」

「は？」

「もそっと儂《わし》の近くへ……」と、芳岡北善の声が尚《なお》のこと小さくなった。

長之介は前かがみに縁側へ身を乗り出すようにした。

それまで見守っていた仁吾が薬医門の方へ立ち去り、治療台を囲んでいた三人も頷き合うようにして離れを出、母屋《おもや》への渡り廊下を渡り出した。

「長之介よ」

「はい？」

「遊び人銀次郎とは一体何者じゃ」と、芳岡北善の声が一層小さくなる。

「へ？」

「へ？　じゃない。銀次郎とは何者かと訊いておるのじゃ。正直に答えい」

「どうしはりましたんや先生。銀次郎はこの神田湯島界隈では知らぬ者とてない、無為徒食の遊び人でっけど」

と、長之介も囁《ささや》き声となった。

「その程度のことは儂の耳へも入っておる。ひょっとして、それは隠れ蓑《みの》ではないのか。どうなのじゃ」

「隠れ蓑？」と長之介は首を傾《かし》げたあと、言葉を続けた。

「銀次郎との付き合いは長いでっけど、奴は正真正銘の品の無い喧嘩っ早い町人ですわ。武士でもなければ、お公家《くげ》はんでもありまへん。けんど先生、なんでそんな事を訊きはりまんねん」

「斬られ様《よう》じゃ」

「斬られ……様《よう》？」と、長之介が再び首を傾げる。

「そうじゃ。背中を襷掛《たすきが》けに刀で斬られておってな。切っ先は僅《わず》かに深めに皮膚を斬り破ってはおるのじゃが、そのあとは実に計算したように浅い線を描いておるだけなのじゃよ」

「先生の言うてはる意味が、もひとつよう判りまへんが……すんまへん。頭が悪いもんで」

「あれはな。斬られたのではなく、斬らせたのではないか、という傷じゃ」

「えっ、なんやて、ほ、本当《ほんま》でっか」

長之介は背筋を反《そ》らせて驚いた。目を見開いていた。

「医者の儂には、そうとしか見えない傷なのじゃ。銀次郎は何者かの刃を背に受けた次の瞬間、その刃が背筋を浅く這《は》うような動作を取ったに相違ない、と思うのじゃ。そうでなければ、銀次郎の背中は深々と割られていたと断言してもよい」

長之介は茫然《ぼうぜん》となった。

「そんな器用なことが人間……出来ますやろか先生」

「銀次郎の傷を診《み》たら、そうとしか言えんから言うたまでの事じゃ。念のため一応、何針かは縫《ぬ》い合せはしたがな。あれは偶然に軽く済《す》んだ傷ではない。相手に〝斬られた〟と思わせるために演じてなし遂《と》げた傷のように診《み》れるのう」

「歌舞伎でも、そんな舞台はまだ見たことありまへんで先生。鍛え抜かれた忍びでも、そんな器用なこと実際の斬り合いの場では演じられまへんやろ」

「うむ、演じられるとすれば……」

「演じられるとすれば？」

「実に高い位を極め尽くした剣客、あるいは第一級の忍び、くらいの者であろうかのう」

「先生は剣客とか忍びの世界にお詳しいんでっか」

「詳しくはない。そうとしか考えられぬ、という意味で言うておるだけじゃ」

「誰に斬られたか、あの馬鹿、言いましたか」

「いや、訊いたが言わなんだよ。それについては口を閉ざしたままだ」

「そうでっか……奴と今、話せますやろか？」

「間もなく縫合《ほうごう》のための麻酔から醒《さ》めるじゃろ。ごく浅く施《ほどこ》しておいたからの」

「麻酔？」

「手術の時などの痛み止めと思えばよい。日本にはまだ無いが外国から手に入れた非常に高価なものでな。支払いの方、きちんと頼みましたぞ」

「へえ。それはもう……」

「じゃあ、治療台のそばに居《い》てやりなされ。目が醒めたら、もう歩いて帰ってよい」

なんとまあ、という呆《あき》れ返ったような表情にならざるを得ない長之介であった。

十

「そやよって言うたやろ。二見藩上屋敷は気い付けてや、油断すなよ、と」

「べつに油断した訳じゃあねえ。用心はしていたわさ。その用心を超える凄《すげ》えのがいきなり現われやがったんでい。凄《すげ》えのがな」

「二見藩の侍か？」

「たぶん……」

「しかし、相手はお前の顔や素姓を知ってる筈《はず》ないで。なんで斬りかかったんやろ」

「わからん。わからんが殺気は充分に破裂してやがった」

「破裂……絶対に殺す、という気いやったんやな」

「間違いなくな……あちちちっ」

銀次郎が顔をしかめた。

「大丈夫かいな」

「いやなに。蜂《はち》に刺された程度よ。それよりも摑《つか》んでいる腕を放してくれ。そっちの方が痛い。脚は二本ともしっかり歩いているからよ」

「わかった」と、苦笑《にがわら》いした長之介は支える積もりで摑んでいる銀次郎の左腕から手を放した。大きな手だ。

湯島天神下の芳岡診療院を出た二人は、大外濠川《おおそとぼりがわ》(神田川)に架かった昌平橋《しょうへいばし》に差し掛かっていた。左手方向直《す》ぐの所に、三千石以上の大身《たいしん》旗本の登下城通用門である筋違御門《すじかいごもん》が見えている。五百石以上の旗本家による交替警備が義務付けられている通用門だ。

「おい銀。先に渡っててんか」

「ああ」

頷《うなず》いて銀次郎は昌平橋を渡り出した。長之介は尾行を警戒しているな、と銀次郎には直ぐに判った。阿吽《あうん》の呼吸、というやつだ。

昌平橋を渡ると広大な神田の町人街区が広がって待ち構えている。この町人街区に入ってしまうと今度は、怪し気な素振りの侍などはかえって目立つ有様《ありさま》となる。

武家街区で銀次郎が目立ったのとは、つまり逆の有様だ。

銀次郎は昌平橋を渡り切ったところで振り返り、長之介を待った。

長之介の姿は、大外濠川の向こうから消えていた。

「太っ腹な男の割には慎重な奴だぜ」

呟《つぶや》きながら銀次郎は自分のことを心配してくれる長之介の気持をつくづく有難いと思うのだった。

左手方向の神田須田町二丁目角で、居酒屋「おけら」の明りを点《とも》していない赤提灯《あかちょうちん》がそよ風に揺れている。

銀次郎はいつの間にか茜色《あかねいろ》に染まり出した秋の空を仰いだ。

「まだ、やっちゃあいねえだろうが、寄ってみるかえ」

主人《あるじ》の六さんのことも気がかりだし、と漏らした銀次郎の顔が、ちょっと歪《ゆが》んだ。芳岡北善に縫合《ほうごう》して貰った斬られ傷のほんのごく一部——切っ先で突き裂かれた——が、ズキンッと疼《うず》いたのだった。

湯島横町の路地角から現われた長之介が、着流しの裾《すそ》を左手でちょいと持ち加減の粋《いき》な恰好《かっこう》で昌平橋を渡り出した。

(へっ。何をやっても似合う上方野郎《ぜえろく》だい。色町の女が騒ぐのも無理ねえや)

などと思いながら、橋の中程でこちらを見た長之介に、銀次郎は「おけら」を指差して見せた。

長之介が頷き返す。

銀次郎は長之介が橋を渡り終えるのを待たずに、「おけら」へ足を向けた。後を追うかたちの長之介が、歩みを急がせる。

薄汚れた湿ったような暖簾《のれん》をくぐって銀次郎は「おけら」に入った。
七、八坪ほどの店に、まだ客の姿は無かった。醬油樽《しょうゆだる》の上に四角な板を乗せただけの大雑把《おおざっぱ》な卓台が六つ七つ土間を占めその卓台を床几《しょうぎ》が囲んでいる。

「ちょいと早《はえ》えよ。いま仕込みの最中でい」

正面の調理場で男の声がした。しゃがんで何事かやっているらしく、銀次郎を迎えたのは声だけだ。

「六さん、俺だよ。銀次郎だ」と答えながら銀次郎は床几に腰を下ろした。

「お、銀ちゃんかえ」

と、立ち上がった男――六平――は両手に「おけら」名物のべったら（浅漬け大根）を下げている。

「どうでい。ツケ取りは上手《うま》く運んだかえ」

「駄目だい。予定していた半分も回収できねえ。全く嫌《や》んなるよ」

「商売も大変だねい。俺の出番があったら言ってくんな」

「銀ちゃんには頼みたくとも頼めねえよ。江戸が火を噴く大事《おおごと》にならあな」

「けっ、六さんも案外に大袈裟《おおげさ》なこと言いやがる」

「呑むかえ。いま樽からべったらを取り出したばかりだがよ」

「うん。一杯頼む」

そこへ長之介が入って来たから六平は破顔した。

「おや、嬉《うれ》しいねい。役者が揃ったい。一杯ひっかけたあと今夜は神楽坂《かぐらざか》あたりで綺麗どころと夜明かしかえ」

と言いながら、六平が「長《ちょう》さんもべったらでいいねい。いま仕込み中だからよ」と付け加えた。

「上等や。酒は冷《ひ》やでええよってに」と応じた長之介が、銀次郎と並んで床几に腰を下ろしつつその耳元へ顔を近付けた。

「傷にようないで、酒は」

「大丈夫でい。そう心配すんねい」

「そうか……けど、そこそこにしときや。縫い合せたとこが膿《う》み出したら大変やさかいな」

「心得てらあな」

トントントンと六平がべったらを切る爼《まないた》の音が心地よく響いた。

六平自慢のべったらは「うまいっ」と近隣では評判で、これで一杯やりたくて大身旗本の御殿様でさえこの薄汚ない店を訪れたりする。なかには「奥（妻）にも食べさせたい」という侍たちもいて、むき出しのままぶら下げて持ち帰る者もいた。この注文がかなりあって、「おけら」では結構な売上になってはいたが、呑んだ勢いで買っていく者もいるから、これが「ツケといてくれ」ということにもなって六平を悩ませたりする。

実はこの「べったら」という呼び名は、「おけら」を気に入った大身旗本の御殿様が二、三年前のこと酔い口上で名付けたものだった。奥方にも食べさせようとむき出しのまま両手にぶら下げて持ち帰ったところ、着物の裾《すそ》に〝べったり〟と浅漬けの汚れが付いてしまった。

次に訪れたこの御殿様が気持よく酔って「今夜も〝べったり〟を持ち帰るぞ」と皮肉まじりに言ったのを、六平が〝べったら〟と聞き間違え、以来「おけら」では「べったら」で通っている。この名前が案外に好評なのだ。

「はいよっと」

調理場から出て来た六平が、醬油樽の卓台に皿に盛ったべったらと大徳利《おおどっくり》、ぐい呑み盃《さかずき》を置いた。

「今日は春《はる》ちゃんの姿が見えねえな？」

六平が注《つ》いでくれる酒をぐい吞み盃で受けながら、銀次郎が「おけら」のひとり娘の名を出した。

「女房と仲良く蔵でべったらを漬けてるよ。近頃はあちらこちらの長屋の女房《かみさん》たちも売ってくれ、と訪ねて来るんでよ」

蔵と言っても「おけら」と背中合せにある板葺《いたぶき》の小屋であることを、銀次郎も長之介も承知している。

「べったらを『おけら』の肴《さかな》にだけしとくのは勿体《もったい》ないんと違《ちゃ》うか。そんなに売れるんやったら、春ちゃんに日本橋あたりでべったらの店を持たせたったらどや」

「冗談じゃねえ。『おけら』の六平五十一歳に、そんな力なんぞねえよ長《ちょう》さん。それよりも早く嫁に行って貰いてえよ、父親としてはよ」

「誰ぞ好きな男でもおらんのかいな。可愛いええ娘《こ》やのに」

「ざあな……父親の儂《わし》には判んねえ。先妻を病気で亡くして五年。春は後妻のテルを立ててくれながら一生懸命に『おけら』を支えてくれたい。もう二十五だ。そろそろ仕合わせになって貰わねえと、亡くなった女房に申し訳ねえや」

言い終えて六平はグスンと鼻を鳴らすと、調理場へ戻っていった。

「おい長《ちょう》よ」と、銀次郎は囁《ささや》いた。

「なんや」

「お前《めえ》、春ちゃんどうなんでい。旅籠《はたご》『長助』のいい女将《かみさん》になるぜ。働き者《もん》のあの娘《こ》はよ」

「軽はずみなこと言うなよ銀。春ちゃんの一生の問題やで」と、長之介も囁き声になった。

「だからよ……」と、銀次郎は真顔でぐい呑み盃を口元へ持っていった。

「だから言ってんだい。『長助』には板場や女中たちを差配《さはい》するしっかりした女将がいるだろうよ。春ちゃんは、この『おけら』で客扱いを鍛えられとる。そろそろ本気で身を固める事を考えろや、長《ちょう》。悪い事は言わん」

ぐい呑み盃を空《から》にして、銀次郎は更に声を抑えた。

「判った。考えとこ。それよりも銀、芳岡先生が妙なことを言っとったで」と、長之介の声も銀次郎を見習って一段と低くなる。

「妙なこと？」

「お前の背中の傷は、斬られたんやのうて、斬らしたんと違うか、とな」

「芳岡先生が、そんなことを？」

「ああ、真顔でな。銀次郎とは一体何者じゃ、とも訝《いぶか》しがっとったで」

「ふうん……」

「おい銀」

「ん？」

「お前、一体何者なんや」

「なんでえ、それは。芳岡先生の真似《まね》をしてやがんのかえ。何年の付き合いがある者に対して言ってんでえ、長《ちょう》よ」

「確かにお前との付き合いは長い。大坂時代からやよってになあ。もう八、九年……いや、それ以上にはなるやろ。が、よう考えてみると、お前のことも、亡くなったお前の親父殿のことも、俺には何一つ判ってへん。仲良う付き合《お》うてきた割にはなあ」

「仕様《しよう》がねえだろう、共に大坂の市井《しせい》の学問所『会篤堂《かいとくどう》』で机を並べてきた仲とは言え、お前《めえ》は極道の家庭で育ち、この銀次郎は痩《や》せても枯れても旗本の倅《せがれ》なんでい。お互い、見えねえ部分、判らねえ部分があったとしても当然じゃねえのかえ。今さら、お前は一体何者じゃ、なんてえ事を口にするんじゃねえやな」

言い終えて、ぐい呑み盃に手を伸ばした銀次郎の目が、一瞬であったがギラリと凄みを放った。

長之介は小さな溜息《ためいき》を一つ吐《つ》くと、べったらを一切れ口に放り込み、ポリポリと噛《か》み出した。

銀次郎とは対照的に、その目がどこか淋《さび》し気であった。

十一

翌日は朝のまだ薄暗い内から雨がしとしと音を立てることもなく降り出していた。

銀次郎は寝床から這《は》い出ると欞子窓《れんじまど》を開けて、八丁堀の空から雨が降っていることを知った。

「秋雨かえ……さぶ」

銀次郎は首をすくめて寝床へ戻ると、「遅いなあ……」と呟《つぶや》いた。

いつもは朝飯の用意に来てくれる三町ばかり離れた亀島川の河口の畔《ほとり》に住む老夫婦の飛市《とびいち》とイヨが、まだ見えない。

飛市は漁師でイヨもそれを手伝っており、銀次郎の朝飯の用意を調《ととの》えたあと、亀島川に浮かべている小舟で漁に出る。

と、本八丁堀の通りに面した表口の一枚格子を引き開ける音がした。それらしい音だから銀次郎には直ぐに判る。

続いて玄関の腰高障子が開いて、銀次郎は布団の上に体を起こした。

「遅くなりましたね坊っちゃま」

小柄で痩せぎすな老爺《ろうや》が風呂敷包みを両手に下げて土間に入って来た。その後から続いて入ってきたのは髪が真っ白な大柄で太り気味の老女で土鍋を両手で持っていた。

飛市とイヨの〝蚤《のみ》の夫婦〟である。

「なんでえ二人とも傘《かさ》も差さねえで来たのかえ。風邪をひくじゃねえか」

「なあに漁師にとっちゃあ、陸《おか》の小雨なんぞ雀《すずめ》の涙でございますよ」

飛市が言い言い遠慮を見せない馴《な》れた様子で、土間から板の間へと上がってきた。

銀次郎が起きあがって布団を折り畳もうとすると「それはイヨの仕事でございますですよ。坊っちゃまにそのようなことをさせたら、イヨはあの世へ行ってから、御殿様や奥方様に叱《しか》られます」と、二つある竈《かまど》の内の小さな方へ土鍋を乗せたイヨが、半身で銀次郎を軽く睨《にら》みつけた。

銀次郎は「はいはい」と呟《つぶや》きながら寝床から離れて櫺子窓にもたれかかり、飛市が苦笑しながら、ところどころ疵《きず》が目立つ古い文机《ふづくえ》の上に風呂敷包み二つを置いた。この古疵《ふるきず》目立つ文机は、本来の文机としての〝役目〟のほかに、膳《ぜん》になったり湯呑台《ゆのみだい》になったり一寸《ちょっと》した物置台になったりと何役も熟《こな》している。

「このお机で今は亡き御殿様はよくお書き物をなさっておられたものでござんしたねえ」

ひっそりとした口調で言って、文机を皺《しわ》だらけの荒れた手でひと撫《な》でする飛市であった。

銀次郎は答えず、遠い目をして、雨を降らせるうっとうしい空を見上げている。

イヨは水屋の引き出しを開けると、小袋のようなものを取り出した。なにもかも心得て見える、とまどいの無い動きは、この家《や》との付き合いがかなり長きに亘《わた》っていることの証《あかし》とも思われた。

飛市が二つの風呂敷包みを開いて、塗りの重箱と箸《はし》を文机の上に置き並べながら上目使いで銀次郎の様子を窺《うかが》ったが、銀次郎は天空を仰いだままだ。

「今日は亡き奥方様の御命日でございますよ坊っちゃま」

「判ってらあ……忘れる訳がねえ」と、ぶっきらぼうな調子の銀次郎である。

「そうですか」

飛市は頷《うなず》くと風呂敷を丁寧に折り畳んで文机の端に置き、土間へ下りて小さな方の竈の脇に立った。

その竈の前にしゃがんだイヨが火打石《ひうちいし》と火打金《ひうちがね》とを打突《だとつ》させてカチカチとやっている。さきほどイヨが水屋の引き出しから取り出した小袋のようなものは、「火打袋《ひうちぶくろ》」といわれるもので、この袋の中には生活上欠かせない火打石や火打金などの発火用具が入っていた。

火打袋は和銅五年（七一二年）に編まれた日本最古の神話的国生み史書（全三巻）

である「古事記」の倭 建 命《やまとたけるのみこと》の東征物語に、おばの倭比売《やまとひめ》から贈られた物として既《すで》に登場している。

火打石や火打金、火口《ほくち》（炭の粉末）などを入れた火打袋は、軍陣とか長旅にはおそらく欠かせない大事なものとして携行されたのであろう。

尤《もっと》も「古事記」のような古い時代に於いては火打石（珪酸《けいさん》分に富む）どうしを打突させたようで、火打金が生活の中に登場するには、いま暫《しばら》く時代の流れを要したと思われる。

打突による発火を最初に移して小種火《こたねび》とする火口《ほくち》についても、炭の粉末に適量の煙硝《えんしょう》（火薬）を混ぜた物が近世に入って開発されたが、これは主として上流階級で用いられたものであろう。

いずれにしろ「火事は怖いが火種《ひだね》は大事」な不便な時代の流れの中で人々は懸命に「生活上の起こし火」について工夫してきた。

「すぐに粗《あら》の味噌汁が温まりますからね坊っちゃま。御重《おじゅう》の中にはお赤飯や御馳《ごち》走《そう》が入っていますから、残さず食べるのですよ」

打突の発火を火口から付木《つけぎ》へと移し終えたのか、イヨが「よっこらしょ」っといった感じで腰を上げた。付木とは着火しやすい木屑《きくず》や竹屑などのことである。

「うん」

と、銀次郎はここでこっくりと頷《うなず》き老夫婦の方へ真顔を向けた。

ようやくのこと、いつにない贅沢《ぜいたく》な朝餉《あさげ》の理由《わけ》を理解した銀次郎であった。

イヨの言葉が続いた。〝蚤の夫婦〟にふさわしく、イヨはかなり口達者で飛市はどうやら無口のようだった。

「それから朝餉を終えられましたら今日は必ず麴町《こうじまち》の御屋敷をお訪ね下さいましよ坊っちゃま。お宜《よろ》しいですね」

と、やや強めな口ぶりのイヨであった。

「そのつもりだあな。それからなイヨ、俺はもう二十九だぜい。だからよ……」

「坊っちゃま、と言うなと仰《おっしゃ》るのでしょう。もう若様は止《よ》してくれい、と仰るから先年に仕方なく坊っちゃまに変えたのです。イヨは病弱であられた奥方様に代わって自分のおっぱいで、わが子のように坊っちゃまをお育てして参ったのですからたとえ二十九になられようとも、四十になられようとも、イヨにとっては変わらず坊っちゃまでいらっしゃいます」

「参ったな……」

銀次郎はチッと舌を打ち鳴らして、文机の前に胡座《あぐら》を組み床板を軋《きし》ませた。

苦笑した飛市が「私ら老夫婦にとっちゃあ、坊っちゃまはいつ迄《まで》経《た》っても赤ん坊のときのままなんでござんすよ」と言いながら竈の前にしゃがみ、竹筒でふうふうと種火を吹き始めた。

チロチロとした赤い炎の立ち上がりが、文机の前に座った銀次郎にも見えた。

「そろそろお嫁様をお貰いになって、落ち着いた生活にお入りにならねばいけません。天国の御殿様や奥方様を早く安心させておあげになりませんと」

竈の火を飛市に任せたイヨが板の間に上がって、銀次郎と向き合って文机の前に正座をした。

「さ、お召し上がり下さい。穀物問屋の『相模屋《さがみや》』へ嫁《とつ》いではや十五年になる娘の登代《とよ》が先《せん》だって小豆《あずき》を沢山持ってきてくれましてね。それでお赤飯を炊《た》きあげてみました。さ、どうぞ……」

そう言いながらイヨが先《ま》ず小さい方の重箱の蓋《ふた》を開けた。

「登代の名を久し振りに聞いたが元気にしているのかえ」

と言いながら銀次郎は箸《はし》を手に取った。

「はい。今ではすっかり穀物問屋の女将《おかみ》らしくなり、亭主の相模屋仁三郎《じんざぶろう》もそれはそれは善《い》い人で、今では登代は奥の雑用を女中に任せて、帳場の大事仕事を差配しているようで」

「それは仕合わせなことだ」

「いい鯛《たい》がとれましたので、塩焼きにしてお持ちしましたよ。召し上がれ」

イヨが大きい方の重箱の蓋を取った。

身付きのよい鯛がさすがに窮屈《きゅうくつ》そうに尾と首を曲げて立派な重箱の中に納まっていた。

「美味《おい》しそうだ。それにしてもイヨ、この塗りの重箱にゃあ見覚えがあるぜい」

「奥方様が大切になさっていたものです。お亡くなりになる少し前に、頂戴《ちょうだい》したのですよ。形見分けだとか申されて」

そう言ってイヨは鼻をグスンと鳴らした。

そこへ飛市が椀《わん》にいれた味噌汁を盆にのせて持ってきた。

「その金色の貝殻模様をちりばめた塗りの重箱は、奥方様のお気に入りであると同時に桜伊家《さくらい》の家宝の一つでもありましたよ。全くえらい物《もん》をイヨは頂戴しちまって……恐れ多いことで」

「なるほど、それで見覚えがあるのかえ」

「この粗の味噌汁は漁師風の味ってえやつでね、私がつくりました。粗は茹《ゆ》でて臭みを取ったあと軽く七味をまぶして一刻《いっとき》ばかり置いてから使うのです。ま、味見してやって下せえ」

飛市が微笑《ほほえ》みながら物静かに言って、文机の上に椀を置いた。

「これもまた旨《うま》そうな味噌汁だい。二人とも料理が上手《うめ》えから有難《ありがて》えや」

銀次郎の箸が動き出したのを、飛市とイヨは目を細め、さながら我が子にでも対するように見守った。

十二

朝餉《あさげ》を済ませた銀次郎は、あと片付けを〝仕方なく〟飛市夫婦に任せ、蛇《じゃ》の目傘《がさ》を差して秋雨の中に出た。イヨに、やや強い口調で「必ず訪ねるように」と言われた「麹町《こうじまち》の御屋敷」とやらへ足を向けていた。堀内秋江・千江母娘《おやこ》のことが気になっているから、「麹町の屋敷」からの帰路は職人旅籠《はたご》「長助」に立ち寄るつもりでいる。

「一体《いってえ》いつまで坊っちゃまなんでい」

傘の下で銀次郎は溜息《ためいき》を吐《つ》いたが、飛市夫婦には、とくに乳母イヨには頭の上がらない銀次郎であった。

「朝飯のあと片付けくれえは自分でやる」と口をとんがらせても、「そのようなことを坊っちゃまにさせては、このイヨが天上へ参ったときに奥方様からお叱りを……」とくる。そのやりとりにはもう飽きていたから、「すまねえ、あと片付けを頼まあ……」と言い残して秋雨の中に出てきた銀次郎であった。

しとしと降りが強まり出して、蛇の目傘がバチバチとうるさく音を立て始めた。

銀次郎は足を急がせた。

傘は、はじめ京・大坂でつくられ、奈良・平安の頃には布帛《ふはく》張りの長柄傘《ながえがさ》が、次いで朱塗りの紙を張った長柄傘があらわれ貴族、武士など上流階級で用いられ出した。

柄の短い傘が江戸庶民の間にはやり出したのは元禄《げんろく》（一六八八～一七〇四）の少し前頃からで、武士や医師・僧侶を経て「農・工・商」へと元禄に入り勢いをつけ広まっていった。

しかし、蛇の目傘一本の値段は決して安価なものではなかったから、富裕層の使い古しが、張り直されるなどして庶民層へと広まっていったようだ。

銀次郎は八丁堀川に沿って西に進み、鍛冶橋《かじばし》御門前に出て濠《ほり》（外堀）に沿って南へ向かった。

雨が弱まったり強まったりを繰り返している。

濠で鯉《こい》らしい大魚が二度三度と跳ね上がった。

本八丁堀の自宅からイヨが言う「麴町の御屋敷」まで、銀次郎にとって何ら苦になる遠さではなかった。訪ねることがめっきり少なくなっている「麴町の御屋敷」ではあったが、歩き馴れた近道は何本も心得ている。

濠の向こうで、御城や譜代《ふだい》の大名屋敷が雨で煙って見えた。

「絵になる、なかなかいい景色だがねい」

と、銀次郎は呟いた。濠から向こうには徳川将軍家さえも翻弄《ほんろう》する数々の腹黒い権力が蠢《うごめ》いている、と常日頃から苦々しく思っている銀次郎であったが、こうして眺める景色は決して嫌いではなかった。銀次郎は徳川の将軍家自体に対しては殆《ほとん》ど蟠《わだかま》りを抱《いだ》いてはいない。多くの問題はむしろ将軍家を取り囲む諸々の権力者や組織構造の中にこそ根深く存在している、という考え方だった。

江戸の中心部を焼き尽くしたふた昔以上も前の「明暦《めいれき》の大火」以降、江戸城は天守閣を失ったままであるが、銀次郎は何層にもなった天守閣を持たぬ今の城の姿こそを「大変美しい」と気に入っていた。どっしりとして安定感に充ちているように見えるのだ。

大勢の犠牲者を出し、江戸の六割以上をも失った「明暦の大火」により、皮肉なことに江戸はむしろ著《いちじる》しい発展を遂げてきた。

江戸復興のために流れ込んだ大量の活気ある労働者によって人口は急増し、市街地が新たに計画的に区割りされるなかで、家屋や橋は大変な勢いを見せて立ち直っていったのである。また、人口の急増と共にこれの衣食を支えるため「煮売り屋」（外食産業）とか古着屋がこれもまた必然の勢いで目立つようになった。煮売り屋は料理茶屋や居酒屋へと専業的に姿を整え、やがて次の料亭の出現を待つこととなる。

尤《もっと》も若い銀次郎はふた昔以上も昔の「明暦の大火」なんぞは知らなかったし、町中がカンカン、ゴシゴシと金槌《かなづち》、鑿《のみ》、鋸《のこぎり》の音を響かせて復興に向けて人々が躍動していたことも知らない。

風が吹き出したので銀次郎は斜めに降り出した雨を防ぐため傘を斜め前に傾けて差し小走りとなった。堀内秋江・千江母娘《おやこ》のことが気になって仕方がなかったから、早く「御屋敷詣《もう》で」を済ませ職人旅籠「長助」へ足を向けたかった。

そう。銀次郎は「麴町の御屋敷」を訪ねることを自分で「御屋敷詣で」と、いくぶん自嘲《じちょうてき》的に名付けていた。

速足の銀次郎が濠に沿った西紺屋町《にしこんやちょう》の通りを数寄屋河岸《すきやかし》へ入ろうと右へ折れかけた時、「無礼者っ」という怒声が襲いかかってきた。

侍言葉と判ったから銀次郎は飛び退《さ》がって前倒しに差していた傘を後ろへ下げ、腰を下げ頭を低くする姿勢を取った。此処《ここ》は数寄屋橋御門という旗本専用の登下城門の前だ。したがってその姿勢が一番だと心得ている銀次郎だった。

「しっかりと前を見て歩かんか、町人」

「へい、申し訳ござんせん。無作法でございやした」

銀次郎は相手の腰から下だけを見て謝った。落ち着いた喋《しゃべ》り様《よう》だった。

「面《おもて》を見せてもう一度謝れい町人」

言われて銀次郎は、これもそうと限ると心得ておずおずとした素振りで顔を上げた。それでも視線だけは地面に落としたままにと承知している。

「おや、これは銀次郎様ではございませぬか」

謝れい、の怒声が急に猫なで声になったので、銀次郎は「え?」と顔を上げた。

当たり前の町人にとってはそれこそ震えあがりそうな十数人の集団が目の前にいた。

雨よけの母衣《ほろ》をかけられた登城駕籠《かご》を中心に、それを護《まも》るようにして四、五人の武士、数人の若党(両刀差し)、槍持《やりもち》、それに大男の陸尺《ろくしゃく》(駕籠舁《か》き)たちがいて、それらが一斉に銀次郎に視線を注いでいる。

「おや、これは銀次郎様……」の侍が、身を翻《ひるがえ》すようにして駕籠のそばへ行き、雨が降っているというのに片膝《かたひざ》をついた。年齢《とし》は三十半ばくらいであろうか。

このとき大・小両刀を腰にした数人の若党のうち、駕籠のすぐ前の位置を警護していた四十がらみが、銀次郎と目が合って軽くしかし慇懃《いんぎん》に会釈《えしゃく》をしてみせた。

銀次郎が「うん」と頷《うなず》きを返すと、若党は少し口元をほころばせた。

銀次郎に会釈を返されたことが嬉《うれ》しかったようであった。

「若党」とは、若侍を指す場合もあり、徒士《かち》より身分は低いが足軽や小者《こもの》、中《ちゅう》間《げん》よりは上位の者を指す場合もある。寛文三年（一六六三）八月に発布された「旗本法度《はっと》（法令）」（諸士法度とも）によれば、その衣服の制限について、「徒・若党」↓「足軽」↓「小者・中間」の順で定められていることから、この時代の「若党」は「準武士」に位置づけられていたと言えなくもない。

が、藩により、あるいは旗本家によっては「若党」の位置付けは極めて独自的かつ曖昧《あいまい》な面があって、小者・中間と並び称される場合も少なくなかった。

けれども少なくとも寛文三年八月の法令上は、「若党」は準武士かそれに近い位置に付されていたと判断しても間違いではない。

駕籠の窓簾《まどすだれ》ごしに内《なか》の主人《あるじ》に囁《ささや》きかけていた「おや、これは銀次郎様……」が、せわし気に銀次郎の前まで戻ってきた。だが、さすがに片膝ついた敬《うやま》いの姿勢はとらない。

「銀次郎様。もしやこれから『麴町の御屋敷』へ参られるのではありますまいか」

「そのつもりだが……」

「ならば、御城でのお勤めを済まされたあと御殿様も立ち寄られまする。それまで『麴町の御屋敷』で待っているように、との仰《おお》せでございます」

「申し訳ねえが、今日の私《あっし》は忙しいんでい。またの日にゆっくりとお目にかかりてえ、と伝えてくんない」

と、銀次郎の声はわざとらしく大きかった。駕籠にまで届くように、とのつもりなのであろうか。

「なれど今日は、御殿様にとりましても御妹君正代《まさよ》様の御命日でござりますれば……」

「そりゃあ承知の助だが、とにかく私《あっし》だって忙しい日だってあるんでい。お城の勤めが済むまでと言やあ、とんでもねえ長待ちになるじゃねえか。勘弁して貰いてえ」

「と申されましても銀次郎様……」

三十半ばに見える侍が困惑の表情を見せたとき、後方で駕籠の窓簾が供の者によって上げられ、五十過ぎかと覚《おぼ》しき目つきの鋭い顔が覗《のぞ》いた。

「銀次郎。今日の御城勤めは早くに済むのじゃ。私が立ち寄るまで大人しく仏間で合掌して待っておれ。一歩たりとも動くでない。よいな」

目つきの鋭さのみならず、野太い声にも威圧感がこもっている。

「わかりました」

鶴の一声であった。掌《てのひら》を返したようにそれ迄《まで》のつっけんどんな〝拒み〟を返した銀次郎であった。が、数寄屋橋御門に向かって動き出した駕籠を見送ろうともせずに、さっさとその場から離れて歩き出した。

十三

半蔵門を出て右手（北側）に半蔵濠《はんぞうぼり》を、左手（南側）に桜田濠《さくらだ》を眺《なが》めつつ西へ足を向けると麴町《こうじまち》一丁目からはじまる広く長い通りへと入ってゆく。

この大通りは十丁目まで続いて四谷《よつや》御門に至っており、通りの北側一帯がいわゆる麴町・番町《ばんちょう》の広大な旗本屋敷地で、主に大身《たいしん》中堅旗本屋敷が集まっていた。むろん小旗本の屋敷も無くはない。

大通りの反対側――南側一帯にも旗本屋敷は少なからずあったが、尾張《おわり》（徳川）、紀州《きしゅう》（徳川）、彦根《ひこね》（井伊）ほか壮大な大名屋敷約六十家が長大な塀を連ねて占め、その一帯の九割近くは大名家の上屋敷、中屋敷、下屋敷であった。

銀次郎は麴町四丁目と五丁目の間を右へ折れると、御用地に挟まれた通りを暫《しばら》く進んで屋敷地へと入ってゆき、寄合辻番所（請負制）の角を左へ折れて半町ばかり行った所で立ち止まった。

一見しただけでまぎれもなく敷地千坪以上はあろうかと判る大身旗本邸に両側を挟まれた、敷地四、五百坪くらいの屋敷の前であった。それは中堅旗本邸といったところであろうか。

銀次郎は左右の大身旗本邸を交互に眺め、「それにしてもなんてえ所に屋敷地を拝領したのかねえ、まったく」と呟《つぶや》いて、溜息《ためいき》をついた。

拝領地が千坪以上であるということは、恐らく家禄三千石前後の大身旗本家なのであろう。

その屋敷は瓦葺《かわらぶき》の「表御門棟」と称するどっしりと重々しい立派な長屋門を備え、さらに小口門（勝手門）が付いた「下表長屋」を持っていた。表通りに面して威風を放っているのはこの二棟だけであったが、小路側あるいは裏側へ回れば、これもまた立派な「御馬屋棟」や「御裏門棟」が目に付く筈《はず》だった。

銀次郎は目の前の中堅旗本と覚しき屋敷に歩み寄った。

表御門を備えた長屋構えは質素な柿葺《こけらぶき》であり、その表御門が幕命《ばくめい》によって「閉門」となっていることを承知している銀次郎である。そしてこの屋敷には住人が不在であることも先刻承知だ。

だが屋敷はそれほど荒れてはおらず、誰かによって日常的に管理されているらしいことを窺《うかが》わせた。

銀次郎の手が、閉じられている表御門を我が家の如く、さもいとおし気にひと撫《な》でふた撫でした。

にもかかわらず無表情であった。

表御門の前を離れた銀次郎は右手、大身旗本邸との間を仕切るかたちになっている幅二間《けん》ほどの小路へと入っていった。

少し行ったところに勝手門があって、その前に立った銀次郎は心得顔でからくり錠《じょう》をいじくり、カタンと乾いた音がした。錠が落ちた音だった。

勝手門を静かに押し開けて邸内に入った銀次郎は、朝空を見上げながら両手を突き上げ大きな欠伸《あくび》をした。

大粒の涙がこぼれ落ちた銀次郎の両の目は、いつの間にか真っ赤であった。その目の赤さもこぼれ落ちた大粒の涙も、どうやら欠伸のせいではないように思われた。

敷地四、五百坪の旗本屋敷といえば、おそらく家禄五百石手前であろう。

庭木は全く剪定《せんてい》された様子がなく伸び放題の態《てい》であった。雑草はさすがに繁ってはいなかったが咲く一本の花も見当たらず、代わって赤土は耕されて整った畝《うね》となり、今にも止《や》みそうな小雨のなか秋野菜が豊かに実っていた。

この「閉門」屋敷の庭を一体誰が耕したのか。

銀次郎か？

その銀次郎が右手の甲で両の目の涙を拭《ぬぐ》った。

「貧しさに耐えて耐えて……切り詰めて、切り詰めて……」

呟いた銀次郎の目から、また大粒の涙が伝い落ちた。一体どういう意味なのであろうか。貧しさに耐えんがために庭畑《にわばたけ》を耕したというのか？

たとえば「知行所収入《ちぎょうしょ》四百石」の旗本の手取は四公六民の原則に従えば大体百六十石くらいであり、「軍則」などにより万が一の備えとして若党や槍持《やりもち》、草《ぞう》履取《りとり》、馬の口取役《くちとりやく》ほか下男下女なども加えて十人くらいは使用人を抱えるが、余《よ》程《ほど》の贅沢《ぜいたく》さえ慎めば世に伝えられているほどに苦しい生活でもない。

旗本で最も生活が楽なのは千五百石あたりという一つの見方が武士の間にあって、その次が四、五百石と言われたりしているが、要は「生活の質（仕方）がどうか」の問題であろう。家禄三千石の大身旗本よりも四、五百石旗本の方が生活は楽、など普通ではあろう筈《はず》がない。工夫ある生活を心がけているかどうかだ。

銀次郎は「ふうっ」と溜息を一つ吐いて、畝の間を抜け玄関式台《しきだい》に向かった。勝手知ったる者、の歩き様《よう》だった。

この屋敷は表御門を入った正面に位置する玄関棟だけは茅葺《かやぶき》屋根であった。表御門が幕命により閉ざされている訳だから、玄関棟の茅葺屋根を新しく葺替えられる筈もなく、茅に雑草が生え青苔《あおごけ》が広がっていた。雑草はさほど背丈が高くはないから時おり誰かが茅葺屋根に上がって引き抜いているのであろうか。

「ただいま戻りやした」

式台の前で立ち、真顔で先《ま》ずそう口上した銀次郎であった。式台はいつ拭《ふ》き清められたのか、蠟《ろう》を塗ったかのように輝いている。

雨が止《や》んで秋の日が眩《まぶ》しいほど降り注ぎ出していた。

すぼめた傘を式台脇に立て掛けた銀次郎は雪駄《せった》を脱いで上がり、目の前すぐの八畳の「玄関の間《ま》」――青畳でなく黄色く焼けた――を通り抜けて薄暗い廊下に入ってゆくと、次々と雨戸を開け始めた。

いよいよ眩《まぶ》しさを増す明るい秋の朝の日差しが屋内に差し込んで、たちまち「使者の間」「次の間」「書院」「居間」と明らかになっていく。

そして幾つめかの部屋に辿《たど》り着いて、銀次郎の動きが止まった。

そこはすでに誰かの手によって雨戸が開けられ、大障子を通した朝のやわらかな日差しで、部屋の隅々《すみずみ》が明るかった。

全面十畳大ほどの板の間《ま》で、正面にやや大きめな仏壇がある。

蠟燭《ろうそく》は点《とも》っていなかったが、線香が薄青い煙をあげており、赤飯の御供えがあった。

仏間であった。幾つもの位牌《いはい》が横一列に並んでいる。

ここを板の間、としたのは線香の火などが落ちこぼれたときに備えてのことだろう。厚板を用いた頑丈《がんじょう》な床なら線香の火がこぼれ落ちても、そう簡単には火は移らない。

銀次郎は仏壇の前に進み出て硬い床の上に正座をすると、合掌をするでもなく頭《こうべ》を垂れるでもなく、いきなり位牌の一つに手を伸ばした。

「母上……御無沙汰《ごぶさた》を致し申し訳ありませぬ」

呟《つぶや》いて位牌を胸に抱《いだ》くようにする銀次郎であった。生まれついてさほど丈夫ではなかった母、けれどもまれに見る美しい女性《ひと》であった母が命を賭けて自分を産んでくれたことを承知している銀次郎である。

「お許し下され母上。相変わらず無為徒食の毎日でございまする」

「宜《よろ》しいのです。思いのままに生きなされ。但《ただ》し銀次郎、男であるべき正しい道、大きな優しい精神《こころ》を決して忘れてはなりませぬ。邪《よこし》まな道に踏み込んではなりませぬ」

今わの際《きわ》に苦しい息の下から母正代に告げられた言葉を思い出した銀次郎は、思わず辺りを見まわした。母の声が聞こえたような気がしたのだ。

「はい。邪まには踏み込んではおりませぬ。誓《ちか》って……」

銀次郎は呟くと母の位牌を仏壇に戻し、その右に位置していた父の位牌を、険《けわ》しい目つきで少し遠ざけた。

銀次郎は父元四郎時宗《ときむね》が嫌いであった。母のためにも絶対に許してはならぬ人だと思っている。

銀次郎は仏壇に線香を点し赤飯を供えてくれた飛市・イヨ夫婦に感謝しつつ、蠟燭に火を付けて長いこと合掌した。

合掌しながらも父に合掌しているつもりはなかった。母と祖父母や曾祖父母《そうそふぼ》に対して合掌しているつもりであった。

なぜにそれほどまでに銀次郎は、父元四郎時宗を嫌うのであろうか。

長い合掌を解いた銀次郎は、隣の居間へとさがって床の間に近寄っていった。

床の間の刀掛けには黒鞘《くろざや》・白柄《しらつか》の大小刀が掛かっている。

大刀を手に取り腰帯に通した銀次郎は広縁《ひろえん》に出ると、履《は》く者が今にも訪れるのを心得たかのように踏み石の上に整えられている雪駄を履き、庭先へゆっくりと静かに下りた。

広く張り出した軒下《のきした》の地面は乾いてはいたが、その向こうは湿って、ところどころに小さな水溜《みずたま》りをつくっている。

ここは中庭で草木一本もなく真っ平らな砂地だった。

将軍直属の軍組織でもある「大番《おおばん》」の組頭心得（次席組頭）の地位にあった元四郎時宗の、武練の場であった。鹿島神伝一刀流の奥義《おうぎ》を極めた元四郎時宗は、登城の日の朝と夕は必ずこの中庭で真剣の素振り千回を軽々とこなす練達《れんたつ》の剣士であった。

その嫌いな父を見習う訳でもあるまいが、銀次郎は中庭の中央にまで進み出て抜刀し、素振りを始めた。はじめのうちは打ち下ろしの形を定めるかのようにゆっくりと、そして次第に力強く速さを上げていく。

そのうち妙なことが起き出した。振り上げと振り下ろしの速さが増すにしたがって、それまでの鋭いヒョッという音が消えていったのだ。

降り注ぐ朝日のなか、目にも止まらぬ速さできらめき躍《おど》る白刃は、それこそ唸《うな》りを発してこそ当然な猛烈さであるにもかかわらず「完全無音」の振り業《わざ》であった。

この様子をもし鹿島神伝一刀流を心得る侍《さむらい》が見ていたなら、それこそ「奥傳《おくでん》二の業・音無し斬り」の形に酷似《こくじ》していると知って驚いたことであろう。

なぜなら町人で遊び人風な身形《みなり》の男が、その極めることの容易でない鹿島神伝一刀流の奥傳業をこなしていたのだから。

その通り。

父親を嫌っている銀次郎は、実は鹿島神伝一刀流を学んではいなかった。避けていた、といった方がいいだろうか。

銀次郎が修練を積み上げてきたのは、無外流であった。

銀次郎は三百回を振り終えると、切っ先を地に触れるか触れないかのところまで下げて目を閉じた。左足は右足のほぼ真後ろに引いている。

肩から腰、腰から足元へと次第に細くなってゆく美しい身構えであった。

この構えのまま、剣《つるぎ》の神への感謝の言葉を述べた銀次郎は、刀を鞘《さや》に納めて、肺に溜まった息をこれもまた音立てぬよう穏やかに全て吐き出した。

汗ひとつ、かいていない。

刀を腰帯から抜いて居間へ戻った銀次郎は、それを刀掛けに戻して短く合掌した。

曾祖父玄次郎芳家《げんじろうよしいえ》が戦場で主君徳川家康公に襲いかかった敵十二名を血みどろになって叩き斬ったと伝えられている家宝の名刀・備前長永国友《びぜんおさながくにとも》であった。

この軍功によって曾祖父は家康公より「家」の一字を与えられた、と母から幼少の頃に聞かされている銀次郎である。玄次郎芳家の前の名は玄次郎芳信《よしのぶ》であったとも。

このことは、玄次郎芳家の軍功が無く家康がもし命を落としておれば徳川幕府は成立していなかったかも知れないことを意味する。

「大坂城在番中に於ける父の生臭《なまぐさ》い不祥事さえなければ、神君家康公より感状を頂戴した曾祖父のお陰で、わが桜伊家は栄え続けたであろうに……」

床の間を見つめながらそう漏らした銀次郎は、もう一度刀掛けに向かって合掌してから、畳の上にごろりと手枕で仰向《あおむ》けになった。

どうしようもない睡魔がすぐに襲ってきた。素振りのあとだけに心地よかった。

幕命により「閉門」となった桜伊家であったが、それは前例のない奇妙な「閉門」であった。家屋・敷地共に減らされることなく、そのまま安堵《あんど》され、表門以外からなら出入りは自由であった。さすがに役職は与えられていなかったが、旗本五百石の身分と禄高は保証され、嫡子《ちゃくし》銀次郎の跡目相続も認められていた。

それは非常に寛大な、いや余りにも寛大すぎる、「閉門」であって無きかの如《ごと》き処罰であった。

実は玄次郎芳家に与えられた家康公直筆の感状の中に、次のような意味の一文がしたためられていたのである。

「……襲い来る敵の荒武者十二名を単身奮闘討ち倒して我が命の盾《たて》となりし桜伊玄次郎芳家とその嫡子の累代にわたっては徳川一門はいかなる処罰を下すこともこれを禁ずる……」

家康公直筆のその感状を母から見せられ、且《か》つその一文を読み聞かされたのは、庭の桜が花吹雪の十四、五の頃であったと銀次郎は今でもはっきりと覚えている。

保証されている禄高五百石の受領は、銀次郎は辞退していた。それはならぬ、と幕府側は表向き強硬であったが、銀次郎の辞退は頑《かたくな》に今現在も続いている。

「旗本としての仕事もしていねえで受け取れるけえ。自分の飯代《はんだい》くれえは自分で稼があ」であった。

老中支配下にある大番の組頭心得・桜伊元四郎時宗が「大坂城在番」の命を受けて江戸を離れ上方へ単身赴任したのは嫡男銀次郎が十七歳の夏である。

「大坂城在番」の発令は原則八月と決まっている。

父の直属上司で大番頭《おおばんがしら》の大身旗本六千石・津山近江守忠房《つやまおうみのかみただふさ》に文武の才を認められ大変可愛がられていた銀次郎は、当時すでに若年寄支配下にある書院番《しょいんばん》の番士末席にあった。

書院番とは小姓組番《こしょうぐみばん》と組んで「両番」。これに大番を加えて「番方《ばんかた》三番勢力」と称され、将軍直属の中核的軍組織つまり武官集団である。

父の単身赴任を見送った銀次郎には、当たり前の事だが嫡男として留守宅を守る責任が生じる。

単身赴任とはいっても、それは桜伊元四郎時宗個人を指してのことであって、任期が一年交替（場合によっては二年のことも）のこの「大坂城在番」は、何組もある大番という組織の内の一《ひとつ》あるいは二《ふたつ》が幕命を受けて動く訳であるから、上は大番長官（大番頭）から、下は組頭、大番士《おおばんし》、大番与力、大番同心に至るまで全てが一斉に上方《かみがた》へと移動するのである。

しかも番頭はむろんのこと、組頭も、番士も格のある旗本家であるから、それぞれの家には家臣や若党小者が少なからずおり、これらも主人《あるじ》に付き従って同時に赴任するので、総勢五、六百名以上もの大部隊の移動となる。

まさに男《おとこ》単身集団の〝軍則〟による大赴任であった。

こうして将軍直属の大坂城代の旗下に入って東組、西組に分かれ、要衝大坂城及び大坂の市街地警備、畿内外《きないがい》三十余家（大名）の随時監視などの重要任務に携《たずさ》わるのである。

銀次郎は眠りの中で、母を夢見ていた。動かぬ姿であったが、優しく微笑んでいる美しい母だった。

と、遠くの方から馬の蹄《ひづめ》の音が聞こえてきた。荒々しい蹄の音だった。

それが次第に近付いてくる。馬上の人であろうか、何事かを叫んでいる。

蹄の音が間近に迫ってきた。

いや、蹄の音ではなかった。人の足音だと判って銀次郎は目を覚ました。

「なんじゃ。その自堕落《じだらく》な様《さま》は。起きよ」

伯父《おじ》で旗本千五百石の、和泉長門守兼行《いずみながとのかみかねゆき》の大柄な姿が、秋の日を背にして広縁に仁王立ちとなっていた。

背丈は銀次郎ほど――五尺七寸余――もあろうか。

いうまでもなく、銀次郎が何刻《なんとき》か前に数寄屋橋御門前で出会った、登城駕籠の主人《あるじ》である。

銀次郎は体を起こしつつ、ばつが悪そうに頭のうしろへ手をやった。

「久し振りに備前長永国友を手に無外流の素振りを致しましたら疲れてしまって、つい……」

「無外流の素振りを？……どれくらいやったのじゃ」

「三百回ぐらいであったかと」

「三百回くらいでだらしなく疲れるのは、周囲《まわり》の忠告に耳を貸さず無為徒食の生活を続けているからじゃ。仏壇には線香と蠟燭の火を供えてやったのか」

「はい……もう消えてしまっていますが」

「全くけしからん。眠っている間に火事にでもなったらどうするのじゃ。この屋敷には神君家康公から……」

「頂戴した大事な感状があることは承知致しております。線香と蠟燭に火を点したまま眠ってしまった油断については、おわび致します」

「ふん。お前からはこれまでに、おわび致します、を何度聞かされたことやら。聞き飽きたわ」

厳しい怒りの言葉を発している和泉長門守であったが、銀次郎を見つめるまなざしは意外にもやわらかであった。

可愛くない筈がないのである。亡くなった、たったひとりの妹正代の一子、銀次郎が。

「ところで伯父上……」

「こやつ、また巧みに話の矛先《ほこさき》を躱《かわ》そうというのか」

そう言いながらようやく居間に入ってきた和泉長門守は、正座している銀次郎の面前にどっかと胡座《あぐら》を組んだ。

「構わん。お前も膝《ひざ》を崩せ」

「はい」と頷《うなず》いて膝を崩した銀次郎は、真顔となって伯父の目を見つめた。

「伯父上はここへお一人で参られたのですか。それとも登城の供たちも従えて?」

「馬鹿を申せ。閉門の親類屋敷へ登城の供の者を従えて来られる訳がなかろう。高岡作之介《たかおかさくのすけ》一人を玄関近くの『使者の間』に待機させておる」

銀次郎が顔も名も文武のほども承知している伯父の腹心であった。小野派一刀流の達者である。数寄屋橋御門前で長門守の登城駕籠と銀次郎との間を往復したあの侍だ。

「このところ何かと厳格な処断を下す目付《めつけ》職の伯父上に対して、幾つもの暗殺剣の動き出す気配があるとの噂が町筋や旗本筋に流れておるようですが、真実《まこと》でございましょうか」

「その噂、どこの筋とかで耳にしたのじゃ」

「酒と肴《さかな》が旨《うま》いことで知られている職人町の居酒屋を訪れていた旗本らしい三、四人のひそひそ話を私自身が偶然耳にしたのが最初です。もう十日ほど前のことになりましょうか」

「他には?」

「私と親しく付き合っている旅籠《はたご》の主人《あるじ》も同じようなひそひそ話を二、三度耳に致しておるようです」

「何処《どこ》でじゃ」

「…………」

「その旅籠の主人《あるじ》とやらは、何処で耳にしたのかと訊いておる」

「案外に豊かな話題が耳に入ってき易《やす》い賭場……でございます」

「そんな事であろうと思ったわい」

「複数の暗殺剣が動き出す気配、まことなのでございましょうか」

「そのように警告してくれる者が、確かにおることについては否定せぬ」

「ならば高岡作之介殿ひとりを供としての外歩きはいささか危のうございます。お避けくださいい」

「お前は誰に対してものを言うておるのじゃ」

「伯父上が文武の達者であることは充分以上に承知致しております。なれど、もう御年齢《おとし》であり……」

「なにいっ」

と和泉長門守が眦《まなじり》を吊り上げたときであった。

玄関の方で「わっ」と短く低い悲鳴のあとドスンと何かが倒れたような音がして、その瞬間にはもう銀次郎は床の間の備前長永国友をわし摑《づか》みにし脱兎《だっと》の如く居間を飛び出していた。

次いで和泉長門守が、これも五十の坂をこした者とは思えぬ素早い身のこなしで立ち上がるや銀次郎の後に続いた。

十四

銀次郎は二間幅の広縁《ひろえん》を玄関に向かって矢のように走りながら備前長永国友《びぜんおさながくにとも》を抜刀するや、途中の「書院」へ鞘《さや》を投げ入れた。

そのままの勢いで広縁の目と鼻の先を左へ折れた銀次郎の目前に、「次の間」からバラバラと飛び出した三、四人の覆面侍が問答無用で銀次郎に斬りかかる。

「おのれらっ」

呻《うめ》いた銀次郎が僅《わず》かな怯《ひる》みさえも見せず、侵入者に真正面から雪崩込《なだれこ》んだ。まさに、その無謀とも言える単身による激突は、雪崩込むという表現そのままの凄《すさ》まじさだった。

備前長永国友が閃光《せんこう》のごとくひるがえって、あっという間に三人が利き腕を斬り飛ばされ、もんどり打って庭先へ転落。

悲鳴もなく、刃と刃の打ち合う音さえない。

無外流・奥傳《おくでん》一の業《わざ》「音無し斬り」であった。

一瞬驚きたじろぐ残った一人に、「ぬんっ」と踏み込みざまに備前長永国友が左下から右上へと逆袈裟《けさ》に走る。

侵入者の左腕がザクッという音と共に腋《わき》から離れて頭上に跳ね上がり、広縁の天井にドンッと当たって斜めに「次の間」へ落下。

血玉が畳の上に四散した。

この時にはもう銀次郎は、侵入者に左肩からぶつかって仰向《あおむ》けに倒し、その腹から顔面にかけてを踏み鳴らすや憤怒《ふんぬ》の形相《ぎょうそう》で玄関へ向け韋駄天《いだてん》走りだった。

相手に悲鳴を発する間《ま》さえ与えない。

五十をこえた体で甥《おい》の後を追っていた若年寄配下「目付」職にある和泉長門守兼行は、一瞬の間に目の前で生じて終わった一対四の結末に、思わず呆《あき》れ果《は》てたように足を止めた。

銀次郎はと言えば、そのまま疾風のように玄関そば「使者の間」に飛び込んだ。

一人の侵入者が、血まみれで畳の上に仰向けに倒れている侍――高岡作之介
――の胸へ止《とど》めの刃を突き立てようとしていたところだった。

「貴様っ」

眦《まなじり》を吊り上げた銀次郎が、作之介の胸を狙う寸前の侵入者の首へ、渾身《こんしん》の水平斬りを右回りで打ち込む。左足をやや深めに引いて右膝《ひざ》はくの字に折り、安定させた腰の上でブンッと音立て綺麗に回転した上体だった。

微《かす》かな切断音があって美しくも残酷な光景が右回りに走る。

そう。稲妻の速さで走ったのだ。

そこへ駈け込んできた和泉長門守は異様な光景に足を竦《すく》め息をのんだ。

体から切り離された侵入者の首が備前長永国友の切っ先にぴたりと乗って刃の回転と共に右方向へ半円を描いたかと思うと、鉄砲玉のように飛び離れて障子を破り庭先へと消えていったのである。

銀次郎は高岡作之介を抱き起こして声を掛けたが、すでに事切れる寸前だった。

「こいつあ……駄目だな」

と、隣に腰を下ろした伯父に、「はい……残念ですが」と頷《うなず》いた銀次郎の顔が「うっ」と歪《ゆが》んだ。

伯父は気付かない。二見藩の侍に斬られた背中の傷が、鋭い針で刺されたように二度疼《うず》いたのだ。

「高岡殿に妻子はいるのですか」と、平静を装って伯父に訊《き》く銀次郎だった。

「いる。辛《つら》い思いをさせてしまうのう」

「出来るだけのことを残された妻子にしてあげて下さい。侵入者の狙いは無為徒食の私ではありませぬ。おそらく伯父上でしょう」

「それは判っている。高岡の妻子には、身も世も無い、と嘆《なげ》かせぬように考えてみよう」

「高岡殿は、剣士としてかなりの遣い手でありましたのでしょう」

「文武には非常に熱心じゃった。信頼できる惜しい腹心を亡くしてしもうたのう」

「侵入者に心当たりはありませぬか。一人一人の覆面を伯父上の手で剝《は》ぎ取ってみて下さい。いずれも相当な手練《てだれ》でした」

「大凡《おおよそ》の見当はついておる。息絶えた者の覆面をいまさら剝がしても仕方がないわ」

「明らかに浪人の身形《みなり》ではないので、雇われ刺客とは思われませぬな。どこかの家中《かちゅう》の者ならば、差し詰め伯父上の地位を妬《ねた》む小心者か、あるいは目付である伯父上の厳しい仕事ぶりを恨《うら》む者か……」

「儂《わし》のことは、儂の手で対処する。お前は心配せずともよい」

「これからは一人で江戸市中を歩き回らぬ方が宜しいでしょう。どうしてもその必要がある時は、小者《こもの》を私の所へ使わせて下さい。駈けつけますゆえ」

「お前、無外流は現在《いま》も続けておるのか」

「ま、私のことは気になさらず、ご自身に気配りをなすって下さい。もう御年齢《おとし》でありますから」

「おいっ」と、和泉長門守の目つきが険しさを増した。御年齢《おとし》、という言葉を嫌うのだ。

「侵入者の骸《むくろ》の片付けは目付である伯父上の手でお願いします。連中は悉《ことごと》く伯父上が斬り倒した。そう致しておきましょう。それで宜しいですね」

銀次郎がそう言って腰を上げた時、高岡の呼吸《いき》が止まった。銀次郎の歯が、悲しそうにキリッと嚙み鳴った。

「銀次郎、もう暫く此処にいなさい。今日はまだ大事な話があるのじゃ」

「どうせ、この屋敷を確《しっか》りと継いで、幕府からの俸禄五百石をうやうやしく受け取れ、というお話でございましょう。その話ならまたにして下さい。私もあれこれと多忙でありますので」

「それだけではない。きちんと家禄を継ぐ意思を見せれば百石の加増に加えて、お前に嫁を、という有難い話もあるのじゃ」

「とんでもありません。嫁などご免蒙《こうむ》ります」

伯父を残して「使者の間」を出た銀次郎は先《ま》ず「書院」に投げ込んだ黒鞘を拾い上げたあと、自分との激闘で庭先へ転落して既に息を止めている三人及び広縁で絶命する一人の覆面を、次々と剝ぎ取っていった。

銀次郎は伯父に代わってそうしただけで死者の面相には全く関心などなかったから、そのまま居間に戻って床の間の刀掛けに備前長永国友をそっと掛けた。

「静かに眠っていたところを、すまなかったな。激しく打ち合って痛かったろう」

銀次郎は黒鞘をひと撫でしてやり、居間の前の広縁から庭先へ下りて玄関の方へは寄らずに屋敷を出た。玄関の式台脇には差してきた蛇の目傘を立てかけたままだ。履《は》いてきた雪駄《せった》もそのままである。

胸の内では尊敬している伯父であったが、なにしろ口やかましいので苦手であった。

幕府目付という要職に就いていることから、口やかましいのは本分かも知れないが、今の心地良い自由を手放したくはない銀次郎だった。

目付は幕府だけではなく、諸藩にも要職として存在しているが、とりわけ幕府の若年寄配下にある目付は元和二年（一六一六年）頃に設けられて、旗本・御家人の監察、諸役人の勤怠監察を主任務とし、加えて殿中礼法の指揮、将軍参詣《さんけい》・御成の供奉列《ぐぶれつ》の監督、評定所出座、幕府諸施設の巡察など大きな権限を与えられていた。

その定員は発足から暫くは十数名前後と揺れ動くことが多かったが、今では十名で確定し、「十人目付」とも呼ばれたりしている。

目付の支配下には、徒目付《かちめつけ》、小人目付《こびと》、中間目付《ちゅうげん》、黒鍬者《くろくわもの》、玄関番、伝奏屋《てんそう》敷番、浜吟味役《はまぎんみやく》などの役職があって、たとえば黒鍬者だけでも四百名以上、小人衆も同じく四百名以上の数揃えがあって、配下役職の多様さと共に数の勢いだけでも大変なものであった。

「麴町の御屋敷」を出た銀次郎は職人旅籠「長助」へと足を急がせた。自分が生まれ育った閉門屋敷で予想だにしていなかった刺客とぶつかったせいか、堀内秋江・千江母娘《おやこ》のことが妙に気になっていた。

「どうも嫌な予感が頭から離れねえやな……それに腹も空いてきやがったい」

呟《つぶや》いて舌を打ち鳴らした銀次郎は、そう言えば昼の時分時《じぶんどき》はとうに過ぎているな、と気付いた。とんでもない連中と激しく斬り合ったせいか、飛市とイヨが拵えてくれた朝餉《あさげ》を食してから、まだそれほど刻《とき》が経っていないような気がしていたのだが……。

溜池濠《ためいけぼり》に架かった新《あたら》シ橋《ばし》（いわゆる新橋ではない）を渡って濠沿いに急ぎ、濠の向こう左手に幸橋御門《さいわいばしごもん》が見え始めたとき、ポツリと頰《ほお》に冷たいものが当たって、「あれ？」と銀次郎は足を止め空を仰いだ。

気持よいほど空は青く澄みわたっていたが、額《ひたい》にも口元にも冷たい小粒が続けて当たった。

「なんでえ。狐《きつね》の嫁入かえ。蛇の目を忘れてきちまったい」

呟いて銀次郎は再び足を急がせた。

幸橋御門を左手濠の向こうに見て過ぎると直ぐに土橋《どばし》のたもとで、溜池から続く濠はここで北と東の二手に分かれる。

土橋を渡って濠沿いに山城河岸《やましろがし》を北に向かうと、銀次郎が口うるさい伯父の登城駕籠《かご》と出会った数寄屋《すきや》橋御門の前に出る。

一方、土橋から東へと掘割《ほりわり》の流れに沿って進むと中の橋、新橋（慶長八年・一六〇三年創架）、汐留橋《しおどめばし》と続いて、なかでも新橋を渡って直ぐの一帯は、神楽坂を追うきらびやかな花街の様相を濃くしつつあり、のちに新橋芸者と呼ばれる粋《いき》な姐さんたちが、このところ増えつつあった。

銀次郎の足は土橋から北方向（山城河岸）へ向かうのを避けて東を選び、小雨となり出した中、新橋を小駈《こ が》けに渡った。

月が沈むと賑《にぎ》わう花街も、秋の日中は案外に静かだった。ましてや小雨が降り出したから通りを往き来していた誰彼は、手近い花店《はなみせ》へ首をすぼめて逃げ込む。新橋の花店はお高くとまるところが無く、昼でも表戸や内障子を閉ざさずに、訪れた者が望めば酒も姐さんも宛《あ》てがう。

銀次郎は小雨を避けて、料理茶屋「艶《えん》」の看板をあげ、銘入りの赤提灯《ちょうちん》を片付けずに下げっ放しの店先へ入った。「艶」は新橋界隈《かいわい》では一番人気の料理茶屋だ。いわゆる高級店《こうきゅうだな》であって、商家すじよりも、格式の高さから大名旗本家に気に入られている。

「全く変な天気だぜ。晴れてんのによう」

堀内母娘《おやこ》のことを気にしながら、銀次郎は店先からちぎれ雲ひとつ無い真っ青な秋の空を仰いだ。

「おや、銀ちゃんじゃありませんかえ」

背後から澄んだ声をやんわりとかけられた銀次郎であったが、振り向かなかった。

振り向かずとも声の主が誰か判っていた。

上がり框《かまち》から下りて下駄を履く乾いた音がして、かすかにだが銀次郎のところにまで安物ではない白化粧の香りが漂ってくる。

「今頃どうなさいましたのさ銀ちゃん」

下駄の音が近付いてきて、銀次郎は右の肩に人の手を感じたから仕方なく振り向いた。二十五、六の彫《ほ》りの深い綺麗な顔が唇が触れ合いそうなほどの間近にあった。

「通り雨と思うからよ。ちょいとの間雨宿りさせてくんねえ、豆奴《まめやっこ》よ」

「銀ちゃんともあろう御人が何を他人行儀なことを仰《おっしゃ》ってなさいますのさ。一本燗《つ》けますから、おあがりなさいましよ」

「今日は急ぎの用があるんでい。酒は無用之助だ」

「ま、お酒をお断りとは珍しいこと。じゃあ銀ちゃん、私の眉《まゆ》と口紅をひいて下さいましな。今日は夕方早めに大事なお客様のお座敷がありますから」

「大事な客ってえと？」

「ふふっ、気になって？」

「どの程度大事な客か、それによっちゃあ眉も唇も頬もきちんとしてやってもいいが、下らねえ野郎なら、今のままで充分でい。お前《めえ》は可愛い顔してっからよ」

「まあっ、銀ちゃんが私を誉《ほ》めてくれるなんて嬉しいこと。ひょっとして誰かと大喧嘩でもしたあとではありませんの」

何気なく言った豆奴の言葉で店の土間《どま》にいた姐さんたちは笑ったが、銀次郎はギラリと怖い目つきを拵えてみせた。

豆奴がそれでハッと真顔になって、辺りに憚《はばか》るように声を小さくした。

「ご免なさい銀ちゃん。ほんとに誰かと喧嘩でもありんしたの?」

「いいから夕方の客ってえのを言ってみねえ」

「言ってもいいのかしらん。お客様のことを勝手に店の外へ漏らして」

「心配なら止《よ》しねえ。そのままの顔で相手をしな」

「言う。言いますったら。でも内緒にして下さいよ銀ちゃん」

「姐さんたちから知り得たことを、俺がこれまでにぺらぺらと誰彼に漏らしたことがあったかえ」

「そうだったわね。私にとって銀ちゃんは飛びきり信用できる御人だったんだ」

「けっ。調子のいいこと言いやがる。で?……」

「大番頭津山近江守忠房《おおばんがしらつやまおうみのかみただふさ》様と御目付和泉長門守兼行様」

聞いて銀次郎は思わず、あんぐりと口を開けかけ直ぐに気を取り直した。

伯父の言った「……きちんと家禄を継ぐ意思を見せれば百石の加増に加えて、お前に嫁を、という有難い話もあるのじゃ」という言葉が脳裏に甦《よみがえ》っていた。

なによりも亡き父の直属上司である大番頭津山近江守は、銀次郎にとっては何かと恩を感じる人である。尤《もっと》も二人が銀次郎にとって縁深い人であるなど、豆奴は知る由《よし》もない。

「判った。二人とも幕府の要職にある御方だい。『艶』としても豆奴としても、おろそかには出来ねえ客だな。きちんと色拵《いろごしらえ》をしてやっから、刷毛《はけ》に筆、毛垂《けたれ》(剃刀)、白粉《おしろい》、眉墨《まゆずみ》などをてきぱきと調えてくんねえ。今日の私《あっし》は幾つもの野暮《やぼ》用で、ちいと忙しいんでな」

「はい、すぐに用意致します」

「それから豆奴と同じ座敷へあがる姐さんたちも放《ほ》っとけねえやな。一緒に面倒見てやっから用意しな」

わあっという姐さんたちの感情が一気に店土間《たなどま》に広がった。

このとき階段をトントントンと鳴らして下りてきた四十半ばに見える清楚《せいそ》な印象だが、これもまたどこか熟し切った妖しい雰囲気の女が、「おやまあ銀ちゃん、ここへは久し振りじゃないかえ」と右手をふた振り、豊かそうな胸の前でひらひらと泳がせた。

「久し振りと言っても十日ほど前には来ておりますよ女将《おかみ》さん」

「銀ちゃんが十日も来ないと私《あたし》たちには久し振りになるんですよう。あ、そうだ豆奴《まめちゃん》、あんた今日の夕方早めにお見えになるお客様は大層大事だからさ……」

「はい。いま銀ちゃんにそのことを打ち明けて、これから色直しをして戴《いただ》きます」

「まあ、それはよかったわね。〝配慮の銀〟ちゃんが拵えてくれると、とにかく見違えるように妖しくなりますからね。ありがとう銀ちゃん。御足《おあし》（代金）は思い切り弾《はず》みますからね」

「懐《ふところ》がちょいと淋しいんで有難《ありがて》えやな。それよりも女将さん。拵《こしらえ》が終わってから茶漬を一杯《いっぺえ》恵んでくんねい」

「あいよ。お安い御用さね。玉子焼きも添えたげる」

「それからよ。生意気なことを言うようだが、表の銘入り提灯だけは、日中は片付けておきなせえ。この店はますます格式高くなってゆきなさる料理茶屋なんだ。銘入り提灯を一日中面倒臭そうに吊り下げっ放しってえのは感心しねえ。場末の居酒屋じゃあねえんだからよ」

「確かにそうね。気にはなっていました。明日からは必ずそう致しますよ。化粧筆を持つ前に軽く一杯やりなさるかね銀ちゃん」

「今日は止《よ》しときやしょう。紅拵《べにこしらえ》だけならともかく、眉《まゆ》拵は馴《な》れているとはいえ真剣勝負になりやすから」

「あ、そうだったわね。ごめんなさいよ。店の土間での拵は落ち着かないでしょうから、私《あたし》の居間をお使いなさいな」

「へい。そうさせて戴きやしょう」

「日を変えてで宜しいから、そろそろ私《あたし》の髪と眉の拵も頼みましたよ。銀ちゃんに一度体をいじられると、とてもとてもこの豊かな我が身を他の人の手には預けられなくて」

「承知いたしやした。数日の内には拵えさせて戴きやしょう。但し女将さん、私《あっし》は女将さんの豊かな体をいじくった覚えはござんせんぜい。へい、一度も」

「もう。意地悪な返事をしないでおくれな。いじられたい、いじられたいと悶《もだ》えつつ願っているんだからさ」

それを聞いて、まわりにいた姐さんたちが、くすくすと含み笑いを漏らした。

「あらま、豆奴《まめちゃん》、ぼやっとしてないで早く拵の道具を、銀ちゃんに調えておあげな」

「あ、はい。そうでした」

頷《うなず》いた豆妓が姐さんを二人ばかり連れて奥の間《ま》へと消えていった。

十五

茶屋女たちの色拵に思っていたよりも手間取って、銀次郎が職人旅籠「長助」の近くまでやって来たのは、日が茜色《あかねいろ》に染まって深く沈みかける頃だった。

ふと見ると、宿の表障子を背にするかたちで、十手を手にした寛七親分と長之介が額《ひたい》を寄せ合うようにして何やらこそこそと話し合っている。お互いに少し背を丸めていることから、こりゃあ只事ではないこそこそ振りだ、と読んだ銀次郎は足早に近付いていった。

「どしたい長《ちょう》。それに寛七親分」

「おお、銀。えらい事になってしもたんや」

と、長之介が寛七親分から離れて、近付いてくる銀次郎に駈け寄った。

「母娘《おやこ》がやな、姿を消してしもたんや」

「なにいっ」と、銀次郎の目つきと顔色が変わった。

「秋江さんと千江ちゃんが、客間に居《お》らんのや」

「いつ頃から居ねえんだ」

「それが、わかれへんねん。女中が気付いたんが半刻《はんとき》ほど前なんや」

「馬鹿野郎。もちっと確《しっか》り面倒見てやらんかい」

「そう怒《おこ》んなや。俺かて客相手で忙しかったんや。今日は江戸見物の団体客が尾張からあったさかいにな」

「男が、忙しい、で責任逃れするんじゃねえやい。でけえ金玉ぶら下げているんなら、もちっと本気で女と子供の面倒を見ろい」

「すまん。お前の言う通りや」

「まあまあ……」

近寄ってきた寛七親分が二人の肩を軽く叩いた。

「そう怒ってやるなよ銀。例の権道《ごんどう》が殺された辺りを見回っていたら、この長助、旦那が宿の前で顔色を変え、おろおろした様子だったんでよ。母娘《おやこ》に絡《から》んだ事情は粗方《あらかた》聞かせて貰ったい。それにしてもよ銀。ええ事に首を突っ込んでしまったな」

「へい。ま、幼い子供を見ておりやすと可哀《かわい》そうで、放っとけねえんで」

「だろな。銀の性格からすると、そうだろうぜい。しかし仇討《あだう》ちの手助けってえのは余程《よほど》慎重にならねえと、自分《てめえ》の命までも失《な》くすことになるぜい」

「それはその通りで……」

「ま、母娘《おやこ》にしても銀に任せっきりには出来ねえと考えて、仇《かたき》を捜しに出かけたんだろうぜい。日暮れまでには、まだ間《ま》がある。土地に不案内なこの江戸で、母娘が無茶をすることは先ずあるめえ。きっと戻ってくると思うんで、も少し待ってみな。いざと言う時にゃあ、儂《わし》も子分を動かしてでも力を貸すからよ」

「恐れいりやす。仰《おっしゃ》るように、落ち着いても少し待ってみやしょう」

「うん、そうしねえ」

頷《うなず》いた寛七親分は十手の先で自分の肩をポンポンと叩くと、踵《きびす》を返して足早に離れていった。

「おい、長《ちょう》」と、銀次郎は声を潜《ひそ》めて長之介を睨《にら》みつけた。

「本当にすまん。なんなら気が済むまで俺を殴ってくれてもええで」

「殴ったり蹴ったりで事を片付けようとするのは、お前《めえ》の親父丹吾郎《たんごろう》が差配する極道社会のこっちゃ。それよりも長《ちょう》、寛七親分にはどの辺りまで打ち明けたんでい」

「なあに大丈夫や。ほんの触《さ》わりの部分だけしか話してへん。殺された権道が堀内母娘《おやこ》の仇討ちと何らかの関係があるかもしれへん、という事は打ち明けてへんさかい」

「そうか、うん。それなら上等でい……しかし一体《いってえ》、母娘《おやこ》は何処へ消えたと言うんでい。寛七親分が言うように、不案内なこの江戸で思いつくままの無茶をやるとは思いたくねえが」

「銀には、母娘《おやこ》の行き先に心当たりはあらへんのかいな」

「うーん。強《し》いて考えるとすれば二見藩上屋敷ぐらいだが……しかし、そのような乱暴はしねえと思うがなあ」

「俺、ひとっ走り二見藩上屋敷の手前《てまえ》辺りまで行ってみるわ」

「よしねえ。今からだと日が落ちて、下手をすりゃあ危ねえ」

「なあに、用心するから大丈夫や。それよりも銀は、宿の前で母娘《おやこ》が戻ってくるのを待っててくれへんか」

「むろん。その積もりよ」

「じゃあ、頼んだぜい」

「おい、長《ちょう》よ」

「ん?」

「持ってんのけ?」

「要《い》らんよ。素手《すで》で行くさかい」

「俺と共に大坂は土佐堀《とさぼり》の無外流『練武館《れんぶかん》道場』へ長く通ったお前《めえ》だが、相手にわざと斬られて油断を誘ってから逃げるような離れ業《わざ》は、まだ身に付けちゃあいめえ。カッとなって相手の脇差《わきざし》を奪いざま殺傷でもするようなことにでもなっちゃあ、それこそ大事《おおごと》だぜ。せめて鎧通《よろいどお》し一本くれえは身につけていきねえ」

「俺には無外流で鍛えた拳業《こぶしわざ》があるさかい……ほんならな」

銀次郎をまるで振り切りでもするかのような動きで、長之介は離れていった。
二、三歩あとを追った銀次郎であったが、不安そうな顔つきで足を止めた。
「短気を起こさなきゃあいいんだが……」

呟いて銀次郎は溜息《ためいき》を吐《つ》いた。

銀次郎が言った鎧通しとは、刃長が九寸五分前後の短刀のことである。身幅が狭く重ねが極めて厚い頑丈な造込みで、戦場で敵と組打ちになったりした際、相手の鎧の隙間《すきま》を通して刺突するに適している。

それで鎧通しの名が付いていた。

銀次郎が職人旅籠の土間へ入ると、座敷女中のタネとタカがおずおずと帳場の奥から出てきた。

二人のために銀次郎は笑顔をつくってやった。

「いいんだ。気にするねえ。おタネさんのせいでも、おタカさんのせいでもねえやな。堀内母娘《おやこ》は今に戻ってこようぜ」

タネとタカの二人は上がり框《かまち》に座り込んで、しおれた。

「ごめんなさい銀ちゃん。あの母娘《おやこ》が何時何処《いつどこ》から消えて居なくなっちまったのか、さっぱり判んなくてさあ」

と、タネは今にも泣き出しそうだった。

「だから、いいってんだ、おタネさんや、おタカさんに母娘《おやこ》の面倒を頼んだ訳じゃあねえんだから。それに宿の客が町中《まちなか》へ出かけるのを、いちいち気にする訳にゃあいかねえもんな。束縛《そくばく》出来る訳がねえしよ」

「けんど私《あたし》もおタカさんも旦那様から言われていたんだわさ。特に母親の方は芳岡北善先生に診《み》て貰ったばかりの体だから、気を配ってやってくれと」

「間もなく戻ってくるだろうよ。心配はいらねえ。戻ってきたら温《あった》けえ茶でも出してやんな」

銀次郎はそう言い置いて外に出た。

「長《ちょう》の野郎。下手に大暴れしなきゃあいいが」

呟いた銀次郎は、堀内母娘《おやこ》の事も然《さ》りながら、素手のまま二見藩上屋敷の「手前辺り」迄《まで》とやらへ出向いた長之介のことが、妙に気になり出していた。

暴れ出したら止まらぬ長之介の性格《たち》を、銀次郎は知り尽くしている。

それだけに心配が濃くなり始めていた。しかも相手はふらつき腰の三一《さんぴん》ではない。自分に襲いかかってきた侍はかなりの手練《てだれ》、と判っている銀次郎だった。

大坂土佐堀の無外流「練武館道場」では、揃《そろ》って十指内に入っていた銀次郎と長之介だった。

ただ、道場の「双璧《そうへき》」と評されていたのは、五歳上の師範代と自分であったと銀次郎は自覚している。

傲慢《ごうまん》からくる自覚ではなく、冷静な自覚だという自信があった。

銀次郎は表口に立って、秋江・千江母娘《おやこ》が戻ってくるのを、今か今かと待った。

日が次第に暮れてゆく。秋の日落ちは早い。

表口に出てきて大提灯の明りを点《とも》したタネが、「日が落ちてきたよう銀ちゃん」と心配そうに肩をすぼめた。

夕陽《ゆうひ》を体の左に浴びて銀次郎が黙っていると、タネはしょんぼりと土間に入ったところで、もう一度不安気に銀次郎の方を振り返った。

「いいからよ」

と、銀次郎が怖い顔をしてみせると、タネは「うん」と頷いて奥へ消えていった。気性の思い切り優しいタネなのだ。

銀次郎は「ふうっ」と小さなひと息を吐いて、茜色の雲が広がっている西の空を仰いだ。

このとき「あら銀ちゃん……」と声が掛かって、銀次郎は視線を下げた。

大きな夕陽を背負って、日本橋の大店《おおだな》太物問屋「近江屋」の女主人《あるじ》、季代三十

五歳が、供の小娘を従えて近付いてくる。

「や、お内儀《かみ》さん……」

「どしたのさ。いい男っぷりの銀ちゃんが職人旅籠の玄関番なんぞを引き受けて」

「べつに玄関番をしてんじゃねえやい。用があって突っ立ってんだ」

「不良仲間の長《ちょう》さんは？」

「不良仲間は余計だろうが。奴はいま赤坂の檜坂《ひのきざか》あたりまで出かけてっから、

その間の留守番てえとこだ」

「おやまあ、赤坂の檜坂と言えば武家町じゃあないのさ。職人旅籠の旦那がその

ような場所へ何の用で？」

「ま、いいじゃないかえ。長《ちょう》だって顔が広いんだ。不良侍の二人や三人と親しくたって、べつに怪しかあねえやな。それよりもお内儀《かみ》さん、この時分に神田ってえのは、何処《どこ》ぞで遊んだ帰りかえ」

「そうさ。吉村座の団四郎様に招かれて、神楽坂の料亭『夢座敷』で、今日は私《わたくし》の方が御馳走になったの」

「うおっ。神楽坂の料亭『夢座敷』とはこれまた豪勢じゃあねえかい。うらやましいねい」

「その『夢座敷』で団四郎様にねっちりと言われちゃったのよう銀ちゃん」

「ねっちりと言われた？」

「そう。季《きい》ちゃんは矢張り……」

「おっと待ちねえ、お内儀《かみ》さん。なんだえ、その気色の悪い響きの季《きい》ちゃんてえのは」

「ま、失礼だわね銀ちゃん。私《わたくし》は季代だから季《きい》ちゃんで宜しいではありませぬか」

「なんでえ。名前のことかえ。聞いて鳥肌立ったぜい」

「いいから聞いてよ。でね、季《きい》ちゃんは今の島田髷《しまだまげ》よりも先笄《さっこう》の方が似合うに違いない、って仰《おっしゃ》るのよう」

「だから最初《はな》に言ったじゃありやせんかい。島田髷は妖しく綺麗なお内儀《かみ》さんに似合わねえとは言いやせんが、生娘《きむすめ》の髷だってね」

「その誤った常識が罷《まか》り通っていることぐらい、これでも大店『近江屋』の主人《あるじ》ですから百も承知しています。けれどね銀ちゃん、女の装いってものには若過ぎるだの老け過ぎているだのはないのでは？」

「仰る通りでさあ。けれど私《あっし》は、大好きで綺麗なお内儀《かみ》さんには、何を装うにしろ、最高に似合ってほしいのでござんすよ」

「銀ちゃん今、大好き、と言ってくれましたわね」

「言いやした」

「本当《ほんと》？」

「はい、本当《ほんと》」

「私《わたくし》、三十五の大年増《おおどしま》ですよ」

「関係ありやせん。好きとか嫌いとかいう事にゃあ」

「うれしい。じゃあ、団四郎様の仰る先笄に結《ゆ》い直して下さいますね」

「へい。で、次に団四郎と会うのはいつでござんすか」

「明日の夜。今度は私《わたくし》がお招きします」

「二日続けてですかい。全く忙しいお内儀《かみ》さんだねい」

「瘦《や》せても枯れても『近江屋』の主人《あるじ》ですから、御馳走になりっ放しにはなりたくないのです。商人《あきんど》ですから役者に借りなどつくりたくはありません」

「ほほう、これはまた……判りやした。先笄に結い直して差しあげやしょう。明日の夜ってえと、明日朝の内には結い終えなきゃあなりやせんね。午後はどうせ髷に合った着物合せとかでうるせえんでござんしょ」

「あい、銀様……うふふっ」

「若《わけ》え御人《おひと》だ。それじゃあ……」

「今夜。いえ、これから本八丁堀の銀ちゃんの家に寄って、帰りをお待ちしていますよ。ひと晩、青畳半畳の上に正座し続けてでも泊めて戴くつもりで参りますから……お宜しいわね」

「うへえ……えれえ事になってきやがったい」

「お玉《たま》。お前は店へ急ぎ戻って番頭の与平《よへい》に、私《わたくし》は新しい型の髪結いのため銀ちゃん家《ち》で夜明かしになるかも知れない、と伝えておいておくれ」

「はい、奥様。承知いたしました」

供の小娘はぺこりと御辞儀をすると、足早に遠ざかっていった。

「では銀ちゃん、私《わたくし》もこれから本八丁堀へ向かいます。夕餉《ゆうげ》の用意は調えておきますから素面《しらふ》でお戻り下さいませね」

「当然でさあ。御殿女中などに多く見られやす先笄ってえのは、気が抜けねえ真剣勝負以上の部分が五通《いっ》りも六通《む》りもござんす。一杯のんで結えるもんじゃあござんせん」

「ごめんなさい。では何か美味《おい》しい夕餉を用意してお待ちしていましょう」

「へい。お世話をかけ申し訳ありやせん」

「こちらこそ……」

「あ、宿の足元提灯《ぢょうちん》を借りやしょう。ちょいとお待ちを」

「いりませぬ。馴れた道ですもの」

にっこりと妖しい微笑《ほほえ》みを残して、お内儀《かみ》はもう歩き出していた。

その後ろ姿が薄暗くなった中に溶けて見えなくなるまで見送っていた銀次郎の口から「憎めねえ御人だぜい」という呟きが漏れた。

このとき後ろで「はい、お茶」と声がしたので銀次郎は振り向いた。

お夕カが湯呑みを手にして立っていて、それを銀次郎に差し出した。

「熱いから気をつけて」

「うん。ありがとよ」

硬い表情のタカに笑いかけ、銀次郎は香りのよい茶をひとくち啜《すす》った。

十六

日が頭の上少しを残して殆《ほとん》ど沈み、西の空一面に広がった夕焼けが一層濃くなった頃、千江の手を引いた長之介が母親秋江を伴って職人旅籠「長助」に戻ってきた。なんでも神田職人町の中通り（現・中央通り）をまっ直ぐ南へ向かった日本橋の手前あたりで、方角が判らずうろうろしていた母娘《おやこ》とばったり出会ったのだという。

「詳しい話はまた明日《あした》にでもするよってに、銀はこのまま帰ったってくれへんか。秋江さん、かなり悄気返《しょげかえ》ってるようやから」

千江の手を放した長之介に宿の脇の路地へ連れ込まれた銀次郎は、懇願《こんがん》するように告げられ、「そうか、判った」と頷《うなず》きそのまま薄暗くなった路地の奥に向かって歩き出した。

「足元提灯いらんか」

申し訳なさそうな声を背中から送ってきた長之介に、「いらねえ」と返して銀次郎は路地の突き当たりを左へ折れた。

(日本橋の手前あたりで方角が判らずうろうろしていたということだが……母娘《おやこ》は日本橋を渡ったのかえ、それとも渡らなかったのかえ)

銀次郎は胸の内で声にならぬ呟《つぶや》きを漏らし、小さく首をひねってみせた。

日が沈みかかっている頃合《ころあい》だとはいえ、日本橋界隈《かいわい》なら人の往き来はまだまだ絶えないことを熟知している銀次郎である。行き先の方角が心細くなれば、往き来する誰彼をつかまえて訊《たず》ねれば済《す》むことであった。日本橋の手前あたりなら職人目当ての居酒屋や蕎麦屋《そばや》などの酒食屋《しゅしょくや》は表口を遅くまで開けていようし、「えー、六ツ半でございー」と拍子木をカチンカチンと打ち鳴らしながらの番太郎も町内を巡回している。

日本橋を神田側から向こうへ渡ってしまえば大店《おおだな》はもちろん業種も増え、なかでも油屋、紅屋、薬屋、菓子屋などは日が落ちたとたん表口を閉じてしまうようなことは少ない。

「ようし、飛び切り上等を買《こ》うてやるぞう」と馬鹿酔客に連れられて姐《ねえ》さんたちが訪れることが多い紅屋、菓子屋などは歓楽街の新橋が近いことから、遅くまで表口を半開きにして、酔客や姐さんたちの来訪に備えている。但《ただ》し、治安が落ち着いている場合だが。

長く続く裏通り――路地――から表通りへ出た銀次郎は、「方角が判らず、うろうろかあ……」と立ち止まって振り向いた。

一町ほど離れたところで「長助」の大提灯が軒下で僅《わず》かに揺れている。

長之介と母娘《おやこ》の姿はすでに宿の前にはなかった。

雲が流れて月が出、足元がすうっと明るくなっていく。

「江戸は確かに広いが、しかし方角を見失うような目茶苦茶《めちゃくちゃ》な町造りにはなっちゃあいねえと思うがねえ……」

呟《つぶや》いて腕組をした銀次郎が、体の向きを戻してまた歩き出したときであった。

「よ、銀兄い。お久し振りですねい」

と、路地の暗がりから現われた遊び人風の二十《はたち》前後が、銀次郎の前に回り込むようにしてヒョイと頭を下げた。上の前歯が一本欠け、どこか甘ったれた男前《おとこまえ》な顔だ。

「なんでえ、絹治《けんじ》じゃねえか。こんな刻限に暗がりから現われやがって、また悪いコソコソ遊びに嵌《は》まってやがんな」

「とんでもねえ。銀兄いにぶん殴られて前歯を一本吹っ飛ばされてから、負け続きの賭場《とば》へは、もう通《かよ》っちゃあいねえよ」

「じゃあ今から遊び人風の形《なり》で何処《どこ》へ行くんでい。日本橋の茶問屋『清水屋』の若旦那《わかだんな》が日が落ちてから町中《まちなか》をうろうろするんじゃねえやい。ま、月に一度の吉原通いくれえは仕方がねえとは思うがな」

「それそれ。今宵《こよい》はそれよ銀兄い。十九になったこの体がどうにも鎮《しず》まらねえんだい。月に一度や二度の吉原通いくれえは認めておくんない」

「お前《めえ》のよ、善人を絵に描いたような御袋《おふくろ》さんからは、絹治が極道に走らねえように、と二度も三度も頭を下げて頼まれているんでい。やさしい御袋さんを泣かせるようなことをしやがったらこの銀次郎が承知しねえぞ」

「へい。賭場へだけは金輪際《こんりんざい》、出入り致しやせんから」

「それからな若旦那よ。肩を突っ張ったような下手糞《へたくそ》なべらんめえ調は今日限りで止《よ》しにしねえ。茶問屋の若旦那には似合っちゃあいねえし、お前《めえ》のような骨張った小柄《こがら》な男前《おとこまえ》にゃあ似合ってもいねえやな。まるでチンチクリンだ。大店の商人らしい上品な話し振りに徹しねえ」

「へ、へい……」

「へい、じゃねえ。はい、だ。判りやがったかえチンチクリンよ。判らなきゃあ、もう一本前歯をへし折るぜい」

「判りました。判りましたよ銀兄い」

「銀兄い、じゃねえ。銀次郎さん、だ。これからは、そう呼びな」

「はい、銀次郎さん」

「それでいい。もう行っていいぜ」

「それでは失礼させて戴《いただ》きます。ごめん下さいませ」

「なんでえ、ちゃんと喋《しゃべ》れるんじゃねえか。それに矢張《やっぺ》し、お前《めえ》にはその方が似合ってらあな」

「へい」

「はい、だ。馬鹿野郎が」

「はい」

銀次郎はくるりと踵《きびす》を返すと歩き出した。

その背中を見送る大店の茶問屋「清水屋」の若旦那の口から、「うらやましいなあ。背は高いし腕っぷしは強いし恰好《かっこう》はいいし……」という呟きと溜息《ためいき》が漏れた。

銀次郎にあこがれ、銀次郎のようになりたくて仕方のない清水屋絹治であった。

「おっと。吉原吉原……」

道楽息子で界隈に知られた絹治は思い出したように、銀次郎とは反対の方角に向かって月明りの下を小駈けになった。

途中の蕎麦屋で遊び人仲間二人と合流することになっている。

片手を懐《ふところ》にした銀次郎は己《おの》れの影を通りに映しゆったりとした足取りで、わが家へ向かった。月夜が殊《こと》の外《ほか》好きな銀次郎だった。突如として生じた麴町《こうじまち》の閉門屋敷での騒動は、もう殆《ほとん》ど銀次郎の頭の中には残っていない。

少し立ち止まって夜空の月を仰いだ銀次郎は、再び歩き出してから朗々《ろうろう》たる声で謡《うた》い出した。

通りにはまだ人の往き来が少なからずあったが、町人の身形《みなり》の町人らしからぬその謡い振りに、幾人もが驚いて足を止め詩人の姿を目で追った。

老いて香山《こうざん》に住せんと初めて到りし夜
秋　白月《はくげつ》の正《まさ》に円《まどか》なる時に逢う
今従《よ》り便《すなわ》ち是《こ》れ家山《かざん》の月
試みに問う清光《せいこう》は知るや知らずや

謡い終えて銀次郎はまた立ち止まり、夜空の月を仰いだ。仰ぎながら銀次郎の注意は、左手の斜め後ろ方向に然《さ》り気なく注がれていた。ほんの先程から、こちらに注がれて離れぬ視線の気配を感じている。いや、視線の気配というよりは、もう少し微《かす》かな感じのもの。

月が雲に隠れて、深い闇が銀次郎を呑み込んだ。

「伯父上《おじうえ》を狙う刺客とやらが、今度は丸腰の俺を狙うつもりかえ……」

呟いて銀次郎は歩き出した。もし刺客とやらであれば「近江屋」の女主人《あるじ》季代が待っているであろう本八丁堀のわが家へ〝案内〟する訳にはいかない。女主人《あるじ》を危険に巻き込む恐れがある。

「さて、どうするかなあ」

思案気《しあんげ》に呟いた銀次郎の口が、少し間《ま》を置いてからまたしても謡い出した。

国破れて山河在《あ》り
城春《しろはる》にして草木《そうもく》深し
時に感じて花にも涙を濺《そそ》ぎ
別れを恨《うら》んで鳥にも心を驚かす

烽火《ほうか》　三月《さんげつ》に連なり
家書《かしょ》　万金《ばんきん》に抵《あた》る
白頭《はくとう》　掻《か》けば更に短く
渾《す》べて簪《しん》に勝《た》えざらんと欲す

そこで銀次郎はゆっくりと振り向いた。追い縋《すが》ってくるかのような足音を捉《とら》え、まだ全てを謡い終わらぬうちに振り向いた。

濃い闇の中で「あ……」と微かに取り乱した声があって、雲が流れさりあらわれた月の明りが、その者の正体を浮きあがらせた。

「これは『清水屋』のお内儀《かみ》さん……」

「申し訳ありません。声を掛けようかどうしようかと迷っている内に、後を追いかけるような見苦しい真似《まね》をしてしまいました」

「なあに、構いやしません。先ほどの私《あっし》と若旦那の立ち話の様子を、何処ぞの物陰から眺《なが》めていらっしゃいやしたね」

「はい。番頭の制止も聞かず店の帳場から十両も持ち出してそそくさと飛び出したものですから、慌《あわ》てて後を追ったような訳でございます」

「帳場の金を十両も……ですかえ」

「はい。あのう、絹治はどちらへ行くと申しておりましたのでしょうか。また賭場でございましょうか」

「いや。賭場へはもう出入りしないと思いやすね。こんなことを申し上げるのは酷《こく》でござんすが、若旦那が次に夢中になるのは恐らく女でござんすよ」

「まあ……女」

「こればかりは、駄目だ、止《よ》せ、で済む問題ではありやせんから、暫《しばら》くは様子眺めが宜《よろ》しいかと思いやす。一方的に駄目だ、止せ、で追い詰めやすと、失礼ながらあの甘ちゃん育ちの若旦那は、とんでもねえ溝穴《どぶあな》に落ち込まねえとも限りやせん」

「跡取り息子なものですから……確かに甘やかせて育ててしまいました」

「ま、何処の大店でも似たような事情を抱えておりやしょう。さてと、この夜道、清水屋小町とまで言われてきた綺麗な大店のお内儀《かみ》のひとり歩きは何かと物騒でございやす。さ、『清水屋』の店先までお送り致しやしょう」

「そこまで銀次郎さんにご迷惑をお掛けする訳には……大丈夫でございます。ひとりで帰れますから」

「いいから行きやしょう。さ……」

銀次郎は「清水屋」のお内儀沙由紀《さゆき》の背に軽く手を触れて促《うなが》すと、一歩先に立って歩き出した。

「あの……」と、沙由紀が追いついて銀次郎と肩を並べた。沙由紀の背丈も胸元あたりの豊かさも、なんとはなし「近江屋」の女主人《あるじ》季代に似ている。

「え?」と銀次郎は、自分を見上げて瞳に月を映している沙由紀の顔を見返した。

「余計なことをお訊きしますけれど、銀次郎さんは、家庭をまだお持ちにならないのですか」

「女房を持たないのか、との話でござんすね。のんべんだらりとした無為徒食の身でありやすからねえ、家庭なんぞ夢のまた夢。ま、当分は独り身でのんびりと行きやす」

「無為徒食と仰《おっしゃ》いましたけれども、いまや銀次郎さんの、女性《おなご》の化粧《けしょう》拵《ごしらえ》や髪拵、加えて着物や帯の見立《みたて》や拵工夫《くふう》(デザイン・センス)の御仕事は大変な人気であり江戸城内でも噂になっているとかいうではありませんか。今をときめく人気役者も銀次郎さんの化粧拵を強く望んでいるのに、まったく聞く耳持たずとか」

「なあに、拵《こしらえ》は遊びでさ、仕事じゃああありやせん。遊びでござんすよ」

「でもその割には大層な収入になっている、との話も耳に入って参ります」

「ははは。そいつあ困った。いや、どう返事をしてよいのやら……困った」

銀次郎は頭を掻《か》き、沙由紀も寄り添うようにして歩みを合わせて微笑《ほほえ》んだ。

皓々《こうこう》たる月が、地面に二人の影を並べている。

「私が『清水屋』に嫁《とつ》いだのは十七歳のときでした。十八歳で絹治を産み、二十《はた》歳《ち》で娘の沙織《さおり》を産んで以来、『清水屋』を大きくしよう大きくしようと、主人藤《とう》二郎《じろう》を支えてきました。大変充実した人生であると思ってきましたし誇りにも思っています。いいものですよ銀次郎さん、家庭というものは」

「十八歳のときに若旦那を産みなすったということは今、三十七歳でございやすね」

「はい。もうすっかりお婆さんになってしまって……」

「とんでもござんせん。そのような言葉、真顔で口になさるものではありませんや。いや、驚きやした。実に驚いた」

「どういうことですの」

「今はじめてお内儀《かみ》さんの年齢《とし》を知って腰を抜かすほど驚いたってえことですよ。びっくり致しやした。今の今まで私《あっし》はお内儀《かみ》さんはてっきり、三十一、二くらいだろうと思っておりやしたから」

「まあ、銀次郎さんたら……」

沙由紀は軽く腰を振る仕草で銀次郎の腕《かいな》をポンと叩くと、くすくすと笑ってから言葉を続けた。

「銀次郎さんは絹治の年齢《とし》を十九だと知っていたのでしょう」

「もちろん知っておりやした」

「だとしますと、三十一、二である私《わたくし》は、十二か十三の時に絹治を産んだことになりますのよ。つまり十一か十二で主人藤二郎の元へ嫁いだことになります」

「なるほど、確かにそうだ。町人社会じゃあ、そんな無茶苦茶いくらなんでも、ありませんやな」

「あり得ませんわね、ふふふふっ。でも私《わたくし》が十一か十二の時にいま目の前にいらっしゃる銀次郎さんと出会っていたなら、どうしてもお嫁に行きたいと駄々をこねたかも知れません」

「いやあ、私《あっし》みたいな者《もん》と所帯を持つ女は苦労致しやすよ。たいして稼《かせ》ぎは無《ね》えし遊び人だし……」

「そんな人でも身も心も捧《ささ》げて苦労を共にしてみたい、と思うのが女というものなんですよ銀次郎さん」

沙由紀が銀次郎の着物の袂《たもと》を摑《つか》んで静かに揺さぶった。

「そんな女、この世にいるんですかねえ。見す見す苦労すると判っておりやすのに」

「ねえ、銀次郎さん」

と、今度は力を込めて銀次郎の袂を引っ張ってみせる沙由紀であった。

「なんでござんす?」

「銀次郎さん、真っ当なお仕事を……いいえ、お仕事を真っ当にしてみませんこと?」

「どういう意味でございやしょうか」

「拵《こしらえ》の御仕事ですよ。髪、化粧、着物、と女性拵のあれこれを手掛けるお店《たな》を神楽坂《かぐらざか》か新橋といった粋《いき》な場所に持つのです」

「冗談じゃねえやな、止しにしてくんない。だいいち店を開くような余裕など、私《あっし》にはありやせんや」

「開店資金なら、私が主人を説得して出させます。この御仕事、きっと儲《もう》かると思いますよ。お弟子さんを次から次へと鍛え上げて、この大江戸の隅々《すみずみ》に店を広げてゆくのです。『銀次郎拵網《こしらえもう》』とでもいうべきものを」

銀次郎は足を止めると、呆《あき》れたようにして沙由紀を見つめた。つい先程まで道楽息子絹治のことを心配する余り、一見かわいくしおれていた沙由紀である。それが今、自分の思いつきと閃《ひらめ》きに満足し、気を高ぶらせているのか、月明りを年齢《とし》より若く見える顔に浴びて目をキラキラ輝かせている。

へえ、と銀次郎は呆《あき》れた次に感心した。さすが大店のお内儀《かみ》だと思った。儲かると睨《にら》んだ瞬間を逃さねえとはこういう事けえ、と恐れいりもした。そういえば茶問屋「清水屋」は「半《なか》ばお内儀《かみ》の才覚で持っている」という噂を二度だったか三度だったか耳にしたことがある銀次郎だった。

「さ、ちょいと急ぎやしょうかえ。私《あっし》も家に客を待たせているもんで」

思い出したようにそう言って、銀次郎は歩き出した。

「遊び人仲間とかのお客様でいらっしゃいますの」

男の客か女の客かを知りた気《げ》な沙由紀の問い掛けに、銀次郎は綺麗な顔の後ろに隠されている大店商人の女房の気丈《きじょう》さを見つけたような気がして少し鼻白《はなじろ》んだ。

十七

銀次郎が本八丁堀の自宅へ戻ってみると、台所に立って何やらしていた大店太物問屋「近江屋」の女主人《あるじ》季代が「あら、お帰りなさい。遅かったですわね」と濡れた手を手拭《てぬぐ》いでふきふき、上がり框《かまち》まできて正座をし三つ指をついた。ふわりと流れるような自然な所作だった。

(あ、やはりこの女主人《ひと》は出来ている……俺は清水屋小町よりも、このお内儀《かみ》の方がいい)と銀次郎は瞬間的に思った。

「ま、どうなさったの銀ちゃん。そんなに私《わたくし》の顔をじっと見つめて……」

「あ、いやなに、なんでもねえよ」

「どきり、とするじゃありませんのさ。今夜あたりついにこの体が危ないのかしら、と」

「馬鹿を言え」

「お風呂、わかしておきましたよ。なんならお背中を流してさしあげましょう」

「風呂はいらねえよ。島田髷《しまだまげ》を先笄《さっこう》に変えるのは、何度も言うようだが真剣勝負になりやす。湯につかって腕や手指の筋を、のんべんだらりと伸ばしてしまいやすと、髪を曲げるところ締めるところ結《ゆ》うところ、など大事な部分が緩《ゆる》み切ってしまう恐れがありやす」

「へええ、そんなものなの。じゃあ、お食事はいかが」

「部屋に満ちておりやすこのいい匂《にお》いは、闘鶏鍋《しゃもなべ》ですかい」

「ええ。大当たりでございますことよ」と、季代はにっこり目を細めて微笑んだ。

あ、品のあるいい笑顔だ、と銀次郎は気持を和《なご》ませた。

「いただきやしょう。大好物なんでい」

「よかった。さ、早く雪駄《せった》を脱いでお上がりになって……」

「上がりやすよ。私《あっし》の家《うち》なんだい」

「うふふ。そうでしたわね」

季代は含み笑いを漏らして台所へ戻り、銀次郎は板の間に上がって飯櫃《めしびつ》とか茶碗がのった文机《ふづくえ》の前に腰を下ろし胡座《あぐら》を組んだ。文机の脇にある丸火鉢の中ではよく熾《おこ》った炭火がちろちろと赤い舌を出している。

「熱い鍋をそちらへお持ちしますね。ご注意なさってください」

「ちょいと待ちねえ。危ねえから私《あっし》が運びやす」

「いいのですよう。私《わたくし》にさせて下さいまし な。銀ちゃんは大人しくお座りになっていて下さい」

「そうかえ。わかった」

頷《うなず》きながら銀次郎は、文机と丸火鉢を半畳の青畳の方へ少し押した。

半畳の青畳は拵事《こしらえごと》でこの家へ訪れたときの、女たちの座り場所だ。

なかでも季代は、青畳を時に自分で新しいものと取り替えることを忘れないから、いわば持ち主のような立場にある。

竈《かまど》で熱くグツグツいわせた闘鶏《しゃも》鍋を、季代は「よいしょ」と小声を漏らしながら、丸火鉢の上にのせた。その所作をも「どことなく可愛いや」と思う銀次郎だった。

「ねえ銀ちゃん……」

「なんでえ」

「私《わたくし》、独り酒いいかしら。ほんの少しだけ冷《ひ》やで」

「役者遊びで何ぞ嫌なことでもありやしたかい」

「べつに……」

「なら訊かねえ。酒は水屋の一番下でござんす。私《あっし》は闘鶏《しゃも》鍋で飯を食べやす」

「はい」

と頷いた季代が丸火鉢から離れて台所の水屋へと近付いてゆく。

「こんなに美味《おい》しい闘鶏《しゃも》鍋って一体いつ頃からあるのかしらねえ。私《わたくし》、ちょっと関心があるのよ銀ちゃん」

水屋の一番下の引き戸を開けながら、季代が誰に訊くともない口調で漏らした。

「闘鶏《しゃも》鍋なあ。本当かどうか頼りにならねえ耳学問だがよ。そもそも鶏《にわとり》ってえのは古くに大陸あたりから伝来したらしくってよ。もっぱら庭先なんぞで飼っていたらしいんだよな。それでよ、庭先の鳥、つまり庭鳥《にわとり》（鶏）ってえことらしいんだよ」

「いやだあ、銀ちゃんたら冗談ばっかし……」と、季代が酒が入った大徳利《おおどっくり》と盃《さかずき》を手にして、くすくすと笑いながら青畳の上に座った。

「いや。ところが、これはどうやら冗談じゃあなくってよ。その通りらしいというぜい。お内儀《かみ》さんは『日本書紀』てえのを知っていなさるかえ」

「これでもさ銀ちゃん。私《わたくし》は借金だらけだったとはいえ三百石旗本家の娘でしたもの。『日本書紀』が神代《かみよ》より持統《じとう》天皇に至るまでを記した大変古い歴史書だってことくらいは、教育されてきておりますことよ」

「でしょうねい。へい、恐れいりやす。でね、その『日本書紀』ってえのに、鶏を闘わせてあれこれを占ったたってえ事が書かれているらしいんでさあ」

「まあ。そんなに古くから鶏を闘わせる儀式みたいなものがありましたのね」

「百姓町人にだって知らぬ者がねえ『源平盛衰記』とか『平家物語』ってえ有名な合戦記がございやしょう。その合戦記の中にも、紀州熊野《くまの》の田辺別当の地位にありやした湛増《たんぞう》とかいう偉いお人が、源平のどちらに味方するかに迷い、闘鶏《とうけい》七番勝負の結果、源氏に味方したと書かれてあるとかないとかいいやすぜ」

「へえ。面白い話だこと。源平の盛衰に闘鶏が絡《から》んでいたなんて……」

「その田辺ってえ所には湛増とかにまつわる闘鶏神社（新熊野社《いまくまのしゃ》）というのが、現在《いま》も在《あ》るとかいいやす……」

「行ってみたいわね銀ちゃん。思い切って二人で行ってみましょうよ。たんとお金を持って」

「じょ、冗談じゃねえやい。熊野だの田辺だのは『天《てん》の地』『神《かみ》の地』と言われている程に、気が遠くなるほど遠くて険しい場所にあるんでい。そんな神聖な所へお内儀《かみ》さんと出かけ、江戸へ戻ってきた日にゃあ、それこそ二人とも糞爺《くそじじい》と糞婆《くそばばあ》になってらい」

「あ、仰《おっしゃ》いましたわね」

「それほど遠い所という事でさあ」

「じゃあ、その途中で可愛い赤ちゃんの一人や二人産んだっていいではありませんこと」

「えっ、誰と誰の？」

「私《わたくし》と銀ちゃんの。私《わたくし》の体、まだまだ大丈夫ですから」

「お内儀《かみ》さん……」

「はい」

「飯をよそってくんない」

「ふふふっ。照れてるの？」

「ふんっ」

季代が首をすくめて笑い、文机の上にあった銀次郎の茶碗に白い綺麗な肌の手を伸ばした。丸火鉢の上では闘鶏《しゃも》鍋がグツグツといい音を立てて白い湯気をくゆらせている。

沸騰《ふっとう》している鍋の中でおどっている闘鶏肉《しゃもにく》や玉子、豆腐、大根、葱《ねぎ》などが見るからに旨《うま》そうであった。

銀次郎は炊《た》きたての白い御飯の上に、闘鶏《しゃも》肉や豆腐、葱などをのせて、はふはふ言いながら箸《はし》を動かした。

「うめえ。たまんねえや」

そんな銀次郎をお内儀《かみ》は、実に美しく細めに引いた眉尻を少し撥《は》ね上げ、ぞくりとくる妖しい切れ長な二重《ふたえ》の目でじっと見つめながらの独り酒だった。

二人だけの静かな刻《とき》がゆっくりと過ぎてゆく。

「それでよ……」

と、銀次郎は不意に思い出したように箸を休め、お内儀《かみ》が「え？」という表情を拵えた。

「足利《あしかが》幕府の時代（室町時代）になるとよ。いよいよ本物のこいつがシャムという国から日本に伝わってきたんだとよ。闘わせて勝ち負けを楽しむ逞《たくま》しい鶏、つまり闘鶏《しゃも》がよ」

そう言いながら、鍋の闘鶏《しゃも》肉を箸の先でつまんで、御飯の上にのせる銀次郎であった。

「では、それまでは普通の鶏を闘わせていましたのね」

「だろうねい。だから、それまでは『しゃも』ってえ言葉はなかった筈《はず》だあな」

「それにしても銀ちゃん。なんでもよく知っていなさるのね。もしかして銀ちゃん……」

「ん？」

「町人じゃあなくて、実は御侍《おさむらい》？……」

一瞬だが、目元をぴくりとさせてしまった銀次郎であった。

「馬鹿を言うねい、こんなに品のねえ侍があったりするけえ。付き合いが広いからよ。耳学問だけは立派を装ってんでい」

「ふうん……」と、疑《うたぐ》り深そうな目で銀次郎をやさしく見つめるお内儀《かみ》であった。

このとき突然、裏口が乱暴に開けられた音が伝わってきた。

ほとんど反射的に銀次郎が箸と茶碗を持ったまま片膝《かたひざ》を立てる。

「大変や銀。居《い》るんかあ」

長之介の大声であった。

十八

「え、偉いこっちゃ銀。あっ、『近江屋』のお内儀《かみ》さんもいはりましたか。ちょうどええわ。偉いことになってもた」

まるで倒れ込むように土間に駈け込んできた長之介が、上がり框《かまち》にばったりと両手をつくや、へなへなと腰を下ろしてしまった。

「ま、一体どうしたのですよう長《ちょう》さん。とにかく、さ、これを……」

機転の利《き》く季代が徳利《とっくり》の酒を茶碗に満たして長之介の手に持たせた。

長之介が喉仏《のどぼとけ》を上下させて一気にそれを呑み干し、もう一度「偉いことになってもた」と、酒の飛沫《しぶき》と共に口から吐き出した。

「落ち着かねえかい。お内儀《かみ》さんの前で大の男が見《み》っとも無《ね》えじゃねえか」

「燃えてもた。いや、燃えとんのや」

「燃えとる？……何がよ」

「両替商の『巴屋《ともえや》』が燃えとんのや。物凄い火の勢いや。もうあかん」

「なんだと」

「ええっ」

銀次郎も驚いたが、季代の驚きの表情は銀次郎どころではなかった。

江戸町方の両替商は、ついさき頃の幕府の金融令によって、新しく整備し直されたばかりであった。

その江戸両替商の中で「巴屋」は十指に入る「共同設立大手」として、その

「共同設立」という経営方針が注目を浴びていた。主な出資者(商)の中に金五百両で「近江屋」が入っており、なんと職人旅籠《はたご》「長助」も百両もの大金を出していた。もっともこの百両は長之介の大坂にいる実父で香具師《やし》の大元締が出したものである。

　銀次郎が季代に向かって言った。

「お内儀《かみ》さんはいったん『近江屋』へ戻っていなせえ。私《あっし》が様子を見てきやすから、慌てて火事場に駆けつけちゃあならねえ。危のうござんす」

「でも銀ちゃん……」

「大店のお内儀《かみ》らしく、落ち着いて構えていなせえ。私《あっし》が付いている。心配しなさんな。竈《かまど》の火はきちんと消して下せえよ。おい、長《ちょう》。行くぜ」

　銀次郎は雪駄《せった》を摑《つか》んで腰帯に挟むや、素足で表へ飛び出した。

「お内儀《かみ》さん。銀の言う通りや。火事現場へは来《こ》んようにな」

「はい。あ、長《ちょう》さん、銀ちゃんが勢い余って火の中へ飛び込んだりしないようしっかり摑《つか》まえておいて頂戴」

「銀はそんな事せえへん。大丈夫や」

言い置いて長之介も外へ飛び出した。もう、その辺《あた》りに銀次郎の姿はない。彼方《かなた》の空が火事の炎のせいであろうか、うっすらと紅色に染まっている。

長之介を残して先に外へ飛び出した銀次郎は、矢のように走った。

当たり前の速さではなかった。見る者が見れば明らかに武道で鍛えた者の足の速さと判ったであろう。伊勢桑名《いせくわな》藩松平越中守（のちの坂本竜馬暗殺指示者）の上屋敷前を走り過ぎ、次いで丹波綾部《たんばあやべ》藩九鬼式部少輔《くきしきぶしょうゆう》（節分のとき「鬼は内、福は外」の豆打ちで有名）の上屋敷前を疾風の如く駈け抜けて堀川に架かった海賊橋を渡った。

空の彼方を染めていた紅色が次第に薄らいでゆくのがはっきりと判る。

「ありがてえ。大火事はまぬがれそうだい……」

そう思いながら銀次郎は走った。

両替商「巴屋」は、常盤橋御門《ときわばしごもん》に近い日本橋本石町《ほんごくちょう》の金座（現・日本銀行）に東側を接するかたちであった。苗字帯刀を許されている江戸筆頭町役人の屋敷にも北側を接している。

火事の原因と延焼範囲の次第では「巴屋」の厳罰は免れない。

ようやくのこと現場に駈けつけた銀次郎は、茫然《ぼうぜん》と立ち尽くした。怒鳴るように大声を出し合っている旗本や屈強の臥烟《がえん》(火消人足)たちの向こうには、すでに「巴屋」の大きな建物は焼け崩れ落ちて無く、月明りの下で青白い煙がくすぶっているだけだった。

「お、銀兄い」

顔を煤《すす》で真っ黒にした大男の臥烟が銀次郎に気付いて足早に近付いてきた。着ている火消法被《はっぴ》はところどころが焼け焦げて穴があいている。両の頰《ほお》には「おさき命」の刺青《いれずみ》だ。

「ご苦労さん。火傷《やけど》や怪我はねえかい源二《げんじ》」

銀次郎の旧《ふる》い博打《ばくち》仲間であり呑み仲間でもあった。

「俺は大丈夫でい。火消しが仕事だしよ。それよりも『巴屋』、大変な事になっちまったい」

「ああ。この焼け様《よう》じゃあ再興には長い日が要《い》るだろうぜ」

「そうじゃねえよ銀兄い」

「ん?」

源二が銀次郎の耳に顔を近付けた。

「『巴屋』はよう、主人《あるじ》夫婦から番頭小僧まで皆殺しにされた上で火を放たれていると、つい今し方《がた》判ったんでい」

「なにいっ」

聞いて銀次郎が源二の法被の首元を摑んで絞めあげた。

「お、落ち着きねえ銀兄い。俺が火を放った訳じゃあねえんだ。皆殺しで放火された上にな、金蔵に使っていた頑丈な造りの土蔵からは、千両箱までがごっそり盗まれてんだ。一箱も残さずによ」

「押し込みか」

「だろうよ。しかし刻限は深夜にはまだ程《ほど》遠いんだ。それに満月の夜だし、呑み屋も飯屋もまだ表口を開けてらあ。一日の仕事を終えて表口を閉じ、ホッとしたところへ裏をかいたように押し込みやがったに違いねえ」

「『巴屋』なら、五、六千両は下るめえよ源二」

「だろうな」

「くっそう。本当に皆殺しなのか、おい。小僧の一人くらい床下あたりに隠れて助かっちゃあいねえのか」

「見てみるかえ現場をよ。そりゃあ、ひでえもんだ」

「差配《さはい》の旗本や与力同心旦那《だんな》がいるんだ。あまり深入りするとお前《めえ》の顔を潰しかねねえ」

銀次郎がそう言ったとき「おい源二、手伝ってくれえっ」と誰かの野太い大声が暗がりの向こうから飛んできて「おう、待ってろ」と源二が銀次郎の肩をポンと叩き身を翻《ひるがえ》した。

月明りで暗がりが少ない夜であったが、臥烟たちは夜目が大層利く。

銀次郎が、歯をカリッと嚙《か》み鳴らして源二が走り去った暗がりを睨《にら》みつけた。

「ここにも骸《むくろ》が二体。背後から斬られた痕《あと》がはっきり認められます」

焼け跡の向こう側でまたしても大声があって、銀次郎に背中を向けていた定火《じょうび》消《けし》同心らしいのが「ようし、今行く」と応じた。

江戸市中には幕命により十組の「江戸中定火之番」(明暦の大火一六五七年の翌年創設)という定火消役が設けられていた。

十組は十名の旗本によって統括され「十人火消」とも称されているが、それぞれが「火消屋敷」を与えられて、その支配下にある火消人足つまり源二のようyな臥烟たちは、この火消屋敷の臥烟部屋に起居している。

火消屋敷は江戸市内の八重洲河岸《やえすがし》、赤坂溜池《ためいけ》、半蔵門外、御茶ノ水、駿河台《するがだい》、赤坂門外、飯田町、小川町、四谷門外、市谷左内坂《さないざか》、など江戸城の北部と西部の十か所に重点的に配置されていたが、これは冬の北西の季節風に乗って火炎が江戸城に及ぶのを防ぐためだった。

江戸中定火之番に任じられるのは大凡《おおよそ》三千石から五千石の大身旗本で、その指揮下には与力六名、同心三十名が置かれ、これらが実質的に臥烟を動かしていた。

この定火消が、ともすれば対立的に位置する町方の消防組織「町火消」（明暦の大火の翌年日本橋・京橋の二十三町で創設）の勢いに押されて次第に衰退していくには、もう少し時代の流れを待たねばならない。

銀次郎は焼け跡の周囲《まわり》をゆっくりと見て回った。

ところどころに骸が運び出され、筵《むしろ》がかぶせられている。

「ひでえ事をしやがる……許せねえ」

銀次郎の歯がまたギリリッと噛み鳴った。放火《ひつけ》は極刑を免れない重罪であった。ましてや人命を奪い大金を盗み取るなど、極刑以上の極刑であり、銀次郎が歯を噛み鳴らすのも無理からぬことだった。

三百坪以上はありそうな「巴屋」の敷地のまわりをひと回りして元の位置に銀次郎が戻ってみると、近江屋のお内儀《かみ》が長之介と肩を並べて茫然と立ち尽くしていた。

月明りのせいであろうか、二人とも顔が真っ青である。

「危ないから来ちゃあならねえ、と言っておいた筈《はず》ですぜい」

銀次郎が近付いて穏やかに声をかけると、

「銀ちゃん……」と季代は銀次郎の腕にしがみ付いてしまった。ぶるぶると小さく震えている。

「俺ん家《ち》の火の元、大丈夫ですねい」

「はい。竈や火鉢の火はきちんと消しておきました」

「おい長《ちょう》。お前も焼け跡をひと回りして、この惨状をしっかりと頭ん中へ叩き込んでおきねえ。与力同心の旦那と顔を合わせたら、頭を下げるのを忘れちゃあなんねえぞ」

「そうやな、判った。おんのれ、どいつがやりやがったにしろ、どてっ腹に必ず刃《どす》をぶち込んだる」

　そう言い残して長之介は肩を怒らせ離れていった。

　銀次郎は「きなせえ」と季代の肩を抱いてやった。

「『近江屋』から『巴屋』への出資金は五百両だと、いつだったかお内儀《かみ》さんは私《あっし》に打ち明けてくれやしたね」

「そう、五百両……」と、季代は弱々しく頷《うなず》いてみせた。

「『巴屋』の再興はもう無理でござんすよ。金蔵の千両箱は一箱残らず持ち去られ、その上、主人《あるじ》夫婦から番頭小僧まで一人残らず斬殺されていると言いやす」

「ええっ。な、なんてことを……」

　銀次郎に肩を抱かれた季代の震えが衝撃を受けて一層激しくなった。

「『近江屋』から『巴屋』へ、金銭の監査などで誰かを出向《でむ》かせていやせんでしたかえ」

「『巴屋』さんとの申し合せで、算盤勘定《そろばんかんじょう》に秀《ひい》でた近江屋《うち》の二十三になる若い手代孝市《こういち》を、巴屋の帳簿手代として出向かせていました」

「そうでしたかえ……可哀《かわい》そうに」

「銀ちゃん……私《わたくし》、どうすればいいの」

「出資した五百両はもう戻ってこねえと覚悟した方がよござんしょ。問題はその五百両の損失が『近江屋』のこれからの商《あきな》いにどう影響するかですねい」

「それなら大丈夫ですよ。『巴屋』への出資は、伸《の》るか反《そ》るかの博打《ばくち》勘定でしたものではありませんから」

「てえと、『近江屋』の経営に損得の影響が及ばねえ余裕資金の中から出資した五百両ってえ事ですかえ」

「はい」

「さすが大店太物問屋《おおだなふとものどいや》『近江屋』の女主人《あるじ》だ。私《あっし》が見込んでいただけのことはある。いや、大《て》えしたもんだ」

「手代孝市は三月《みつき》前に嫁を貰って、『近江屋《うち》』の近くの小綺麗な長屋に住まわせたばかりなのですよう」

「女房持ちだったのかえ……そいつあ辛《つれ》えなあお内儀《かみ》さん」

「残された若女房の生活の面倒くらいは幾らでも見てやりますけれど、世帯を持ったばかりの亭主が殺されたなんて……私《わたくし》、とても言えない」

「だけど『近江屋』の女主人《あるじ》として言わずばなりますめえよ。私《あっし》が一緒に付いて行ってあげやす。きちんと伝え、『近江屋』で働いて貰うなど身の立つようにしてやりなせえ。案外、若女房の体にはもう、忘れ形見が宿っているかも知れねえから、そっちの方の心配もしてやりなせえ」

「ありがとう銀ちゃん、そうします」

「それとよ。暫《しばら》くの間は役者遊びはお休みだ。どうでい。駄目かえ」

「銀ちゃんがそうしろと言うなら、そう致します」

「それでいい……それでよござんす」

銀次郎が季代の肩を力を入れて抱きしめてやったところへ、長之介が荒々しい形相《ぎょうそう》で戻ってきた。目が吊り上がっている。

「許せへんぞう。押し込みやがった野郎、見つけたら膾《なます》切りにしてこましたる。糞ったれえ」

「旅籠《はたご》『長助』の『巴屋』への出資は確か百両だと言っていたな長《ちょう》よ」

「おう、百両や。大坂の親父《おやじ》に出して貰《もろ》た金やけどな」

「親父さんには早い内に正直に伝えておいた方がよいぞ」

「伝えたら大勢の手下を連れて押っ取り刀で江戸へやって来るかも知れへんで。道楽息子の俺が江戸で職人旅籠を始めた時に一度来たきりやさかいな」

「大事な次男坊が江戸で堅気の商売をするのを、親父さんはようも許してくれたもんだぜ」

「あかん。親父に言うんは『巴屋』へ押し込んだ野郎を吊るし上げてからや」

「下手人を吊るし上げるのは、お前《めえ》の役目じゃあるめえ。あの御用提灯《ちょうちん》に任しておきねえ」

焼け跡の周囲で慌ただしく動き回っている御用提灯を、銀次郎は顎《あご》の先で示してみせた。

御用提灯の一部は、まだくすぶっている焼け跡にまで踏み込んでいる。

「今月の月番は南町奉行所やな。千葉（要一郎）同心旦那と寛七親分をちょっと手《て》伝《つど》うてくるわ」

「よしねえ。余計な差し出口は火傷《やけど》するぜ。素人《しろうと》が火事場跡へ踏み込むと、碌《ろく》な事にならねえ」

「ああ、わかってる。火事場跡へは立ち入らへん」

長之介は出資した大事な百両が泡と消えるかも知れないことに余程我慢がならないのか、肩を怒らせて御用提灯の方へと小駈けに離れていった。

「長《ちょう》の気持は判るが……盗まれた金は先ず戻ってこねえと相場は決まっている」

「悔《くや》しいけど仕方がないわね。あ、銀ちゃん。今頃になってまた大勢の役人がほら、出張《でば》ってきましたよ。随分と遅い出番ね」

季代が銀次郎の袖《そで》を引いて、月明りの向こうを指差した。

銀次郎がその方へ視線を振ると、月明りを浴びた四十半ばくらいの騎乗の侍が配下の与力同心小者たちへ何やら檄《げき》を飛ばしている。なかなか勇壮な姿だ。

「お内儀《かみ》さんよ。あの連中の御用提灯の御紋はよ、火付盗賊改役《ひつけとうぞくあらためやく》の『当分加《か》役《やく》』の一団だい。定火消から少し遅れて火事場に着くのが定法《じょうほう》らしくってよ。双方同時に火事場で動き出すとぶつかり合って火消しに支障が出るってんで、申し合わせてひと足遅れて出張ってくるらしいんでい」

「当分加役って？」

「江戸は秋から春にかけて押し込みや火事が多いじゃねえか。だからよ、十月から三月までと期限を設けてな、御先手《おさきて》（御先手弓組、御先手鉄炮組）から、ああして応援の『別組』が駈けつけて『本役組』を助けるのよ」

「つまり火付盗賊改役の正式な別組織なのですね」

「そういうこと。当分加役の制度が出来てまだ日が浅いんで、江戸の下々《しもじも》の者には余り知られちゃあいねえが、『本役組』からは何かと目の仇《かたき》にされているらしい」

「その『本役組』らしい御用提灯の動きは見当たりませんことよ。町奉行と当分加役の提灯しか」

「おそらく『本役組』は凶賊を追って何処か遠くの方面へでも出張っているんだろうよ。これから春にかけては押し込みなどの凶賊どもが活発に動き出しやすから、大店で知られた『近江屋』は一層のこと充分に気を付けなせえよ」

「はい。店の者にも言って聞かせます」

「さ、店まで送りやしょう。先程も言いやしたように、役者遊びは当分の間お休みだ。宜《よろ》しいですねい」

「ええ。お休みします。銀ちゃんは私のことを本気で心配して下さっているのですね」

「本気も嘘もねえやな。実の母親のように大切に想っておりやす」

「母親？」

「へい。母親」

「馬鹿……」

季代は銀次郎の二の腕を思い切り抓《つね》ると足早に離れてゆき、苦笑する銀次郎は「痛《いっ》てえ」と呟《つぶや》きながらそのあとを追った。

十九

季代を「近江屋」まで送り届けた銀次郎が本八丁堀の自宅へは戻らず、すでに表口を閉じている旅籠「長助」の勝手口をそっと叩いたのは、町木戸が閉じられる亥《い》ノ刻頃（午後十時頃）だった。

丈夫な拵《こしら》えの勝手口が小窓を開け、手蠟燭《ろうそく》の炎《ひ》に並べて丸い顔を覗《のぞ》かせたのは座敷女中のタネだった。

「あら銀ちゃん……」

「遅くにすまねえ。堀内母娘《おやこ》のことが気になってよ」

「いま開けるから……」

カタン、コトリと木鳴りの音を三つ四つさせて、からくり錠《じょう》を解いたタネが勝手口の扉を片側へ静かに引いた。

銀次郎は土間に入ると自分の手で勝手口を閉じ、からくり錠をしっかりと掛けた。

「長《ちょう》は？」と銀次郎は小声で訊《たず》ねた。

「火事場から一度戻って来て、また出て行きましたよ。押し込み野郎を絶対に吊るし上げるんや、とか何とか言いながら……えらい見幕で」

応じるタネも囁《ささや》き声だった。

「そうか。矢張りまた飛び出して行きやがったかえ」

「『巴屋』さんは全焼したの銀ちゃん」

「ああ、全焼だい」

「長《ちょう》さんはいつだったか『巴屋へは大金を出資している』とか言ってたけど、それじゃあその出資金は……」

「戻ってこねえだろうよ。全焼しただけじゃあなくて、金蔵からは数千両の金が消えていやがるし、そのうえ店の者《もん》は主人《あるじ》夫婦から番頭小僧まで皆殺しだ」

「ええっ」

と、タネは目を大きく見開き思わず自分の胸をかき抱いた。

「なんという恐ろしいこと……」

「表口の錠はしっかり下ろさねえといけねえよ、近頃の押し込みは深夜に動き出すとは限らねえ。宵《よい》のうちと雖《いえど》も油断しねえようにな」

「うん。その点については長《ちょう》さんが口うるさいから」

「タネさん。ハラが減ってならねえんだ。夕餉《ゆうげ》の箸を手にしたところで長《ちょう》の『火事だあ』が飛び込んできたんでよ」

「蕎麦《そば》でいい？　出し汁は冷《つ》めたくなってしまったけど」

「構わねえ。冷めてえ出し汁につけて食べるのも、秋蕎麦の食べ方だい」

「じゃあ、私の女中部屋に上がってて。すぐ用意するからさ」

「あ、これ、俺は甘い物《もん》は余り食わねえからよ。番太郎の吾助《ごすけ》爺さんから貰ったんでい」

銀次郎は懐《ふところ》から、肌の温《ぬく》もりであたたかくなった小饅頭《まんじゅう》を二つ取り出してタネに差し出した。

「ありがとう。大好物だよ、うれしいね」

タネは目を細めてそれを左手で受け取り、右手にしていた手蠟燭を鴨居柱《かもいばしら》の金《かな》皿《ざら》に置いて台所へと入っていった。

台所の蠟燭にも直《す》ぐに火がついて、明るくなった。

銀次郎は目の前の女中部屋に上がると、敷いてあった布団を二つに折り畳んで片隅へ押しやり胡座《あぐら》を組んだ。

「おいしい……」

と、台所からタネの小声が聞こえてくる。銀次郎が番太郎の吾助爺さんから貰った饅頭を早くも口にしているのであろうか。

この時代《ころ》、奉行所や火付盗賊改役などの治安機関を間接的に補佐する制度として、武家地には「辻番所《つじばんしょ》」が、町人地には「自身番屋《じしんばんや》」というものが設けられていた。大名旗本などが出資して管理する言わば「武家番所（辻番所）」は武家地の辻角などに在《あ》り、また数町に及ぶ町組《まちぐみ》が町々《まちまち》の境界の幹線道に共同でつくる「自身番屋」は、深夜早朝の人の往来を封鎖あるいは制限する「両扉門（木戸）」、そして木戸の片側には奉行所同心の見回り出張所ともなる「自身番小屋」、またもう一方の側には木戸の番人（番太郎）が住む「木戸番小屋」が在った。この「木戸」「自身番小屋」「木戸番小屋」の三つの総称がつまり「自身番屋」であると認識するのが普通である。

町会所《まちかいしょ》の性格を併《あわ》せ持つ「自身番小屋」には大家《おおや》と呼ばれる出資者（管理者）たちが交替で常番に就いたり、あるいは大家に雇われた者、道沿いの商店の奉公人、などが番をするなど常に四、五人が常番の役を負っていた。

なお明け六ツ（午前六時頃）に開け、亥ノ刻（午後十時頃）に閉じる木戸の番人（番太郎）は、木戸番賃が年に一両とちょっとで町組に雇われた者で、この収入では生活が成り立たないため、木戸番小屋で雑貨、駄菓子、焼芋《やきいも》などを売って生活の足しにすることが許されていた。

「はい銀ちゃん、お待ちどお様」

タネが疵《きず》の目立つ古い膳《ぜん》に笊蕎麦《ざるそば》と出し汁をのせて薄暗い女中部屋に入ってきた。

「出し汁が冷えちまっているので盛《も》り蕎麦にしたよ。我慢して」

「なんの。秋の冷めてえ盛り蕎麦も案外にいけるかもよ」

「暗いね。いま蠟燭を点《つ》けたげるから」

「いらねえよ。ちゃんと蕎麦だと見えているんでい。このままでいい」

「ごめんね。あ、そうだ。いいものがあったのを忘れていた」

何かを思い出したのか台所へ取って返したタネが、小皿を手に戻ってきた。

「銀ちゃん、出し汁にこれを入れてかき混《ま》ぜてみて」

「お、山葵《わさび》の摺《す》り下《お》ろしじゃねえかい。こいつあ珍しいや」

「長《ちょう》さんが馴染《なじ》みの旅の御人《おひと》から貰ったらしいのよ。なんでも駿河国《するがのくに》（静岡県）の安倍川上流のさ、有東木《うとうぎ》村とかの山葵なんだと」

「駿河国、有東木村の山葵といやあ茶と並んで最高のもんだい。これの右に出る山葵はねえ、と言われているぜ」

「銀ちゃん、知ってたんだ有東木村を」

「野生の山葵じゃなくってよ。栽培《さいばい》山葵の始まりが安倍川上流の有東木村と言われているらしいんでい。安倍川ってえのは濁《にご》りのねえ、それはそれは綺麗な澄んだ流れらしくってよう。山葵ってえのは、そういった深山清冽《せいれつ》にして秋冷えとか春冷えのような環境でしか育たないって古くから言われているぜ」

「ふうん、銀ちゃんは何でもよく知っているねえ」

「ただの耳学問だよ耳学問。耳学問の知ったか振りでい。それでな、有東木村の近隣山中にゃあ白髭《しらひげ》神社ってえのが二十社《やしろ》近くもあってよ、これが山葵の神様だというんだよな」

「へえ……」

「だから駿河国、有東木村の山葵を食すと病気にならねえとか、白髭を長く伸ばして百歳まで生きられるとかよ。縁起《えんぎ》が良《い》いらしいんでい」

「じゃあ早く食べてさ、白髭伸ばして長生きしてよ銀ちゃん」

「よしきた」

銀次郎は薄暗がりの中で笑うと、出し汁に「有東木山葵」の摺り下ろしを箸《はし》で落としてかき混ぜ、蕎麦をひたした。

「う、うめえ……こいつあ、たまんねえ」

「よかった」

目を細めて微笑《ほほえ》むタネに見守られるようにして、腹を空かせた銀次郎は旺盛な食欲を見せた。

「堀内母娘《おやこ》は部屋で大人しくしているよな」

蕎麦をすすり食べながらの銀次郎に、不意打ちのように訊《き》かれてタネの顔から、すうっと笑みが消えていった。

「母娘《おやこ》とも、もう寝ている筈だよ。『長助《うち》』では夕餉を終えると同時に、火事が怖いんで客間の蠟燭の炎《ひ》はさげちまうからさ」

「だよな」

勢いつけてたちまちのうち二盛《ふたもり》はあった蕎麦を平らげて、銀次郎は立ち上がった。

「ちょいと見てくらあ。子供が気になるんでよ」

「止《よ》しなって。母親がちゃんと付き添ってんだから」

「そうっとだ。そうっと……」

銀次郎は女中部屋を出ると、長く薄暗い廊下を一番奥の突き当たりの客間へと向かった。廊下の明りといえば鴨居柱に掛けられた小さな常夜行灯《あんどん》が二つだけだ。

安い鰯《いわし》のあぶらを使っているから、とにかく臭い。

銀次郎にとっては勝手知ったる「長助」だった。廊下のどの辺りが大きな軋《きし》み音を発するかは承知している。だから鰯あぶら臭い廊下の端の方を摺《す》り足で静かに進んだ。足の裏を床へ落とす歩き方をすると、必ずギイッと敷板が鳴ることを心得ている銀次郎である。

二つめの常夜行灯の下を過ぎて三、四間《けん》先の堀内母娘《おやこ》の客間の前で立ちどまった銀次郎は、障子《しょうじ》へ耳を近付けた。

静まり返っていた。

銀次郎は障子に手を掛けると、そのままの姿勢で更に耳を澄ました。他の客に見られたなら、それこそ〝枕探《まくらさが》し〟に間違われかねない。

が、幸い堀内母娘《おやこ》に宛てがわれている一階のこの客間のまわりは、長之介の居間、寝所と奉公人たちの小部屋で占められている。

銀次郎は音立てぬよう、障子をそろりと細目に開けて片目を近付けた。

見えるのは闇だけであったが、銀次郎はそのまま見続けた。

次第に闇に馴《な》れてきた目が、ぼんやりとだが客間の様子を捉《とら》えた。

と、銀次郎は小首を傾《かし》げた。手前の布団には小さな体（千江）に掛け布団が掛けられていると判ったが、その向こう側の母親（秋江）の寝床は不自然に平たい感じだった。

銀次郎が障子をゆっくりと開いていくと、鴨居柱に掛かっている常夜行灯の弱々しい明りがそれでも客間に差し込んで、中の様子を銀次郎に判らせた。

母親秋江の寝床には当人の姿はなく、掛け布団が半分めくれた状態だった。

銀次郎は部屋の中に忍び入ると、秋江の寝床に手を当ててみた。

（温《あった》けえな……とすると……）

厠《かわや》ならまずい、直ぐに戻ってくると思った銀次郎は部屋から出てタネに声をかけてから「長助」を後にした。

銀次郎は火事場へは行かずに自宅へと足を向けた。火事場の混乱はまだ続いている筈であった。火消人足たちは焼け落ちた家屋を更に叩き潰し、飛び火を防ぐために徹底して水を浴びせているだろうし、奉行所や火付盗賊改の役人たちは怪しい奴を見つけようと辺りを右往左往しているに違いない。

そのような所へは迂闊《うかつ》に近寄らず、自宅《いえ》で一杯ひっかけて寝るに限る、と自分に言ってきかせた銀次郎であった。

二十

両替商「巴屋」を襲った残酷極まりない火付け盗賊皆殺し騒ぎで精神《きもち》のざわつきが容易に鎮《しず》まらず、銀次郎は翌朝いつもより早めに目を覚ましてしまった。いや、殆《ほとん》どうつらうつらの浅い眠りだったから、夜中には幾度も目を覚ましてはいた。

寝床から出て行灯《あんどん》に火を点《とも》すと、「近江屋」のお内儀《かみ》季代が拵えてくれた闘鶏《しゃも》鍋が木蓋《きぶた》をされ、丸火鉢の上にのったままだ。昨夜《ゆうべ》家に戻って来た時は気付かなかったが、古い文机《ふづくえ》の上にはいつでも残り鍋が食べられるようにと、綺麗に洗い清められた茶碗、小皿、箸などが揃っている。

（まったく、かわゆいほどよく気が利くお内儀《かみ》さんだい……）

そう思って暗い気分を少し明るくさせた銀次郎は、土間に下りて小さな欠伸《あくび》を一つしてから、竈《かまど》の前を通って勝手口から庭先に出た。

勝手口の脇には上屋《うわや》を備えた井戸がある。「一軒井戸」といって、銀次郎が住む庭付き一戸建のためだけの井戸だ。が、べつだん贅沢《ぜいたく》という程《ほど》のものでもない。

銀次郎は汲《く》み上げた井戸水を平桶《ひらおけ》に入れると、宙を睨《にら》みつけるようにして「糞《くそ》っ」と眦《まなじり》を吊り上げてから、水飛沫《しぶき》を飛ばして顔を洗った。

上屋の梁《はり》にぶら下げてあった手拭《てぬぐ》いで顔を拭《ふ》いた銀次郎は、手拭いをまた梁に戻して朝空を仰ぎ見、「ふうっ」と溜息《ためいき》を吐《つ》いた。

東の空は朝陽《あさひ》が顔を少し出しはじめ、茜色《あかねいろ》が空一面に広がっていたが、頭上にはまだ無数の星の瞬《またた》きがある。

銀次郎は台所へ戻って、竈の灰を長火箸でそっと掻《か》き掘ってみた。

「てえしたお内儀《かみ》さんだい……好きだねい季代ちゃんよ」

と、銀次郎は呟《つぶや》いて口元にちょっと笑みを見せた。炭火が種火として残るよう、微妙な深さの灰の中でちゃんと生きていた。

深く埋めて灰をかけ過ぎると種火は消えてしまい、浅く埋めると地震などで種火が外へ飛び出す心配もあるから、そのあたりの呼吸が容易《たやす》いようで案外に難しい。

銀次郎は火を熾《おこ》し丸火鉢の闘鶏鍋を竈《かまど》の上に移した。

「朝から闘鶏鍋とは、たまらねえな。ありがとよ季代ちゃん」

と、口に出したものの、暗い表情の銀次郎であった。また、お内儀の前では「季代ちゃん」などと巫山戯《ふざけ》半分にしろ呼んだことはない。衣裳拵化粧拵で親しい間柄ではあっても、季代は元はと言えば三百石旗本家の娘であり、太物大店「近江屋」の女主人《あるじ》だ。抑えて決して表には出さないが気位は高い。

銀次郎が寝床を三つ折に畳んで部屋の片隅へ押し滑らせ、裏庭に面した障子を開けて淀《よど》んだ空気を逃がしたところで、勝手口でカタンという小さな音がした。気配りしたようなその音の小ささで、銀次郎には「飛市とイヨ夫婦だな」と判った。

が、朝餉《あさげ》の用意を調えるためのいつもの訪れよりはかなり早い。

「あ、坊っちゃま。もうお目覚めでしたか」

先に土間に現われた大柄で太り気味の老女イヨがそう言いながら、背中に背負っていたものを「よいしょ」と上がり框《かまち》に下ろした。

「飛市はどしたんだえ」

「井戸端で坊っちゃまの手拭いを洗っておりますよ。どうせ幾日も同じ手拭いを使っているのでございましょう」

「べつに、それで死ぬことはねえやな」

「はやく、いいお嫁さんに来て貰わないと」

「わかったよ。朝から嫁とりの話は止《よ》しにしてくんない」

「もう……」

イヨは不満そうに銀次郎を軽く睨《にら》みつけると、竈の前に立って背中を銀次郎に向けた。

「この鍋……どうしたんです？」

「昨夜《ゆうべ》よ。『近江屋』のお内儀《かみ》さんが髪結いに訪れた際に、夕飯として拵えてくれたんだえ。闘鶏鍋だあな」

「商《あきな》いではなかなか遣《や》り手のお内儀《かみ》さんだと評価は高いようですけど、役者遊びの噂もある女性《ひと》でしょう。日暮れ時に見えなすった時は、お気を付けくださいよ」

「あの女性《ひと》は、心の濁《にご》っちゃあいねえ女性《ひと》だい。朝だろうと昼だろうと夜だろうとこの家に来たって心配なんぞねえよ」

「でも、なかなか美人で知られた大店の女主人《あるじ》ですからねえ。頭は良さそうだし、お金はあり余るほどあるらしいですから、その気になれば坊っちゃまなど、ひとかぶりですよ」と、言い終え、そこで振り向くイヨであった。むつかしい顔つきをしている。

「な、なんでえ。そのひとかぶりってえのは」

「あれほど遣り手で知られた綺麗な年増《としま》が、本気になって体をぶっつけてきたら坊っちゃまなんぞ気を付けないと、あっという間に深い谷間に吸い込まれてしまいますよ」

そこへ現われた日頃は無口で知られた飛市が、女房を指差しながら、はたと睨み据えた。

「おいイヨ。坊っちゃまに対して『深い谷間に吸い込まれる』とは、なんという下品な事を言うのじゃ。坊っちゃまは、そう簡単に『深い谷間に吸い込まれる』ような御人じゃねえぞ。妙なことを言うない」

無口で小柄な飛市にしては珍しく怖い顔で言うのであった。

イヨが苦笑しつつ闘鶏鍋の木蓋を取って覗き込み、「持ってきた葱《ねぎ》を少し足しましょうねえ坊っちゃま」と、飛市の怖い顔と文句《もんく》をはぐらかした。

「ところで飛市とイヨは朝飯を済ませてきたのか」

「まだでございますよ。今朝は大粒の浅蜊《あさり》を使った根深汁《ねぶかじる》を作る積もりで、いつもより早めに参ったのです。坊っちゃまと久し振りに朝の膳をご一緒したいとイヨの奴が言うものですから」

「大粒の浅蜊の根深汁とは、こいつあまた旨《うま》そうだ。闘鶏鍋も残っているしよ。三人で囲もうじゃねえかぃ」

「お宜しいですか」

「ああ、構わねえよ。いつもいつも朝餉を届けてくれたらさっさと帰ってしまうんでよ。ちょいと淋しいと思ってたんだい」

「じゃあ根深汁を急ぎましょう。浅蜊はたっぷりと持参しましたからね。おい、イヨ。闘鶏鍋を焦《こ》げつかせるんじゃねえぞ」

そう言い言い忙しそうに動き出す飛市だった。

「坊っちゃま、飯櫃《めしびつ》には御飯《ごはん》はございますか。なければ直ぐに炊《た》きますですよ」

イヨが刻んで持参した葱を闘鶏鍋へ上から押し込むようにして訊《たず》ねた。押さえられた葱がキシキシと青い音を立てる。

「充分に残ってらあな。昨夜《ゆうべ》よう、さあ思いっ切り闘鶏鍋を食べようってえ時に、長之介の野郎が『両替商の巴屋が火事だあ』っと飛び込んで来やがったもんでよ」

「それそれ……」

とイヨが銀次郎と目を合わせて相槌《あいづち》を打ち、〝蚤《のみ》の夫婦〟の動きがぴたりと止まった。

「まったく『巴屋』さんも気の毒にねえ。火付けの上にごっそり金を奪われ大勢の店の者が殺されたというじゃありませんか、坊っちゃま」

イヨの言葉に銀次郎は黙って頷《うなず》いた。

イヨの言葉の後を飛市が間《ま》を置かずに引き継いだ。

「それになんですねえ。『巴屋』は何軒もの大店が出資元になっている『共同設立大手』として知られた両替商ですから、今回の酷い騒動によって出資元の皆さんは大変な損害を蒙《こうむ》ったでしょうに」

「うむ。蒙っただろうよなあ。飛市とイヨの娘登代《とよ》が嫁いだ穀物問屋の『相模屋』は大丈夫けえ」

「はい。大丈夫でした。『巴屋が燃えてるぞう』という騒ぎは亀島川の河口の畔《ほとり》に住む私たち老夫婦の耳にも直ぐ飛び込んで来ましたし、北西方角の空が赤々と染まっているのもはっきりと見えましたから、亭主が心配して『相模屋』へ走ったんですよう」

「そうかえ。出資してなかったってえのは何よりだい。よかったな」

「今では娘の登代が帳場をしっかりと差配《さはい》しているので、一銭の動きにも無駄が無いと、主人《あるじ》の相模屋仁三郎さんもそれはそれは登代を頼りにしてくれているようで」

「夫婦がしっかりと店の動き様《よう》に目を光らせることは大事だあな。娘の登代が大店のいいお内儀《かみ》になって、飛市もイヨも何一つ心配が無くなったじゃねえかい」

「いいえ、まだ大きな心配が一つございます」

イヨが目を大きく見開いて銀次郎を見た。

「なに?……ある?」

「はい。目の前に一つ心配が残ってございます。あとは坊っちゃまが奥方にどのような女性《ひと》を選ばれるかでございますよ。まかり間違っても太物問屋『近江屋』の美貌の女主人《あるじ》などは……」

「おいおいイヨ。まだ言ってんのかえ。いい加減に勘弁してくれい」

銀次郎がそう言って破顔したとき、表口の格子引き戸が勢いつけて開けられ、受け柱にビシャンと当たる大きな音が伝わってきた。

幕命によって閉門中の「麹町《こうじまち》の御屋敷」で刺客の奇襲があったばかりだから、銀次郎は反射的に片膝《かたひざ》を立てた。

しかしイヨは「まあ、騒々しいこと」と言いながら、玄関と土間との間を仕切っている腰高障子に近付いて行ったとき、それが勢いよく向こう側から開けられて、これも受け柱に当たってけたたましい音を響かせた。

土間に飛び込んできたのは、三十五、六に見える日焼けした渋い面立《おもだ》ちの男だった。

「あれま、寛七親分さん……」

驚くイヨを押し除《の》けるようにして、つかつかと上がり框まで来た寛七親分は「銀、大変《てえへん》な事になっちまった」と言いながら、顎《あご》の先を「ちょいと庭へ……」

という風に勝手口の方へ小さく振ってみせた。

「どう致しやした」と言いながら土間に下りて雪駄《せった》をつっかけた銀次郎は、勝手口から庭先へと出て行く寛七親分の背中に従った。

イヨと飛市が寛七親分の只事《ただごと》でない様子に顔を見合わせる。

「なんだろ、お前《まい》さん」

「さあな」

首を傾《かし》げながら、飛市は勝手口に近付いて、銀次郎が出て行ったあと静かに腰高障子を閉めた。気を利かせた積もりだ。

庭の端の方――狭い庭だが――まで行って振り向いた寛七親分の目は、今にも泣き出しそうに苦し気だった。

「一体《いってえ》どうしやした親分」

「驚くなよ銀、落ち着いて聞いてくれ」

「へ、へえ……」

「烏賊《いか》の夜釣りに出かけていた、お前《めえ》もよく知っている魚屋『佃市《つくだいち》』の小舟が先ほど……先ほど濱町河岸《はまちょうかし》まで戻ってきたらよ……」

　そこまで言って堪《こら》え切れなくなったのか、寛七親分の両の目から大粒の涙がこぼれ落ちた。

「どうしやした親分。しっかりしておくんなせえ」

「あ、ああ、すまねえ。『佃市』の烏賊釣り小舟が濱町河岸まで戻ってきたらよ。河岸の杭《くい》にひっかかるようにして浮かんでいるのを見つけたんでい」

「河岸の杭に?……何がひっかかっていたんでい親分」

「ううう……」

　とうとうその場にしゃがみ込んでしまう寛七親分だった。

　親分がこれほどの衝撃を受けるという事は……そう考えた銀次郎の表情が一瞬ギョッとなったあと、さあっと強張《こわば》った。

「まさか……まさか親分……長《ちょう》の野郎ですかい。いや、そんな筈《はず》はねえ」

　訊ねる銀次郎の顔は蒼白となっていた。

　寛七親分がよろめきながら立ち上がって銀次郎と目を合わせ、

「す、すまねえ。儂《わし》ともあろう者がよ。十手持ちとしてきちっと話すぜ。その長《ちょう》の野郎が心《しん》の臓をひと突きにされてよ。濱町河岸の杭にひっかかって浮かんでたんだい」

聞いて銀次郎は思わず後ろへ数歩よろめき下がった。

わが耳を疑う寛七親分の言葉であった。そうやすやすとは心の臓を刃で突かれるような長之介ではないことを知っている銀次郎だ。

長かった大坂時代では、共に土佐堀の無外流「練武館道場」へ通っていた仲で、お互いに腕の程はよく承知し合っていた。

ただ、その無外流道場で「双璧」と評されていたのは銀次郎と、五歳上の師範代とであって、長之介の剣術は自分よりかなり落ちると思ってはいた銀次郎である。

とはいっても喧嘩ともなると、大坂の暗黒街に睨《にら》みを利かせる香具師《やし》の大元締梅田屋《うめだや》丹吾郎の次男坊だけあって、腕っぷしはさすがに強かった。とくに庭木に古布団を括《くく》り付け、その上から藁紐《わらひも》を二重三重に巻き付けて、これを一日に何百回となく殴って拳《こぶし》を鍛えていたから、その打撃力は相当なものだった。

「間違《まちげ》えなく長《ちょう》の野郎なんですかえ親分。本当ですかえ」

銀次郎は寛七親分に詰め寄った。寛七の顔も蒼白である。

「間違いねえ。儂がこの目で長《ちょう》だと確かめたんだ。間違いねえから今、頭がこんがらがってんだ」

「誰だ。誰が長《ちょう》を殺《や》りやがったんでえ」

「まだ判らねえ。つい今し方の出来事なんだからよ。だが心の臓の真上からひと刺しだ。ありゃあ素人《しろうと》じゃねえ」

「下手人は玄人《くろうと》の野郎だというんですねい。くっそう、見つけ次第、地獄の底まで追い詰めてやるぜい。よくも長《ちょう》に刃をくらわしやがったな」

「おい銀。気持は判るが下手人をあげるのは儂達の仕事だ。銀はまかり間違っても下手人に手出しをしてはなんねえ。この左内坂の寛七が認めねえぜ」

「いいや、こいつあ親分の言葉でも受け入れられねえ。千葉の同心旦那に止められても俺は下手人をこの手で見つけ出し、そ奴の体をばらばらに引き裂いてやる。許さねえ」

「銀……」

寛七親分は銀次郎の両の目が余りに凄まじいギラつきを放ち出したため背筋が鳥肌立つのを覚えた。

「ともかく親分。長《ちょう》の野郎に会わせてくんない」

「いいとも。ついて来な」

寛七は勝手口には戻らず、庭を半まわりするかたちで銀次郎と共に表通りに出た。

「長《ちょう》の亡骸《なきがら》はいま何処《どこ》ですかい親分」

「南の奉行所だ。長《ちょう》は儂や千葉様（南町奉行所市中取締方筆頭同心）、と幾度となく盃を交わした仲なんでい。亡骸は自身番ではなく南町（奉行所）で大事に預かっている」

「寛七親分。悪いが私《あっし》はひと足先に行かして貰いやす」

告げるなり、銀次郎は矢のように走り出した。

二十一

呉服橋の袂《たもと》まで来て銀次郎は「ええいっ」と地団駄《じだんだ》踏んだ。南町奉行所は呉服橋を渡った御門内にある。御門向こうは譜代《ふだい》大名の屋敷地であって事実上の江戸城内に当たる。しかも呉服橋御門は二万石以上の外様大名の登下城門であり、その家臣により交替で日夜警備されている。

町人態《てい》の銀次郎が「ちょいと用ありで失礼致しやす」と、気軽に通り抜けられるものでもない。

銀次郎が橋の袂で焦立《いらだ》っていると、寛七親分が息を弾ませて追いついてきた。

「なんとまあ鹿なみの速さだねい。けんどよ、おいそれとは渡れねえ橋だと知らぬ訳でもあるめえに……」

寛七親分はあきれたような顔をして言うと、「話を通してくるから此処《ここ》で待っていねえ」と、呉服橋を渡り出した。

すると御門前でこちらを見ていた警備の侍の内の一人が、こちらに向かって橋を渡り出した。南町奉行所へ出入りすることの多い寛七親分とは当然顔なじみなのであろう、それほど厳しい顔つきでもない。

寛七が丁重に頭を下げてからひと言ふた言いうと、侍は頷《うなず》いて戻ってゆき、銀次郎の方を振り向いた寛七が「来な……」とでも示すかのように顔を小さく御門の方へ振ってみせた。

銀次郎は橋を渡り、寛七親分と肩を並べて警備の侍たちに黙って頭を下げ、御門を潜《くぐ》った。南町奉行所は、直ぐの所に見えていた。間近だ。

筆頭同心で鹿島新當流《しんとうりゅう》の達者である千葉要一郎や寛七親分と盃を交わすことの多い銀次郎も、南町奉行所を訪れるのは今日が初めてである。

銀次郎は囁《ささや》いた。御城内同然の所だから声高《こわだか》は禁物だ。

「それにしても親分よ。一介の町人でしかねえ長《ちょう》の亡骸が、よく呉服橋御門を通れましたねい」

「なあに、御奉行様に対し将軍家継《いえつぐ》様から直々《じきじき》に厳命が下ったらしいんだい」

と、寛七親分も囁《ささや》き返した。

「厳命？」

「そうよ、大きな事件に発展する恐れがある殺人被害者の亡骸については、奉行所内で蘭方医の協力を得るなどして細部に至るまで御底的に吟味《ぎんみ》せよとな」

「なるほど。そうでしたかい。『巴屋』の酷い事件があった直後の長《ちょう》の死ですからねい」

「しかも長《ちょう》は『巴屋』の火災現場に、出火から鎮火の後まで幾度も出かけていると判った。で、こいつあ単なる殺しじゃねえと睨《にら》んでな」

「将軍家継様から御奉行様に対し、大事件の臭《にお》いがある殺人被害者の亡骸につい
ては徹底吟味せよとの指示が出たと仰《おっしゃ》いやしたが親分、家継様は確かまだ五、
六歳の御幼少でいらっしゃいやしたよね」
「うん、まあ、しかし将軍家には有能な御歴々が大勢付いていらっしゃるようだ
から、俺達下々《しもじも》の者が、実際には誰が厳命を下したかなんてえ事を心配する必要
などねえだろうよ」
などと話す内に二人は南町奉行所の御門前に来ていた。
寛七が六尺棒を手にした顔見知りの若党に「こいつあ事件の参考人でして」と
告げると、若党は「うん」とだけ答えた。
町奉行所の御門番は、下手人捕縛《ほばく》を最優先としている火付盗賊改方などに比べ
ると、物腰がうんと柔らかである。
「こっちでい」
寛七親分に促されて銀次郎は「へい」と奉行所の番所《ばんしょ》櫓《やぐら》付き長屋門を潜った。
正面の玄関式台までは真っ直ぐに青い敷石が敷かれており、その石畳の両側に
は那智黒《なちぐろ》の砂利が敷き詰められている。

寛七親分と銀次郎が近付いていった玄関式台の「向こうの間《ま》」では、同心三人が勤番していた。羽織袴《はかま》に脇差を腰に帯びるのが奉行所内に於ける正式な勤務の服装である。文机に向かっての勤番の場合は大刀を後ろ腰に置くのが決まりだ。

寛七と銀次郎が玄関式台の前で立ち止まったとき、左手から姿を見せた筆頭同心千葉要一郎が三人の勤番に対し何事か話しかけた。

三人が「はい」と小声で応じ、一人が立ち上がって急ぎの様子で奥へと消えていった。

寛七親分が「おそれいりやす千葉様……」と遠慮がちに声を掛けた。

こちらへ顔を向けた筆頭同心と銀次郎の目が合った。

「お、銀次郎、来てくれたか。辛《つれ》え事だが、ともかく見てやってくれ」

「はい」と銀次郎は頭を下げた。

「おれも信じられねえ思いなんだ。下手人はこの千葉要一郎が必ず御縄にかけてみせるぜ」

「その時は一番に報《し》らせておくんなさいまし千葉様」

「わかった。さ、早く長《ちょう》の所へ行ってやんねえ。寛七、銀次郎の面倒を頼んだぜ」

「へい。行こうか銀。この横手に在《あ》る吟味蔵《ぎんみぐら》だ」

二人は、千葉要一郎に頭を下げてから玄関式台の前から離れた。

銀次郎は先に立つ寛七親分の後に従った。

しょげかえっている銀次郎の背中の刀創が、思い出したように今頃になって疼《うず》き出していた。

(お前《めえ》も痛かっただろうよ長《ちょう》。おんのれえ、何処のどいつが下手人であろうとも五体を引きちぎってやるぜ。待っていな長《ちょう》、必ず仇《かたき》を……いや、仇なんかじゃあねえ。数倍にして仕返してやるぜ。下手人が何人いようとも皆殺しだ)

銀次郎は体を小刻みに震わせ歯ぎしりして己《おの》れに誓い、そして一旦《いったん》、火を噴きあげた時の己れの気性の猛烈過ぎる激しさに、おののきさえした。

「ここだ、銀」

と寛七親分が立ち止まった所は、奉行所の南側に在《あ》る白洲《しらす》と対極する位置の土蔵ならぬ石蔵の前だった。

「こんな場所に長《ちょう》の亡骸《なきがら》は横たわっているんですかい親分」

「心配するな。ちゃんと丁重に扱われてるからよ。ここは吟味控え蔵と称してな。主として町中《まちなか》の事件などに遭《お》うて命を落とされた身元のはっきりしねえ御武家の遺体を一時安置する蔵なんでい。石組だからよ、一年を通して内部の気温が低めに安定していて、亡骸の傷《いた》みが遅いんでな」

「御武家の亡骸を……そうですかえ」

「さ、入りねえ」

寛七親分は銀次郎を促すと、石蔵の如何《いか》にも重々しく見える両開きの鉄扉を少し足を踏ん張るようにして手前に引き開けた。

鍵は掛かっていない。

ギギッと鈍い音を立てて二枚の鉄扉が左右に開いた。

蔵の中には何本もの大蠟燭《ろうそく》が点《とも》っていて暗くはなかった。外見からは隙間《すきま》なくきっちりと組まれているように見える石蔵であったが、大蠟燭の火が消えていないところを見ると、石工師の巧みな職人業《わざ》で針の先ほどの空気孔《こう》とかが随所にあいているのであろうか。

銀次郎は寛七親分の後から石蔵の中に入った。大蠟燭が何本も点っているというのに蔵の中の空気は冷え切っていた。

蔵の中央に目測見当で幅三尺、長さ六尺、高さ二尺半ほどのしっかりと造作された木製の霊安台が設けられ、長《ちょう》の亡骸はその霊安台の上に仰向《あおむ》けにのっていた。

薄いが清潔そうな布団が胸元まで掛けられ、顔は白布で覆《おお》われている。

枕元の丸い香炉《こうろ》の中では、短くなった線香が紫煙をくゆらせていた。

「さ、顔を見てやんねい」

寛七親分の手が労《いたわ》るように銀次郎の肩に軽く触れ、頷《うなず》いた銀次郎は霊安台に近寄って長之介の顔を隠している白布を静かにめくった。

穏やかな長之介の死に顔であった。

「寛七親分……」

「ん、なんでえ」

「ほんの少しばかり、長《ちょう》と二人だけにして戴けやせんか。ほんの少しばかり……」

「いいともよ。ゆっくり話し合いねえ。蘭方の先生が患者の手術が済み次第、遺体を改めに来なさるから。それにも立ち会いねえ」

「ありがとうござんす」

「じゃあな……」

寛七親分は銀次郎の肩をポンと叩くと、暗く沈んだ表情のまま蔵の外へ出ていった。

銀次郎の両の手が長之介の頬《ほお》をそっと挟んだ。

「馬鹿野郎が。まだ死ぬ年齢《とし》じゃあねえだろうが。一体どうしたっていうんだよう」

声を殺すようにして囁きかける銀次郎の目から大粒の涙がこぼれ落ちた。

「大坂の『練武館道場』時代はよ、俺と五本立ち合って強烈な一本を確実に取る手前《てめえ》だったじゃねえか。そのお前《めえ》がよう……お前《めえ》がよう……」

銀次郎は泣きながら、遺骸にかけられている薄布団をめくった。

朱に染まった着流しの胸元にひと刺しされた痕跡がくっきりと残っていた。

銀次郎はその痕跡に顔を近付け、脇差か合口《あいくち》のようなものが斜めに心の臓を狙ったと想像した。着流しの裂け方がそれを物語っていた。

銀次郎は長之介の着流しをまさぐった。

すると内懐《うちぶところ》深く——左腰のあたり——に息を潜めるようにして短刀があるの

を見つけた。　鞘を払ってみたが、刃に血のりは付いていない。つまり使われていないのだ。

（長《ちょう》よ。これを使う間《ま》もなくお前《めえ》はひと突きにされたのか。お前《めえ》ほどの剣術使いがよう……）

銀次郎は声なく泣きながら、その短刀を己れの胸深くに隠すと、次に長之介の体を俯《うつぶ》せにして着流しを腰まで下げた。

よく検《み》ると背中の二か所に、何か鋭いものが突き刺さったような微《かす》かな痕跡を見つけて「やっぱり……」と、銀次郎は呻《うめ》いた。

着衣の背中の部分を改めたが、べつにそれらしき穴は開いていない。

遺骸の背中は二つの受傷痕をとどめているが、着ているものは、凶器を引き抜かれたことで塞《ふさ》がってしまったのであろうか。

つまり、それほど細く鋭いものが、長之介の背後から凄まじい勢いで襲いかかったという事である。

「手裏剣」か「忍びの小柄《こづか》」か、それとも吹き矢様《よう》のものか。

いずれにしろ長之介は背後から第一撃をくらい、手負いとなったところを正面から心の臓を刺し突かれた、と銀次郎は思った。

ということは、長之介に凶器をふるった相手は一人ではない、という事になる。

銀次郎は懐深くに隠した短刀を取り出すや、長之介の髷《まげ》を二寸ばかり切り取って袂《たもと》に入れ、短刀はまた懐深くに隠した。

「長《ちょう》よ。いま俺が切り取った髷によ、魂の全てを移すんだ。針の先ほどの魂のかけらも残さずによ。骸《むくろ》はもうがらんどうにしてしまいねえ……行くぜ」

銀次郎は長之介の亡骸に合掌《がっしょう》すらせず、石蔵の外に出た。

寛七親分の姿はその辺りにはなかった。奉行所の中へでも入って行ったのであろうか。「左内坂の寛七親分」と言えば、その辣腕《らつわん》ぶりで奉行所の与力同心たちも一目置いている。「ま、あがって渋茶でも飲んでいけ」と勧められることも少なくない。

その寛七親分の姿を捜そうともせず、銀次郎は青ざめた顔で奉行所の長屋門を潜って外に出た。

呉服橋御門を入るには厳しい衛士の目があるが、出るときは簡単だ。

「ご免なすって。失礼致しやす」

銀次郎は衛士に丁寧に腰を折って、足早に御門から離れていった。足の行き先は決まっていた。先ず「麴町《こうじまち》の御屋敷」へ行き、次に職人旅籠《はたご》「長助」である。主人《あるじ》を失った「長助」の混乱ぶりが心配だった。

銀次郎は呉服橋御門から充分に離れてから「麴町の御屋敷」を目指して矢のように走り出した。ときどき懐の辺りを押さえているのは、長之介の短刀を落とさないためか。

大手濠（当時この名称は存在しない）に沿って韋駄天《いだてん》の如く神田橋御門前、一ツ橋御門前、清水御門前と駈け抜けた銀次郎は、番町《ばんちょう》を過ぎてたちまち「麴町の御屋敷」の前に立った。

さすがに小汗をかいている。

閉門「桜伊家」の勝手口から邸内に入った銀次郎は先ず奥の間《ま》に位置する仏間に入っていった。十畳大の板の間である仏間には大きめな仏壇があって幾つもの位牌が横一列に並んでいる。

炊き込み御飯が供えられ、線香が紫煙をくゆらせていた。それだけで飛市とイヨがこまめに訪れていると判る銀次郎であった。

銀次郎は仏壇の前に正座をして合掌したが、しかし目は閉じなかった。

「お許しを戴きに参りました。この銀次郎、人を斬らねばなりませぬ。二人か……あるいは三人か。許せぬ奴らを銀次郎は斬ります。お許し下され」

そこではじめて銀次郎は目を閉じ頭《こうべ》を垂れた。いつものべらんめえ調は消えている。

暫《しばら》くして立ち上がった銀次郎は、隣の居間へとさがって床の間に近寄ると、刀掛けの黒鞘《くろざや》・白柄《しらつか》の大刀に手を伸ばした。

銀次郎の曾祖父桜伊玄次郎芳家が戦場で主君徳川家康公に襲いかかってきた敵十二名を叩き斬った家伝の銘刀備前長永国友《おさながくにとも》である。

銀次郎は手にした備前長永国友に語りかけた。

「今度はこの私が鬼となって相手を斬る。いや、斬り刻む。いかに残酷な怒りを迸《ほとばし》らせるか、お前はようく見ておいてくれ」

備前長永国友に語り終えて、銀次郎はそれを刀掛けに戻した。

次の瞬間、仏間とは反対側に隣接する書院との間を仕切っている大襖《おおぶすま》が勢いよく開けられ、驚いた銀次郎は反射的に二間《けん》近くも飛び退《さ》がっていた。

「お、伯父上……」

なんと伯父で目付《めつけ》の職にある旗本千五百石の和泉長門守兼行が書院に差し込む朝陽《あさひ》を背に浴びて立っていた。

「い、いつ御出《おいで》になっておられました」

「そのような事はどうでもよい。書院に入って座れ」と、険しい表情、厳しい口調の伯父だった。

「はい」

言われるまま書院に入りかけて銀次郎はハッと足を止めた。松竹梅金銀模様の蒔絵《まきえ》で飾られた黒漆塗《くろうるし》りの大きく立派な文机の上に、縦横ともに二尺近くはあろうかと思える書面状のものが広げられていた。押捺《おうなつ》されている朱印が、くっきりと浮きあがっている。

「さ、座りなさい」

と、伯父の口調が少しやわらかくなり、銀次郎は頷いて文机の下座に正座をし書面状のものを見つめた。

それは東照神君《とうしょうしんくん》・徳川家康公が桜伊玄次郎芳家に与えた、いや、桜伊家に与えた例の直筆「感状」であった。桜伊家の永遠安堵《あんど》を徳川幕府の大御所が約束した「保障の証」である。後代のいかなる幕府将軍といえどもその「保障の証」にはさからえない絶対的な「感状」だった。天下無敵の「感状」である。

その「感状」の圧倒的なくだりが「……我が命の盾《たて》となりし桜伊玄次郎芳家とその嫡子の累代にわたっては徳川一門はいかなる処罰を下すこともこれを禁ずる……」という部分だ。

伯父、和泉長門守兼行が床の間を背にして静かに座った。

「昨夜、両替商『巴屋』が全焼し、それに関連した酷い情報についても、すでに悉《ことごと》く目付である儂《わし》の耳には届いておる」

「伯父上のお役目柄、速《すみ》やかに情報が届いている事と思うておりました」

「職人旅籠『長助』の主《あるじ》長之介も亡くなったな」

「はい。無念でなりませぬ」

「長之介はおそらく『巴屋』全焼の裏に隠された何かを知ったか何かを突きとめて殺《や》られたのであろう」

「私もそうではないかと思っております」

「長之介が大きな力で殺害されたと読んだから、儂は此処《ここ》へ参ったのじゃ。お前が間違いなく来るであろうと睨《にら》んでな」

「お一人で参られたのでしょうか」

「あたり前じゃ。外出のたび、金魚の糞《ふん》のようにぞろぞろと家臣をともなってなど、みっともなくて歩けるものか。天下の目付ぞ、儂は」

「ですが先日は、伯父上に対すると思われまする幾人もの刺客がこの屋敷に現われたのです。くれぐれも御一人での外出はお控え下さい」

「儂はこれでも銀次郎……」

「はい。柳生新陰流目録のお腕前については、ようく存じております。なれど、もう御年齢《おとし》でございますゆえ、どうか御一人での外出はお控え下さい」

「また年寄り扱いか。判った……今後は気を付けよう」

むすっとした表情で返した伯父であったが、内心は妹の忘れがたみである銀次郎がかわいく、その銀次郎から注意されるのが嬉しいのであった。

「ところで伯父上、この『感状』はまた何故《なにゆえ》にこの文机の上に？」

「それじゃ。銀次郎お前は長之介を殺《や》った下手人を斬り刻む積もりで、此処を訪れたのであろう。仏壇の母の許しを得てからな」

「仰《おっしゃ》る通りです。長之介は大事な我が友。下手人については単に斬殺するだけでは気が済みませぬ。生きたまま五体を引き裂き、引きちぎって地獄へ送ってやるつもりです。たとえ我が身が地獄の大王から手厳しい折檻《せっかん》を受けようとも」

「炎のような気性の激しさを内に秘めたるお前のことだから、その怒りはよく判る。で、仏壇の母は許すと言うてくれたのか」

「………」

「どうなのじゃ。許してくれたのか、許してくれなかったのか」

「母の声は……聞こえませなんだ」

「そうであろう。聡明《そうめい》で美しかったお前の母が、我が子に対しそのような行為を許そう筈《はず》がない」

「であろうとも、私は下手人に対し地獄の苦しみを与えずにはおきません」

「お前にとっては、それ程《ほど》に大事な友であったのか、長之介という男は」

「はい。私の大坂時代は長之介と共に、庶民の学問塾として知られた『会篤堂』で学び、剣術については無外流『練武館道場』で業《わざ》を磨き合いました」

「うむ。長之介が同じ釜《かま》の飯を食った仲であるという点については儂も承知はしておる」

「しかも長之介は、私が旗本家の嫡男だと知っておりながら、決してそれを口外することのない口の堅い信頼の出来る男でありました。尤《もっと》も、旗本家の嫡男、という以上の事は知っておらず、時に『銀よ、お前は一体何者なんや』と焦立《いらだ》ちのような、淋しさのような問いかけを向けてくることはありましたが……」

「そうか。口の堅い男であったか。町人にしておくには惜しい人間であったのだのう」

「いいえ。長之介を侍と比較するのは勿体《もったい》のうございまする。近頃は町人よりも侍の方が口軽く、妬《ねた》み嫉《そね》みが強くて信用できませぬ」

「それは侍、町人の別なく言えることじゃ。要するに『育ち』じゃよ」

「は、はあ――」

「それよりもな銀次郎。今日はその『感状』を前にしてお前に命じたいことがある」

「命じたいこと？」

「東照神君家康公の厳命だと思うてくれてもよい。それを伝えるため、こうして急ぎ此処へ参ったのじゃい」

「要するに徳川将軍家の厳命、という事でございまするか」

「そう思うてくれてよい。目付の儂のところへはな、御老中から直接幕命として、ある組織集団について探索《たんさく》し殲滅《せんめつ》せよ、という極秘の指示が出たのじゃ」

「極秘の指示……がでございますか」

「これ、そのように疑《うたぐ》り深そうな目を伯父に対し向けるものではない。これは誠の話じゃ。伯父を信じて聞く耳を持ちなさい」

「伯父上を疑うようなことは、決して……」

「このところ大坂、京で大店を狙った火付け押し込み皆殺しという残酷な事件が続発し、ひとりの下手人も捕縛できない状況が続いておるのじゃ」

「それはまた……」と、銀次郎は思わず背筋を反《そ》らせた。

「ところがじゃ。事件のたび狙われた大店から数千両もの金が奪われておるにもかかわらず、それらの金が巷《ちまた》で一両も使われた形跡がなくてな」

「ほとぼりが冷《さ》めてから使いまくる、という下種《げす》共の胆《はら》でございましょう。盗賊《ぬすっと》の考えそうなことです」

「いや、それにしては奪われた金が多過ぎるのじゃ。合わせて五万五千両を超えておる……これはもう単なる盗賊の残虐行為の域を超えておると見たいのじゃ」

「なんと、五万五千両以上ですか……では、伯父上はもしや」

「うむ、反幕決起のための資金ではないか、あるいは反幕決起を計画する何処《どこ》ぞの藩へその金が流れているのではないか、と考えられるのじゃ。実は老中会議でもその事を心配しており、儂に幕命が下されたという訳でな」

「老中会議はそのように重大な御役目を、なぜ目付職の伯父上を選んで命じたのでございまするか。他に、その極秘任務にふさわしい強い権限を有する役職は幾つもございましょう。たとえば大目付、京都所司代隠密方、大坂城代隠密方など」

「お前の言うことは尤《もっと》もじゃ。だが、老中会議が儂を極秘任務に選んだのは、桜伊家の家宝として存在するこの神君家康公の『感状』があるゆえと認識致しておる」

「え……」

「老中会議は桜伊家にこの『感状』が存在していることを、むろんよく承知しておる。つまり儂に御役目が下ったということは、儂がお前にその御役目を下ろすことを、老中たちは期待しておるのじゃ」

「意味がよく判りませぬが」

「この『感状』が桜伊家にある限り、嫡男銀次郎の動きはいかなる大大名《だいだいみょう》に対してさえ天下御免となる。たとえ百万石大名であろうとも、お前の動きを封じることは出来ぬ。言い換えれば、現将軍であっても、桜伊銀次郎の前に立ちはだかる事は出来ないという事じゃ」

「では伯父上は、その何者の集団とも知れぬ盗賊一味を私に追捕《ついぶ》せよと申されますか」

「そうじゃ。『巴屋』の残酷な事件が、京・大坂の事件と酷似しておるからこそ、この幕命が下ったのじゃ。此度《こたび》の幕府の決断は異常なほど早かった。加えて桜伊家に探索命令が下されたことは既《すで》に、京都所司代及び大坂城代の耳へも届けられておる。それだけ『巴屋』の事件に幕府は、いや老中会議は戦慄《せんりつ》したということになる。立ち上がるがよい銀次郎。これは大事な友、長之介の仇を討つことにつながるやも知れぬ」

「どうしても伯父上は、私に幕命を受けよと申されまするか」

「その通りじゃ。逃げるでない」

「判り……判りました。そのかわり伯父上。馬をお貸し下され。実はここにある、これでありますが……」

と言いながら銀次郎は袂《たもと》から長之介の遺髪を、懐《ふところ》から遺品である短刀を取り出した。

「長之介のものか」と、先に伯父が訊ね、「はい」と銀次郎は頷《うなず》いた。

「伯父上も御存知だと思いますが、長之介は大坂の極道の家に生まれた次男坊です。両親に大層かわいがって育てられたと聞いておりますから、息子が何者かに殺《や》られたと知れば父親は武装した百人や二百人の極道をひき連れて江戸へ乗り込んで来ましょう。そうなると江戸の暗黒街と一戦交じえることになりかねません。それは長之介の望まぬことであり、私がこの遺髪と遺品を急ぎ大坂の生家へ届け、私が必ず仇を討つからと約束して直ぐに父親をなだめてから、江戸へ戻って参ります」

「よし判った。儂が大事にしている愛馬『飛竜』を使え。そして、慌《あわ》てて戻って来ずともよい。京・大坂の押し込まれた大店の惨状を自分の足と目で把握してくるがよい。その大坂行きが、お前の御役目の出発じゃ」

「ありがとうございます。では、『飛竜』をお借り致します。江戸を留守にする間、この屋敷のこと、くれぐれも頼みまする」

「何を言うておるか、この屋敷へはお前よりも儂の方が頻繁に訪れておるわ、馬鹿もの」

「あ、はあ。そうでございましたな。それと御年齢《おとし》ゆえ伯父上、くれぐれも御一人での外出は困りまする。お控え下され……」

「それを言うな。余計に年寄り臭くなってしまう」

と、眦《まなじり》を吊り上げる和泉長門守兼行であった。

立ち上がった銀次郎が居間へ戻ってゆき、床の間の刀架けから備前長永国友を静かに取り上げ、一瞬だがギラリと双《ふた》つの目に凄みを見せた。

二十二

江戸城の西北部に当たる番町に千五百石の屋敷を構えている伯父和泉長門守兼行のもとで大坂への旅仕度をしっかりと調え終えた銀次郎が、神田鍛冶町《かじちょう》の職人旅籠《はたご》「長助」へいつもの着流しで向かったのは、日が深く傾いて江戸の空が夕焼け色に染まり出した頃だった。

驚いたことに主人《あるじ》長之介を失ったにもかかわらず「長助」は旅籠商《あきな》いを休んではいなかった。男手も女手もてきぱきと動き回っていて、夕暮れ時の客が次から次へと入ってくる。

「長助」は、馴染《なじ》み客が多い。したがって客を宿前で受け迎える男手も女手も笑顔とお愛想言葉を忘れない。「おや、お久し振りでございます」とか「あら二年ぶりですかねえ」と必ず一言二言付け加える。

そんな様子を宿そばの柳の木の下で暫《しばら》く眺《なが》めていた銀次郎は、「まるで主人《あるじ》が亡くなったことを寛七親分や同心旦那《どうしんだんな》から知らされていねえみたいじゃあねえか」と呟《つぶや》いて胸を熱くした。

「ようこそいらっしゃいまし」と老職人らしい身形《みなり》の二人連れに声をかけて軽く腰を折ったタネが、柳の木にもたれている銀次郎に気付いて、「あ……」という顔つきになった。

「お二人様ご案内……」と二人客を土間へ送り通してから外に出てきたタネが、銀次郎のところへ小駈けによろめきつつ近寄ってくる。

「銀ちゃん、大変なことになってしまったよう」

と、たちまち大粒の涙をこぼすタネであった。

「男手も女手も皆、大丈夫なのかえ」

「馴染み客が多い旅籠商売だから休む訳にはいかない、とにかく力を合わせて頑張ろう、と皆で申し合わせて夢中で動き回っているけど……皆《みんな》、大声で泣きたいよう銀ちゃん」

「訃報《ふほう》は誰が知らせてくれたい」

「同心の千葉様と寛七親分が来てくれたけど、寛七親分なんか泣いてばかりで……」

「堀内母娘《おやこ》はどうしているか気になっているんだがな……」

「客間に閉じ籠《こ》もったきり、心細そうにしょんぼりしているよう。とくに幼い千江ちゃんが『長助』の主人《あるじ》が死んだと知って相当な衝撃を受けているみたいで」

「会ってやらねえといけねえか」

「うん、会ってやんな。横路地の勝手口が開いてっから」

「判った。そうしよう」

頷《うなず》いた銀次郎はタネの左の肩を摑《つか》むようにして叩いてから、「とにかく頑張る」と頷き返したタネを残して、横手の路地へ速足で入っていった。

勝手口を入ると直《す》ぐ左手に調理場への出入口があって、五人の調理人が声を掛け合いながら忙《せわ》し気に立ち働いているのが見えた。旅籠の夕暮れ時の調理場は最も忙しくなる。朝は茶漬程度しか出さないから、調理人ではなくタネたち女手の仕事となる。

調理人たちに気付かれることなく銀次郎は、小庭を斜めに横切るかたちで、突き当たりの「引き戸口」をあけ薄暗い廊下へと入っていった。この「引き戸口」は火事地震の時のいわば非常出口である。

堀内母娘《おやこ》の客間が目の前にあった。

「銀次郎ですが、いらっしゃいやすかい」

障子に顔を近付けた銀次郎は小声をかけてみた。

「あ、銀次郎殿……」

と、まるで待っていたかのように殆《ほとん》ど鸚鵡返《おうむがえ》しで澄んだ声が返ってきた。

「どうぞ、お入りになって下さい」

「失礼いたしやす」

銀次郎は出来るだけ穏やかな表情を拵《こしら》えて障子を開け、窓から日が差し込んで明るい座敷に入った。

その窓を背にするかたちで、堀内秋江が生気をすっかり失ったかのような力ない様子で正座をしていた。幼い娘の千江の姿が室内にはない。

「おや、千江ちゃんは？」

と問いながら銀次郎は秋江と向き合って胡座《あぐら》を組んだ。

「調理場の仕事に関心があるようで、台所の端の方に座り込んで凝然《じっ》と眺めております」

「そうですかい。料理に興味あるなんざあ、やはり女の子ですねい」

「邪魔になるからと連れ戻そうとしたのですけれど、板前さんたちが『いいから、いいから……』と言って下さるもので甘えさせて戴《いただ》いております……」

「宜《よろ》しいじゃござんせんか。何にでも関心のある年頃でさあ」

「ところで、銀次郎殿……」

「へい。全く大変なことになってしまいやした。秋江様の……いや、堀内家のために一肌でも二肌でも脱ぐ積もりでおりやしたが、直《す》ぐにも仇討《あだう》ちの加勢を、という訳にもいかなくなりやした。たとえ仇《かたき》を目の前にしても、斬りかかるには手順も準備も念入りでなくちゃあなりやせんからねい」

「それはその通りでございますけれども……この宿の主人《あるじ》長之介殿と銀次郎殿とは大層仲が宜しかったと給仕のタネさんとやらからうかがっております」

と、タネに「さん」を付けることを忘れぬ武家の奥方秋江だった。

「私《あっし》は家の事情もありやして暫《しばら》く大坂で生活をしていた事がございやす。その頃に向こうで知り合って意気投合した最初の奴が、長之介だったのでござんすよ」

「まあ、大坂で……左様でございましたか」

と、かなり驚いた様子の秋江であった。思わずであろう膝《ひざ》の上で拳《こぶし》をつくっている。

「この職人宿はもうお気付きと思いやすが奉公人たちの結束力が強いもんでござんすので、主人《あるじ》の突然の不幸に遭《あ》いやしても宿商《やどあきな》いを休まず続けておりやす」

「大変な気力が要《い》りますでしょうに、本当にお気の毒でなりません。あのう、よければ私《わたくし》も給仕仕事であろうと調理場仕事であろうとお手伝いさせて戴きますけれど」

「いやなに、そのお気遣いは無しにしてくだせえ。こうしてお訪ね致しやしたのは、暫くの間この宿に止《とど》まって貰《もら》えないものかと思いやしてね」

「あのう……どういう事でございましょうか」

「先ほど打ち明けやしたように江戸生れ江戸育ちの私《あっし》は大坂での生活を経験しておりやすし、その大坂で意気投合した長之介は大坂生れの大坂育ちでござんすから……」

「あ、それでは長之介殿のご不幸を、大坂の生家へお知らせ致さねばなりませぬ」

「へい。それでござんす。で、明日にでも私《あっし》は江戸を発《た》ち大坂へ向かいやす。長之介の御両親に此度《こたび》の不幸を伝えて幾日か励ましのために逗留《とうりゅう》し、なるべく早くに戻って参りやす。仇討ちにつきやしてはそれまであれこれと動くのはお待ち願いたいのでございやすが……どうでございやしょうかねい」

「銀次郎殿の旅の往復と向こうでの逗留の間、何もせずに待てと仰《おお》せなのですね」

「いや、『待て』なぞと命じることの出来る立場ではありやせん。あくまでお伺《うかが》いしているのでございやす。なに、それほど長期に亘《わた》ってお待たせすることにはならねえと思いやす」

「でも江戸と大坂の往き来となりますと……」

「知り合いから、足の速い馬を借りやして、これを走らせやすので……」

「まあ、馬を……銀次郎殿は武士のように馬術を嗜《たしな》まれるのですか」

堀内秋江は目を大きく見開いて、また驚いた。

「ええ、まあ。家が農家なもんで、小さな頃から農耕馬《のうこうば》の背中に跨《また》がって遊んだりしておりやした」

「そうでございましたか。馬の背に跨がって遊べるような農耕馬をお持ちであったという事は、銀次郎殿のお生家《さと》はご立派な庄屋だったのでございますね」

「へえ。ご立派と言うほどでもありやせんが……」

と、銀次郎は内心少しばかり狼狽《うろた》えてこれ以上、生家云々《うんぬん》の話を深入りさせてはまずいと思った。

秋江が銀次郎をじっと見つめて言った。

「はじめて銀次郎殿にお目にかかった時から、どことのう只《ただ》の町人ではないような気が致しておりました。そうでしたか。大庄屋のお生れだったのですか」

ご立派な庄屋が大庄屋に変わったので、銀次郎は幾分早口で言い切った。

「ともかく馬を飛ばしやすので、そう長くはお待たせ致しやせん。また、この『長助』での逗留費用についちゃあ、心配なさることがねえように帳場の方へ申しつけておきやすから、ご安心なすって下せえ」

「そこまで銀次郎殿に甘えて宜しいのでしょうか」

「甘えておくんない。江戸っ子は甘えて下さる御人《おひと》が好きでござんす。では私《あっし》は旅の用意で忙しくなりやすんで、これで失礼させて貰いやす」

「明日は何刻頃《なんどき》に江戸をお発《た》ちになるのでございますか」

「明け六ツ（午前六時頃）には発つ積もりでおりやすが」

「そんなにお早く……どうぞ道中くれぐれもお気を付けて、そして一日も早くお戻り下さいますようにお待ち申し上げます」

秋江は軽く頭を下げると、銀次郎よりも先に、すうっと立ち上がった。

銀次郎も腰を上げ「それじゃあ」と秋江に背を向け、障子の方へと歩いていった。

その銀次郎の背に近寄った秋江の白い手が、「あら、糸くずが……」と銀次郎の背に伸びた。

「え……」と銀次郎の足が思わず動きを止める。

糸くずなどどこにも付いていない銀次郎の背を、ふっと妖しい表情になった秋江の白い手がさらりと撫《な》で下ろした。

二十三

神田鍛治町の「長助」をあとにした銀次郎が本八丁堀の我が家に着いた頃には、

日はとっぷりと暮れていた。

銀次郎の我が家における動きはてきぱきと手早かった。行灯《あんどん》を点《とも》すや、二段の造りになっている一階物《がらくた》入れの妙に分厚い天井板を一枚「よいしょ」と漏らしながら押し開けると、深さ一寸半ほど、縦横一尺ばかりの木箱を取り出した。これにも「どっこいしょ」と漏らして板の間に下ろしたくらいだから、軽くはないのであろう。

それもその筈《はず》であった。銀次郎が木箱の蓋《ふた》を開けると、中に入っていたものが行灯の明りを吸って鈍い輝きを放った。

一両小判である。

それも木箱にぎっしりと詰まっていた。幕命により「閉門」となった「麴町《こうじまち》の御屋敷」旗本五百石桜伊家の遺金《いきん》が銀次郎の手に渡ったのは、この木箱の中に納まっている小判の六割ほどで、残りはなんと銀次郎が「拵仕事《こしらえしごと》」でせっせと稼いだものだった。

銀次郎は百両ほどを数えて取り急ぎ着物の両袂《たもと》に分けて入れると、木箱を元通り物《がらくた》入れの天井裏に隠した。

そのあと火鉢や竈《かまど》の灰に埋まって生きていた種火と行灯の明りも消すと、真っ暗な中で表口障子にしっかりとした突っ支《か》い棒をし、勝手口から外に出てからくり錠をカタンと小さな音を立てて下ろした。

町人の裏長屋や貧乏くさい一軒家の錠前なんぞ、この程度のものである。誰も大金が隠されているなどとは思うまい。

我が家を出た銀次郎の足は月が隠れた夜道を、三町ばかり離れた亀島川の河口へと向かった。真っ暗な道でも歩き馴《な》れた道だ。犬の糞《ふん》が転がっていても踏む心配はない。

亀島川の河口の畔《ほとり》に飛市とイヨが住む家があった。漁師たちが集まって百軒ばかりの集落を形成しているところで、飛市はいまこの集落で、十人いる漁師頭《がしら》（漁業長）の一人になっている。

「あ、まだ寝ちゃあいねえな」

呟《つぶや》いた銀次郎の歩みが速くなった。河口の畔に建つ割に大きな一軒家が、格子窓と判るところから行灯の明りを漏らしていた。

股《また》を開いたようにして立っている二本の大松の下を潜《くぐ》って、銀次郎は飛市とイヨが住む家へと近付いていった。

足の下で砂利が「カリッ」と小さな音を立てた。鰯《いわし》や鯵《あじ》の干物をつくる時節に入ると夜間にそれを盗みにやって来る生きものがいる。犬や猫や夜烏なんぞではない。たいていは職が無く食うに困った二本差しの生きもの（浪人）とくるから、見つけても迂闊《うかつ》に摑《つか》みかかる訳にはいかない。刀でも振りまわされて怪我人でも出したら大変である。

そこで「音砂利」を要所に敷き詰めて、これが鳴り出すとその家では家の中で板ぎれを激しく叩くのである。すると、それを聞いた向こう三軒両隣が一斉に板ぎれを叩き鳴らすのだ。

尤《もっと》も、そのような盗人対策《ぬすっとたいさく》の詳細を知らぬ夜回りの目明しや同心旦那がうっかり「音砂利」を踏みつけて板ぎれ太鼓《だいこ》の攻《せ》めにあい、「公道を当たり前に歩いている者に対して、けしからん」と激怒するひと騒動もあったりする。とくに新任役人の月番交替とか当番変更の際にその「うっかり」騒動は起こりやすい。

「飛市、イヨ、いるかえ」

板ぎれ太鼓を鳴らされてはたまらないから、銀次郎は家の中へ向けて大きめな声を掛けた。実は銀次郎もかなり以前に板ぎれ太鼓で攻められ、大迷惑を蒙《こうむ》った一人なのだ。「だいたい公道を歩いているのにけしからん」と銀次郎も憤慨したものである。

「おや、坊っちゃま、こんなに暗くなってからどうなさいました」

表障子を開けたイヨが驚いた。

「ちょいと話があって来たんだい、半刻《はんとき》ばかしいいかえ」

「いいも何も、さ、ともかく入んなさいまし」

イヨに手首を摑まれて、銀次郎は引っ張られるようにして土間に入った。

「これはまあ一体どうなさいました坊っちゃま」

飛市も驚いて、ぐい呑み盃《さかずき》を手にしたまま上がり框《かまち》まで寄ってきた。

「坊っちゃま夕餉《ゆうげ》はお済みですか」

イヨに訊《き》かれて銀次郎は首を横に振った。

「申し訳ねえイヨ。腹が減ってんだ。茶漬を頼みてえ」

「若い男が夕餉に茶漬なんぞをかき込んだりしていたら、立身が叶《かな》いません。イヨがまともな夕餉を調えてあげましょう。さ、板の間にお上がりなさい坊っちゃま」

「さあさあ、こちらへ。なんなら今宵は此処《ここ》にお泊まりになって下され」

飛市が湯気をくゆらせている鉄瓶《てつびん》をのせた丸火鉢の前へ破れ座布団を敷いて、もう一度「さあ、こちらへ……」と促した。

銀次郎は頷《うなず》いて破れ座布団の上に胡座《あぐら》を組むと、竈《かまど》の前に立っているイヨの背中に向かって言った。

「本当に茶漬でいいんだぜ。半刻もすりゃあ帰るから」

「待つ家族がいない本八丁堀の家へなんぞ、慌《あわ》てて戻ることありませんよ。此処《ここ》には坊っちゃまの寝布団がちゃんとあるんですから、半刻などと言わずに泊まってゆきなさいまし」

「うん、ま、話が長引いたらな」

「で、その話ってえのは何です坊っちゃま」

飛市が丸火鉢にのった鉄瓶の湯気に顔を近付けて銀次郎を見た。

「話の結びから切り出した方が面倒臭くなくっていいやな。俺はよ飛市、明日の朝早くに江戸を発って大坂へ向かうことにした」

飛市が「えっ」と甲高《かんだか》い声を上げ、イヨも振り向いた。

「急に大坂へって……一体どうなさったのです坊っちゃま」

イヨが庖丁《ほうちょう》を手にしたまま上がり框までやってきた。

「まだ二人の耳へは入っちゃあいめえと思うがよ。職人旅籠『長助』がいま大変《てえへん》なんでい」

「大変《てえへん》と仰《おっしゃ》いますと、坊っちゃまと親しい長之介さんに何ぞございましたのですか」

「その長之介が……死んじまった」

飛市とイヨは一瞬、言われたことの意味が判らなかったのか、気の抜けたような表情を拵えて銀次郎を見つめた。

「何者かに殺されちまったんだ。もう、この世にはいねえ」

「ええっ」

と大声を出したのは丸火鉢を挟んで銀次郎と向き合っている飛市の方だった。

「あの明るく威勢のよい長之介さんが……殺されちまったと仰《おっしゃ》るんですか坊っちゃま」

「そうだ。骸《むくろ》は検死のために現在《いま》、奉行所内の冷《つめ》てえ石蔵に安置されていやがるんでい。あの長《ちょう》の馬鹿が物言わねえ体になりやがってよ」

「な、なんと……」

飛市が胡座を組んだまま後ろへよろめいた体を、思わず両手を板の間に突っ張って支えた。行灯の薄明りの中で顔色を失っている。

「長之介さんは確か大坂生れの大坂育ちではありませんでしたか」

と、イヨが這《は》うようにして板の間に上がってきて、銀次郎のそばにぺたんと座り込んだ。イヨの言葉に、飛市が黙って二度頷き、銀次郎がやや早口で言った。

「ああ。その通りだイヨ。長《ちょう》の野郎は大坂生れの大坂育ちだい。しかも親父さんは城下の暗黒街に睨《にら》みを利かせる香具師《やし》の大元締でよ。大坂の暗黒街ってえのは江戸とは比べものにならねえほど斬った張ったが当たり前《めえ》で気が荒《あれ》え。それを長《ちょう》の親父さんが何とか押さえていなさる。おっ母さんの方はやさしい鉄火のお女《ひと》だがな」

「では、大坂へ旅するというのは、長之介さんの不幸を御両親に伝えるためですね」

と、イヨの言葉は続いた。

「そうなんでい。長《ちょう》を無二の友とする俺が行かねえことには誰が行くんでい。まして
や相手が奉行所の与力同心もびびっちまう荒ぶれる浪花《なにわ》の大親分ときちゃあ、尚《なお》のこと俺が訪ねるしかねえ」

「だ、大丈夫でございますか」

「わかんねえな。かわいい息子が江戸で殺されたとあっちゃあ、気の荒《あれ》え子分の百や二百をひき連れて江戸へ乗り込んでこねえとも限らねえ大親分でい。そうなりゃあ江戸の暗黒街と激突しかねねえ」

「い、嫌だよう坊っちゃま。そんなに大勢同士がぶつかり合ったら、もう合戦だようそれは」

「うん。イヨの言う通りだあな。そうなると江戸の生《なま》っ白《ちろ》い奉行所の役人なんぞ糞《くそ》の役にも立たねえ。武闘派が自慢の火付盗賊改方といえども役には立つめえよ。だから俺が大坂を訪ねて長《ちょう》の悲報を伝えると同時に、大坂を発《た》とうとするであろう親父さんを宥《なだ》めなくちゃあならねえ」

「出来ますかねえ坊っちゃま」

「やらねばなるめえよ。大坂と江戸の暗黒街が激突して鉄砲でも撃ち合う市街戦にでもなりゃあ、徳川将軍家に対する不満を胸の内に秘めてきた外様大名たちまでが『幕府打倒の絶好の機会』とばかりに立ち上がる恐れがあらあ」

「そんなことになっちゃあ坊っちゃま。江戸は火の海となって大勢の民百姓《たみひゃくしょう》の血が流れるではありませんか。お国の土地を守るための正義の戦いなら、この年老いたイヨだって槍《やり》を手に命を盾《たて》とすることなど平気ですけれど、生臭《なまぐさ》い権力を奪い合うつまらない戦《いくさ》なら、甘い蜜がたっぷりと振りかかっていたって食べたくはありません」

「まったくだねいイヨよ。ま、そういう次第で俺は明日の朝、江戸を発たなきゃあならねえ。これは伯父上の和泉長門守兼行も承知のことだ」

「まあ。そのように危ない旅を和泉の御殿様はよくお許しになられましたこと」

「伯父上は現在《いま》では珍しい武断派の人間でえ。心配すんないイヨ。俺は無事に戻ってくっからよ。それよりも留守中、本八丁堀のぼろ家と『麹町の屋敷』の管理、くれぐれも頼んだぜい」

「なに言ってらっしゃるんですか坊っちゃま。本八丁堀の家へは毎朝顔を出しておりますし、『麴町の御屋敷』の方へも、坊っちゃまより私ども夫婦の方が何十倍も頻繁に訪ねておりますですよ」

「違《ちげ》えねえ」

銀次郎は苦笑して頭の後ろに手をやった。

「じゃあ坊っちゃま。今宵は旅の無事を祈って盃を交わしましょう。この飛市、酒だけはいいのを呑んでおりますから」

「そうだったたな。ご馳走になるぜい飛市」

イヨは今にも泣き出しそうに顔をくしゃくしゃにすると、土間に下りて竈《かまど》の前に立ち前掛けで目頭《めがしら》を拭《ぬぐ》った。その後ろ姿に向かって銀次郎は「いつも心配ばかりかけてすまねえな」と小さく呟き、それが聞こえたのであろう丸火鉢の向こうで飛市が目を瞬《しばたた》いた。

二十四

銀次郎が江戸城西北部に位置する番町の伯父和泉長門守邸の前まで来た頃、頰《ほお》に冷めたいものがポツリと当たった。

夜空を見上げた銀次郎が「降らねえでくれよ」と、こぼした。いくら健脚の名馬の背に跨《また》がるとはいっても、雨が降ると降らないとでは旅のはかどり方が違ってくる。

夜空には大きな月があったが、それが西からゆっくりと流れてきた大きな雲塊《うんかい》に、隠されようとしているところだった。

銀次郎は月明りが次第に失われていく辺りを用心深く見回してから、三段の石組階段を上がって長屋門の軒下へと入り、そこでまた振り返って辺りに目を凝《こ》らした。

「麴町の御屋敷」へ伯父を狙ったと思われる刺客が踏み込んできた以上、「自分としても油断は出来ねえ」と思っている銀次郎である。

幸い、月明りが消えていく何処《どこ》にも、怪しい気配はなかったので、銀次郎は潜《くぐ》り門(潜り木戸とも)に近付いていった。

千五百石の大身《たいしん》旗本でしかも大きな権限を付与されている目付職ともなると、屋敷構えとりわけ表門長屋(長屋門)は壮大なものであった。

和泉長門守邸は敷地約八百坪、家屋の建坪約四百五十坪（うち御殿《ごてん》二百坪）であり、表長屋（塀長屋とも）と中長家（内《うち》長屋とも）には軍役に備えて大勢の家臣が起居しているから、この屋敷を刺客が襲うには余程の数揃えが必要であり勇気もいる。

銀次郎が潜り門を二度叩き、ひと呼吸おいて再び二度叩くと門扉《もんぴ》が内側から開けられ、六尺棒を手にし脇差を腰に帯びた老若党が顔を覗《のぞ》かせた。

「お戻りなされませ」

「お、甚三《じんぞう》か。伯父上は書院かえ」

「はい、奥方様と共に書院にて銀次郎様のお戻りをお待ちであると、御用人様から伺《うかが》っております」

「そうかえ、判った。今宵は御門宿直《ごもんとのい》なのか」

「はい。左様でございます」

「ご苦労だな。宿直あけにでもこれで一杯ひっかけてきねえ」

「こ、これは恐れいります」

銀次郎は和泉家に長く仕《つか》えている老若党の甚三に小粒を摑ませると、足早にその場を離れた。

玄関式台に突き当たるようにして石畳を進んだ銀次郎はそこで右に折れ、中《なか》の口《くち》(家族用内玄関のこと)の木拵えの階段をトントンと二段あがって雪駄《せった》を脱いだ。千五百石の大身旗本ともなると、奥方や息女が顔を出すのはたいてい中の口まで で、滅多に玄関式台に姿を現わすことはない。玄関式台は武士の出入りを送り迎えするところであり、したがって屋敷への出入りが許されている商人や町人などは中の口を訪ね、ここで奥方や息女あるいは腰元が応待をする。来訪した武士に応待するのは、若党や家臣(侍)あるいは相手の「格」によっては用人あたりとなる。が、まあ、これはあくまで武家の仕来たりとしての一つの原則にしか過ぎず、実際には「家」とか「格」によって様々であった。

中の口から入った銀次郎は勝手知ったる長い廊下を奥御殿へと向かった。奥御殿というのは、和泉家の家族の生活棟を指している。

その生活棟の中で家長である長門守兼行が起居するのが「御殿様御殿《おとのさまごてん》」と呼ばれていた。書院もこの「御殿様御殿」の中にある。

中庭に面して広い廊下の角を左へ折れて、銀次郎の足音が少し高くなった。すると七、八間《けん》先の部屋——書院——の障子が開いた。長門守兼行が険しい表情で廊下に出てきた。中庭の大きな石灯籠《いしどうろう》の炎《あかり》で、長門守兼行の顔が酒を呑んだように赤くなっている。

文武の人、長門守兼行であったが酒は一滴も呑まない。呑めないのではなく呑まないのだった。公の宴席では呑んでもその他の場合は、目付という立場に万が一の油断が生じてはと、たとえば自邸でさえも盃を手にしないのだ。

「銀次郎、もっと静かに歩け。いま何刻《なんどき》だと思っておるのだ。他の者たちはもう床に就いておる」

「失礼致しました。今日は歩き回っていささか足首が疲れておりましてございます」

と、いつものべらんめえ調が消えている銀次郎であった。

「歩き回ったくらいで疲れるとは情けない奴だ。ん?……お前、酒を呑んでおるな」

「はい。飛市とイヨを相手に盃を少しばかり重ねてしまいました」

「二人には大坂へ行くと告げたのだな。ま、とにかく入りなさい」

「告げました。本八丁堀の私の家と『麴町の屋敷』の留守番を二人に頼まねばなりませぬがゆえ」

「お前に頼まれなくとも飛市とイヨは『麹町の屋敷』を実によく管理しておるわ」

銀次郎は伯父のあとについて書院に入ると自分の手でパタンと音立てて障子を閉め、「遅かったですね銀次郎殿」と声をかけてきた伯母《おば》夏江《なつえ》のそばに行って正座をし丁重に頭を下げた。

「遅くなりまして申し訳ありませぬ伯母上。ご容赦ください」

「よろしいのですよ。さ、渋茶でもお飲みなされ」

「はい。頂戴いたします」

銀次郎は伯母のそばを離れて黒漆塗《くろうるしぬり》の大きく立派な座卓の下座へ移ると、もう一度「頂戴いたします」と告げてから、湯呑みに手をのばした。

夏江と並んで座る長門守兼行が、茶を飲む銀次郎の様子を眺めながら物静かな口調で言った。

「愛馬『飛竜』の体調は、世話を任せておる若党の甚三の面倒見が良いのでな。いつでも発《た》てるぞ。明朝、予定通り卯《う》ノ刻（午前六時頃）に発つ積もりなのだな」

「いいえ、伯父上……」

と、銀次郎は頭《かぶり》を静かに横に振ると、空《から》になった湯呑みをそっと座卓の上に戻した。

「実は、これより発とうと考えておりまする」

「まあ、今からですか……」

驚いたのは長門守ではなく、伯母夏江の方であった。

「お酒を呑んでいると申すのに銀次郎殿。暗闇の中を馬を走らせるなど危ないではありませぬか。明朝になさい。それでなくとも『飛竜』は気性やさしくなく物凄い速さで駈ける馬です。転落でもすれば大変です」

「いや、これから発つというのであらば、それでもよい」

と、長門守兼行が頷いてみせた。

「なに。銀次郎の文武はこの儂《わし》をはるかに超えておるのだ。落馬などするようなことはあるまい。見苦しく落馬したなら銀次郎、いさぎよく其《そ》の場で腹を切れい」

「はい。そう致しましょう。はははははっ」

「まあ、御殿様も銀次郎殿も何を仰《おっしゃ》っているのですか。旅立ちの前だと申しますのに縁起でもない事を口にされるものではありませぬ」

「心配いたすな夏江。そのようなことは起こる筈もないから、口から出たのじゃ。ならば銀次郎、一刻は千両にも値すると言われておるほどに刻《とき》は金なりじゃ。夏江も、ああ心配してはおるがすでに『次の間』にいつでも旅立てるよう、全ての用意を調えてくれておる」

「え……左様でございましたか。ならばこれより……」

と、銀次郎は立ち上がって左手「次の間」との間を仕切っている大襖《おおぶすま》へと近寄っていった。

大襖を開けた銀次郎は思わず「これは……」と漏らした。

十畳の「次の間」の四隅《よすみ》で行灯が点され、その明るさの中で黒漆《くろうるし》塗鞘《ぬりさや》打刀《うちがたな》拵《ごしらえ》で白柄《しらつか》の大小刀・備前長永国友、ひと目で馬乗り仕立てと判る納戸色無地の袴《はかま》が一枚、更にもう一枚やはり馬乗り仕立ての仙台平縞袴《ひらしまばかま》、そしてその袴の前には和泉家の銀捺《お》し家紋が入った革拵《かわごしら》えの縦・横・深さ二寸余の小箱があった。

その革拵えの小箱の中に数十両の路銀《ろぎん》(旅費)が入っていると判らぬ銀次郎ではない。

すでに充分の路銀を調えていた銀次郎ではあったが、伯母夏江の方に向かってその場で正座をし黙って深々と頭を下げた。

畳に両手をついたその手の甲に、ひとつぶの涙を落とした銀次郎であった。

実の母を亡くして以来、母のごとく陰になり日向《ひなた》になって面倒を見てくれてきた伯母である。

「怪我をしたり病《やまい》に取り付かれたりすることのないよう、元気で戻ってくるのですよ銀次郎殿」

「はい、伯母上……元気で戻ってくると銀次郎お約束いたします」

きっぱりと言い切った銀次郎の言葉に頷《うなず》いて、目頭にそっと手をやる夏江であった。

二十五

銀次郎は伯父和泉長門守兼行ひとりに見送られ、伯父の愛馬三頭のうち最も脚の速い「飛竜」の手綱《たづな》を引いて、裏門から通りへと出ると、

「では伯父上……」と、丁寧に頭を下げた。

「うむ、気を付けてな」

長門守兼行は頷いてから夜空を見上げ、「どうやら雨は大丈夫そうじゃな」と呟《つぶや》き静かに裏門の門扉《もんぴ》を閉じた。

ひと雨降るか、と銀次郎を心配させた夜空には、いつの間にか月が皓々《こうこう》と輝いている。

銀次郎は裏門の門扉の内側にまだ立っているに相違ない伯父に向かって黙って頭を下げると「行くぞ」と馬の首すじをひと撫《な》でしてから歩き出した。

身形《みなり》はまだ着流しの町人姿のままであった。城下を暫《しばら》く行って充分に離れてから何処《どこ》ぞで着替える積もりでいる。

伯母夏江が調えてくれた着物や下着類などは大きな旅風呂敷で包まれ、その上から二重に油紙で荷造りされて鞍前にのせられていた。

黒漆塗鞘打刀拵《くろうるしぬりさやうちがたなごしらえ》の大小刀・備前長永国友《おさながくにとも》は白柄《しらつか》に袋をかぶせられて、鐙《あぶみ》（足かけ）を吊《つ》るす力革《ちからがわ》の内側（腹帯《はるび》の外側）に横（馬体の左手）に架けられていた。大刀が上の位置に、小刀は下の位置である。これは剣客目付として知られる和泉長門守兼行が考案した特有のもので、馬上で大刀を素早く抜刀できるよう柄はやや上向きに架けられている。

「今夜あたりの『おけら』はもう立て混んでいるかな……」

銀次郎はもう一度呟いて夜空を仰いだ。降るようにして武家屋敷町を青白く浮き上がらせている月明りであった。

銀次郎の足は和泉邸がある番町を出て飯田町中坂通りを抜け神田須田町へと急いでいた。

行きつけの居酒屋「おけら」の主人《あるじ》夫婦の顔を見てから、江戸を離れるつもりだった。出来れば一杯ひっかけてから旅立ちたいと思ってもいる。

亀島川河口の畔に住む飛市と酌《く》み交わした酒は、もうすっかり冷めていた。

銀次郎が馬の手綱を引き引き大外濠川（神田川）に架かった昌平橋を渡って、扇を開いたような火除《ひよけ》広小路を斜めに行き神田を南北に走る大通りへ入ると、目と鼻のすぐ先の左手に「飯酒《めしさけ》　ぜんざい」と下手な字で殴り書きされた居酒屋「おけら」の赤提灯が三張、軒下《のきした》に下がっているのが見えた。

夜遅くまでやる居酒屋で〝ぜんざい〟を出している所は「おけら」くらいのも

ので、これが近隣の宵待草《よいまちぐさ》（夜の社交界）の姐さんたちの人気を呼び、「おけら」は毎夜のように男と女で賑《にぎわ》っている。

小豆《あずき》をつぶさない〝ぜんざい〟は京・大坂では室町時代にはすでに大変な人気で、現在《いま》では江戸でも武家、町人を問わずに好まれていた。しかし上方《かみがた》の真似をそのまましたくはないと小豆を潰す「汁子屋」がかなり前から現われたりもしている（但し「汁粉」という文字が現われるのは幕末になってから）。

また漉餡《こしあん》汁子（汁粉）の方が上方の〝ぜんざい〟よりも上品で格が上、などと江戸っ子の負けん気が実《まこと》しやかに広まるのも江戸ならではであった。

しかし宵待草の粋《いき》な姐さんたちには「甘くて美味《おい》し」ければどちらでもいいのであって、したがって「おけら」は甘味の店としても、なかなかなものであった。

銀次郎は「おけら」の南側の路地へ「そっとな、そっと……」と「飛竜」の鼻《はな》柱《ばしら》をやさしく撫でてやりながら、尻から入れていった。

「そうそう、いい子だ、いい子だ」

さすがに伯父が大事にしている馬だけのことはある、と感心しながら銀次郎は軒受け（軒根太《のきねだ》）の隙間《すきま》に手綱を通して軽く括《くく》った。背丈に恵まれた銀次郎なら、江戸町家《えどまちや》の一階の軒受けなら苦もなく手が届く高さだ。

「暫く待っていてくれ。いいな」

銀次郎は「飛竜」の両頬をさすってやり、路地を出た。

「おけら」からは居酒屋にありがちな喧噪《けんそう》は漏れ伝わってこなかった。町奉行や火付盗賊改の与力同心の常連が多いこともあるが、「おけら」の商《あきな》い方針が、「穏やかに明るく楽しく呑もう」というところにあるからだ。常連客はその方針を皆、大事にしている。鳥追《とりおい》も大黒舞《だいこくまい》も新内《しんない》流しも「おけら」に客として入ったからには、他の客から求められて三味線を弾く場合でも主人六平《ろくへい》五十一歳の承諾を得るのが習慣《ならわし》だった。

表口の破れ障子を開けて、銀次郎は「おけら」に入っていった。障子戸だから酔客がうっかり手、指を突っ込んで破れてしまうことが多く、したがってぼろぼろになるまで張り替えられることはない。一日の商いを終えるときは障子戸の外側の板戸が閉じられるから、雨風の吹き込む不安はない。

店内はほぼ満席だった。皆《みんな》〝穏やかな賑やかさ〟で呑み合っている。

銀次郎は調理場の女将《おかみ》テル三十三歳と目が合ったので、軽く手を上げて頷き合った。

テルは百姓の夫に病《やまい》で先立たれ、子供もなかったので生家《さと》に戻って老いた両親の百姓仕事を手伝っていたが間に立つ者があって、一人娘の春《はる》を産んだ女房を亡くして以来ずっと独り身を押し通してきた六平のもとへ一昨年嫁《とつ》いできた。

十八もの年の差を全く気にせず昼夜懸命に働いて商売上手な六平をよく支え、一人娘の春や通いの下働きの小娘二人からも懐《なつ》かれて常連客の評判も大層よかった。

テルが、ふっくらとして肉感的な体つきが、呑み商売に合っているようだった。

テルが、背中合せの位置で小皿に何かを盛っている六平の背中を手でポンポンとやさし気に叩いた。

「え？」と振り向いて女房を見た六平に、テルが銀次郎の方へ視線を流す。

銀次郎はこちらを見た六平が「ようっ」という顔つきを拵《こしら》えたので、笑顔で答えたが、視野の端、左の方で誰かが手招いているようだったのでそちらの方へ笑みを浮かべたままの顔を振った。

床几《しょうぎ》から中腰になって左内坂の寛七親分が自分と隣の客との間を指先で「ここ、ここ……」と示している。なんとなく硬い表情だ。

その隣の客というのが、寛七親分と何かにつけて張り合っている湯島の義平親分だと判って、銀次郎の顔からすうっと笑みが消えていった。

銀次郎は二人の親分に近寄っていき、「宜《よろ》しいので？」と念を押してから、「いいから座りねえ」と促す寛七親分の言葉に従って床几に腰を下ろした。両親分が横並びで座って向き合っている長い食台（カウンター）の上には、ぐい呑み盃《さかずき》と鰯《いわし》の煮付を上品に盛った小皿がのっている。

「余り見たことがありやせんね。寛七親分と義平親分が、ぐい呑み盃を交わしているところなんざあ」

銀次郎が物静かに吐いた言葉に、義平親分は「ふんっ」と鼻先を鳴らして答えた。表情ひとつ変えず、こちらも寛七親分同様に、むすっとしている。

寛七が「こっちへ……」と下働きの小娘を手招きながら、銀次郎に小声で訊ねた。

「耳がちょいと赤いじゃねえか。もう誰かさんとの甘い酒でも入っているのかえ」

「半畳《はんじょう》仕事があったもんで、終わってから姐さんとちょいとね」と、銀次郎はやはり小声でとぼけてみせた。

「よく繁盛してるってえじゃねえか、お前《めえ》さんの半畳仕事はよ」

「半畳仕事だから繁盛しているんでさ親分」

「違《ちげ》えねえ。うめえ洒落《しゃれ》でえ。いや、駄洒落かねい」

寛七親分がチラリと口元で笑い、義平親分がこれも小声で付け足した。

「それにしても銀の半畳拵《ごしらえ》ってえのは、化粧にしても着付けにしても実に見事だっていうじゃあねえかい。次から次と客が絶えねえって聞いてるぜい。しかも妖しく綺麗な姐さんや大店《おおだな》のお内儀《かみ》たちのよう」

「へい。お陰さんで……」

「それで何かい。拵のあとは、あちらの方の拵もして差し上げてんのかえ」

「滅相もねえ。そいつに落ち込んじまうと、綺麗どころ相手の拵仕事ってえのは長続きしやせん。足元から崩れていきやす」

「その通りだい。聞いて安心したぜい」

義平親分が満足そうに無表情のまま頷《うなず》き、ぐい呑み盃を手ににこにこ顔でそばにやってきた六平の娘春に、寛七親分が銀次郎のために酒と鰯の煮付を追加で注文した。

盃を銀次郎の前に置いた春が「はあい」と調理場の方へ小駈けに戻っていく。

「先程も申しあげやしたように、今夜は本当に珍しい組み合せでござんすね。義平親分と寛七親分が一つ席で盃を酌《く》み交わす光景なんざあ、はじめて拝見いたしやすが」

銀次郎は、ぐい呑み盃に寛七親分が注いでくれる酒を受けながら、義平親分に苦笑いしてみせた。

「なあに、お互え張《たけ》り合ってばかりいる場合《ばえい》じゃねえ事だってあるからよ。それよりもお前《めい》は仲の良かった長《ちょう》の字を亡くしちまって、悔しいだろ。儂《わし》らも懸命に下手人を捜してっからよ」と、囁《ささや》き声の義平親分であった。

「へい。ひとつお頼み致しやす」

銀次郎は寛七親分が注いでくれた酒を一息で呑み干した。

春に代わって小娘が「お待ちどおさま」と銀次郎の前に鰯の煮付を運んできた。

「で、何か摑《つか》めそうでござんすか」

と小声で訊きながら銀次郎は義平親分に酒をすすめ、次いで寛七親分の盃にも注ぎ足した。

義平親分が盃を口に近付けながら、銀次郎に顔を近寄せた。

「まだ何一つ判っちゃいねえ。少し変わった事といやあ、西国二見《ふたみ》藩の侍二人が品行はなはだ不届きとかで切腹させられたらしいことぐらいでえ」

「西国二見藩……」

「おうよ。なんでも藩の公金に手をつけて吉原遊びに狂い、はたまた小料理屋の女将《おかみ》だの茶店の女房だのに手出しひっきりなしだったとかで、情状酌量《じょうじょうしゃくりょう》の余地なし、のお裁きとなったらしい」

「いつのことでござんすか」

「切腹は今朝早くに命じられたらしい、と奉行所の同心旦那《だんな》から聞いているんだがよ」

「その侍二人の名前ってえのは、同心旦那から聞いておりやすので？」

「いや、名前についちゃあ判らねえ」

「儂が千葉様（南町奉行所市中取締方筆頭同心・剣客同心千葉要一郎）から聞いてるよ」

横から寛七親分がやはり小声で言ったので、銀次郎は顔を左へ振った。

「気になるのかえ銀。その切腹を命ぜられた二人の色事侍の名前がよ」

「長《ちょう》に手を下した奴に少しでも近付ければ、という思いが強うござんすから、今は何でもかんでも知っておきてえんでさあ」

「なるほど……その気持は痛いほど判らあな。何が長殺《ちょう》しの下手人につながるか判らねえもんな」

「差し支えなきゃあ、その二人の馬鹿侍の名を教えて下さいやし寛七親分」

「いいともよ。ひとりは確か多村兵三《たむらへいぞう》、もうひとりは比野策二郎《くらのさくじろう》……とかいったな。字綴りは……」

「いや、字綴りまで知る必要はござんせん。そうですかい。多村兵三と比野策二郎」

「何ぞ心当たりでもあるのかえ」

「いえ、まったく……」

首を小さく横に振ってみせた銀次郎であったが大きな衝撃を受けていた。それもその筈《はず》。

おそらく多村兵三というのは自分の背に傷を負わせた侍であり、比野策二郎は堀内母娘《おやこ》が仇と狙う相手である。

その二人がこともあろうに公金横領と武士にあるまじき女狂いの咎《とが》で、しかも今朝早くに切腹させられたという。

「その切腹情報ってのは間違いありやせんか寛七親分」

「切れ者同心の千葉様が仰《おっしゃ》っているんだ。間違いはねえと思う。一体《いってえ》どうしたんでい銀よ。妙に気にするじゃあねえかい。その女狂いの侍二人のことをよ」

「確かに、ちょいと気にしすぎておりやすねい。まま、その話はここまでにしておきやしょう。すみやせんです」

「せっかく揃った三人だ。こういう機会はそうあるめえ。さ、呑みねえよ拵屋銀次郎殿」

義平親分が「へへっ」と短く笑って、空になっている銀次郎のぐい呑み盃になみなみと酒を注いだ。そこへ主人《あるじ》の六平が、右手に中皿を、左手に小皿を持ってやってきた。

中皿には大きな栄螺《さざえ》の壺焼きが、小皿には鰯の煮付が盛られていた。

「銀ちゃん、壺焼きは私《あっし》からだい。好きだったろう」

「ありがてえ。六さんの壺焼きを今夜頂戴《ちょうだい》できるたあ思ってもみなかったい」

「なんでえ。最後の別れみてえなことを言うじゃねえかい銀ちゃん」

「いやなに。壺焼きは実に久し振りだからだい」

「ここんとこ、なぜか活《い》きのいい栄螺が入らなくってよう」

「潮の流れでも悪いのかねえ。神楽坂あたりの小料理屋でも、活きのいい貝類が入らなくなった、なんて聞いたことがあるぜい」

「獲り過ぎなのかもなあ。江戸の人口は増えるばかりだっていうじゃあねえかい。そこへきて小料理屋だの飯屋だのがあちらこちらで増えているからねい」

「そういやあ町の辻を曲がるたび、いやに飯屋や居酒屋が目にとまるようになったかなあ」

「厳しくならあな。商いの競争がよ」

「なあに『おけら』は心配いらねえ、六さんの料理上手と評判のテル女将の笑顔がありゃあ、たとい江戸一の料亭が隣に二番店《だな》（支店）を出そうが潰れることはねえ」

「やっぱり銀ちゃんだね。嬉《うれ》しいことを言ってくれるよ」

　と、目を細めた六平は銀次郎の耳に顔を近付けると、他の客を憚《はばか》って小声で「銀ちゃんの今夜の飲み食いはこの六平の奢《おご》りでえ」と囁《ささや》いてポンと肩を叩くと離れていった。

「なんでえありゃあ左内坂よ。この義平様にひと声も掛けやがらねえ」

と義平親分が思わず苦笑した。

「仕方がねえよ湯島の。銀の下町人気には儂《わし》ら十手持ちはとうてい勝てやしねえんだから」

と、これも苦笑《にがわら》いの寛七親分が、栄螺の殻口に並んでいる切り身の一片を自分の箸でひょいと抓《つま》み上げて口へ持っていった。

「よかったら義平親分もどうぞ……」

と、銀次郎はすすめておきながらその親分に顔を近付け、「例の㊀印の半纏《はんてん》を着ておりやした三十半ばくらいの権道《ごんどう》という男。あの男が殺《や》られた事件の調べはその後、どうなっておりやすんで」と、囁き声で訊ねた。

「あ、その件なら儂よりも寛《かん》さんの方が詳しい。なあ、左内坂よ。権道の件は銀に少しくらい打ち明けてやってもいいんじゃねえかえ」

「といっても、儂だって手詰まり状態なんでい。今日までに判った事と言やなあ銀。権道はどうやら穴馬《あなうま》の民右衛門《たみえもん》の一味じゃねえかと思われるんでい。一味とは言っても、どうやら下《した》っ端者《ぱもん》らしいがな」

「なんですってい。あの『穴馬様』とか言われている……」

「そうでい。押し込み先に必ず『穴馬様』の貼り紙を残して去る凶賊でえ」

「しかし、『穴馬様』はそのうち必ず江戸にも現われるってえ噂が相当前から江戸庶民の間にありは致しやすものの、その縄張りは今のところ東海・北陸地方だと耳にしておりやすが」

「それはあくまで、今のところ、てえ事よ。もともと『穴馬様』ってえのは西国浪人だけの集まりじゃねえかと御上《おかみ》に見られていたんだが、ここんところあちらこちらの遊び人やはぐれ者《もん》を集め組織を一気に膨《ふく》らませているらしくてよ」

「この江戸へ乗り出すためにですかえ」

「江戸だけじゃあねえ。大坂、京などにも一大拠点を置こうとする気配があるとかの情報が、大坂・京都両町奉行所から江戸の火付盗賊改や南北両町奉行に届いているというんでい」

「江戸でその名を知られていなさる剣客同心千葉要一郎様が、そう仰っているんですかい」

「千葉様は多くを語ろうとはなさらねえが、儂ら十手持ちの問いにいちいち黙って頷きなさることが多くってよ」

「そいつあ大変なことでござんすね。権道が『穴馬様』の下っ端者《もん》らしいとすりゃあ、すでにかなりの人数が御府内《ごふない》(江戸)や近郊で集められている、と読んだ方が宜しいかも知れやせん」

「その通りだい銀」

「じゃあ、両替商『巴屋』の火付け強盗皆殺し事件も、『穴馬様』がやりやがったのでしょうかねい」

「そいつに関しちゃあ、まだ判らねえよ銀。組織を一気に膨らませる過程にあるらしい『穴馬様』に、あれだけひでえ事件を江戸でおこせる余裕があるかどうか疑問が無い訳じゃあねえ」

「なある……言われてみりゃあそうですねい」

「だとすると、あの火付け強盗皆殺し事件は一体誰《いってえ》がやりやがったのかということになる」

「見当もついておりやせんので?」

「ああ、ついていねえ。『穴馬様』を除きゃあ、あの酷《むご》い押し込み強殺をやる集団てえのは、今のところ江戸には存在しねえよ」

「しかし、近頃の江戸にゃあ寛七親分、浪人どもが少し多過ぎやしやせんかい」

「火付盗賊改も南北両奉行所もいたくその点を心配してはいるんだがな」

「それにしても、『穴馬様』の下っ端者である権道の野郎を、一体誰《いってえ》が殺《や》ったんでござんすかね。何処《どこ》からともなく飛んできた刃物が奴の首を貫いたってえ殺し方は、並の業《わざ》じゃああありやせんぜ」

「うむぅ。手裏剣に長じた侍《さむれえ》か……それとも、そういう能力に長じた忍び崩れか」

「忍び崩れ？……」

「なあに、想像で言ってるだけのことでい。はっきりとした根拠も証拠もありやしねえ。それよりも銀よ。お前《めえ》は拵屋商売だけあって、あちらこちらの宵待草の姐さんたちの間にゃあ顔が広い。ひとつ姐さんたちから然《さ》り気《げ》なく情報を集めてくれねえかい」

「急に金使いが荒くなった奴はいねえかとか、見たことのない男共が何処そこに集まることが多くなってやしねえかとか、ですかい」

「うん、そういうことでい。儂《わし》らが十手を振りかざして訊《き》きに回ったたって、裏社会の情報なんてえのはそうそう集められるもんじゃあねえ。集めたって嘘情報ってえのが多いとくる。そこへ行くと銀は、姐さんたちの泣き所、泣き壺をよく知っているからねい。へっへっへっ……」

「親分親分。気色《きしょく》の悪い笑い方をしないでおくんなせえ。私《あっし》は外から見られているほど色遊び好きな男じゃござんせんぜい。誤解しないでおくんない」

「ちゃんと判ってらあな。誤解なんぞしちゃあいねえよ銀。姐さんたちの泣き所、泣き壺を銀特有の男気な気性でちゃんと押さえているってえことでい。なあ、湯島の」

「その通りだぜい左内坂の。な、銀よ、お前《めえ》は本当に男気のある奴だ。情報集めにひとつ積極的に協力してくれや」

「判りやした。そうまで言われちゃあ断り切れやせんねい。集められるかどうか判りやせんが、やってみやしょう」

銀次郎は、大坂から帰ってからでも本腰を入れてみるか、と頷きながらぐい呑み盃を一気に呷《あお》った。

二十六

銀次郎が「おけら」を出る頃、夜は深深《しんしん》と静寂を深めていた。

「偉《えれ》えぞ。よく大人しく待っていてくれたな」

「飛竜」の鼻面《はなづら》を銀次郎は幾度も幾度もやさしく撫《な》でてやると手綱《たづな》を引いて路地を出、「おけら」から充分に離れてからヒラリと馬上に跨《また》がった。文武に秀《ひい》でた武門の嫡子《ちゃくし》であることを見せた鮮《あざ》やかな一瞬であった。

「さてと……江戸を離れるかえ『飛竜』よ」

呟《つぶや》くように言いながらも、銀次郎の胸の内には一つ小さな迷いが芽を出しつつあった。

日本橋の大店《おおだな》太物問屋「近江屋」の女主人《あるじ》季代三十五歳に、ひと目会ってから江戸を離れるのが礼儀《れいぎ》か、という迷いであった。

季代は、本八丁堀の銀次郎の自宅半畳（拵仕事場）の〝持ち主〟みたいな立場にある。

銀次郎に支払う拵料《こしらえりょう》の支払いも年に二十両は下らない上等の御得意様であった。

それに銀次郎は季代の気性が好きで、母親を慕《した》うような微妙な感情が自分の身の内に芽生えていることにも気付いている。

「近江屋」と言えば、押しも押されもせぬ江戸で一、二と言われている太物問屋の大店である。その大店を後家の身でありながら鮮やかに差配し止《とど》まることなく商いを成長させている手腕に対しては、同業種異業種の主人《あるじ》たちからも高く評価されていた。

なかなかの肉感的美人である点が彼等の支持を引き付けているのだ、という見方がなくもないのだが。

そういった注目の女性《ひと》でありながら、「役者遊び」にも熱心で、それをこそこそ隠すようなことはせず明けっ広げであったから、同業種異業種のお内儀《かみ》たちの評判は余り宜しくない。尤《もっと》も、その「宜しくない」評判は、季代の肉感的美貌が目立ち過ぎることへの反発からきていることを、同業種異業種の主人《あるじ》たちはよく承知しているから、「近江屋」の商いに対しては何かと協力的であった。

「ま、この刻限じゃあ眠っているかも知れねえが……ちょいと店前までは行ってみるとするかい」

銀次郎はそう呟いて、「飛竜」の首すじを掌《てのひら》で軽くポンポンと叩いた。賢い「飛竜」であった。それだけで銀次郎の意中を察したのか、それまでの常《なみ》歩《あし》（大体四拍子リズムの歩法で分速一一〇メートルくらい）を速歩《はやあし》（二拍子リズムの歩法で分速およそ二二〇メートル）へと持ってゆく。

実は乗馬にあまり馴《な》れていない者にとっては、速歩は非常に疲労する歩法であった。馬丘《ばきゅう》（馬の背）の上下動（振幅）が大きいため、騎手はその上下動に合わせて「鐙《あぶみ》に脚を突っ張って立つ」「鞍《くら》に座る」をこまめに反復する必要が生じてくる。この合わせ方が拙《まず》いとたちまち臀部《でんぶ》（しり）を傷《いた》めてしまう。

銀次郎の手綱さばきは鮮やかなものであった。

皓々《こうこう》たる月明りの下を行く「飛竜」も気持よさそうである。人馬一体になっているかどうかを、馬は敏感に嗅《か》ぎ分けることが出来るから、この乗り手は「駄目な奴」と判ると、馬は乗り手の言うことを聞き入れようとしなくなる。

「もうちょい急ぐかえ『飛竜』よ」

そう告げた銀次郎が、馬腹を鐙でチョンと叩くと「飛竜」はたちまち駈歩《かけあし》（分速およそ三四〇メートル〜五五〇メートル）へと移っていった。

このあとにくる歩法がいわゆる全力疾走（襲歩）であり競走馬走といわれているものである（分速およそ一〇〇〇メートル）。

駈歩ともなると、さすがに蹄《ひづめ》の音はパカランパラカンと月下の江戸の町に響き渡った。武士でない者が（いや、たとえ武士であっても）公用でもないのに静かな夜陰に乗じて御府内で馬を走らせるなどすれば、「何事か」と当然司直から怪しまれる。それでなくとも両替商「巴屋」への火付け強盗皆殺し、長之介殺害、権道暗殺、凶賊「穴馬様」の江戸侵入の噂など、江戸の治安が一気に悪化の様相を見せ始めているのだ。

だが銀次郎の今日の江戸出立《しゅったつ》については、目付職にある伯父和泉長門守兼行が当然のこと万全の手を打っている。

しかも銀次郎の背後には東照大権現《とうしょうだいごんげん》家康公（徳川家康）から下された「……桜伊玄次郎芳家とその嫡子の累代にわたっては徳川一門はいかなる処罰を下すこともこれを禁ずる……」という天下無敵の感状が存在しているのだ。

まさにいま「飛竜」馬上の桜伊家嫡男銀次郎は、「天下無敵の役者」であると言えた。

とはいっても神君家康公のその感状とて、銀次郎を襲う危険の全てを退けるだけの力はない。なぜなら不測の事態というものは、その字が示すように「予測できない事態」であるからだ。〝危険〟の方は計画し計算して銀次郎に近付くことは可能であっても、近付かれる受身側の銀次郎にとって、相手の謀《たくら》みの計画や計算の全てを前もって把握し尽くすことは極めて難しい。

その「予測できない事態」に向かって、実は己《おの》れがいま次第に近付いてゆきつつあることに、銀次郎は全く気付かないでいた。

名馬と言われている「飛竜」の危険本能といえども気付いていないのであろう、その駈歩の調子にはまったく躊躇逡巡《ちゅうちょしゅんじゅん》の様子がない。

「いい月明りが降り注いでいるな『飛竜』よ」

銀次郎が夜空を見上げて物静かに告げると、「飛竜」が低く鼻を鳴らして答えた。

このいい月明り降り注ぐ夜が、鮮血降り注ぐ修羅《しゅら》の場に激変するのは間《ま》もなくのことなのであろうか。

二十七

次の辻を右へ折れると目と鼻の先が太物問屋「近江屋」、という所まで来たとき、「飛竜」がピタリと歩みを止めた。

「辻斬り刻限」とも称されているこの刻限ともなると、裏通りはもとより表通りまで人の往き来は無くなる。

「どしたい?」

馬上の銀次郎が「飛竜」の首筋を掌《てのひら》で軽く撫《な》で、馬腹をチョンと鐙《あぶみ》で叩いてみるが「飛竜」は半歩も動かずにじっと立ち止まったままだ。

と、青白い明りを降らしていた月が雲に隠され、辺りに急な闇が広がった。月明り星明りが無い時の江戸は、それこそ墨を流したように真っ暗となる。

銀次郎は馬上からひらりと身軽に降りると、鐙を吊るす力革《ちからがわ》の内側に横に架けられていた備前長永国友《おさながくにとも》の大小刀を腰帯に差し通した。

「何か感じるのかえ?」

銀次郎が「飛竜」の耳に口を近づけて囁《ささや》くと、「飛竜」が低く鼻を鳴らして一度だけ蹄《ひづめ》で地面をトンと叩いた。

「判った……」

銀次郎は「飛竜」の首筋を再び撫でてやると「大人しく待っておれよ」と手綱をそばの柳の幹に括《くく》り付けた。

闇の中を静かに辻の角まで進んだ銀次郎は、家の南から顔半分を覗《のぞ》かせて、「近江屋」の前を南北に走っている広い「商《あきな》い通り」を眺《なが》めた。

夜目にも優《すぐ》れている銀次郎であった。墨を流したような闇は銀次郎にとって別段、苦手ではない。

「変わった様子はねえが……」

銀次郎が呟《つぶや》いた通り、俗に「商い通り」と称されている日本橋通りに、不審な様子はなかった。静まり返った広い通りには夜道を往く人が下げる足元提灯《ぢょうちん》の明り一つ見あたらず、犬猫一匹うろついていない。

銀次郎は振り返って「飛竜」が大人しくしているのを確かめると、立ち並ぶ商家に沿うかたちで、そろりと「商い通り」へと出た。

「近江屋」の店玄関は、通りの向かい側、半町ほど先にある。銀次郎の位置からは斜めに線を引いた先だから、二階の櫺子窓から薄明りが漏れているのまでがよく見えていた。

一階の大間口の店玄関は、この刻限さすがに堅く表戸を閉ざしている。

銀次郎は通りを横切って反対側へ渡ると、商家の軒下に沿って「近江屋」へと近付いていった。

さきほど「飛竜」が不意に足を止めたのは、本能的に何か異状なものを感じたからではないか、と思っている銀次郎である。

だが「近江屋」の店玄関の前に立って耳を研ぎ澄ませても、騒動に見舞われている様子は伝わってこないし、それは辺りの商家についても同じだった。

銀次郎は「近江屋」の東側の路地へ入っていった。「近江屋」はその路地に対してコの字型の総二階建であったから、路地に入ると二階の全ての櫺子窓の様子が見てとれる。

果たして二階の全ての櫺子窓からは行灯の明りが漏れていた。この刻限となっても奉公人たちは明日の商いの準備で大童なのであろう。あるいは今日一日の売買決算に取り組んでいるに相違なかった。

銀次郎は「近江屋」のお内儀《かみ》季代に会うことは思い直し、そのかわり暫《しばら》くの間、路地に立って二階の櫺子窓の明りを眺めていた。

右手の方へ視線をやると、総二階建とは十五、六間《けん》を隔てて大きな白堊《はくあ》の蔵が五棟並んでいる。

太物商品（綿織物、麻織物など）の他に千両箱を保管してある蔵なのであろうか。

銀次郎は、季代との付き合いはもうかなりになるが、しかし店土間《たなどま》に立ち入ったことは幾度となくあっても其処《そこ》から先へ入らせて貰ったことは一度としてない。「近江屋」の女主人《おんなあるじ》としての季代は、商いに関しては公私のけじめをつける、非常に芯の強い経営者だった。

けれども店から一歩出ると、極めて魅力的な妖しい「私人《しじん》」となる。

本八丁堀の銀次郎の自宅一階の十畳大の板の間《いたのま》。その板の間に敷かれている半畳の青畳の上に正座をするときの季代は、つまり「私人」の方の季代であった。

二階を眺めていた銀次郎の表情が、このとき闇の中で「お……」となった。

櫺子窓から漏れていた行灯の明りが、右端の部屋から消え出したのだ。

どうやら、ようやくのこと一日の仕事を終えたのであろうか。

「商いというのは、外に向かっての仕事も大変《てえへん》だが、内仕事も苦労が多いんだろうぜい。頑張りなせえよ、お内儀《かみ》。なるべく早く江戸に戻ってくっからよ」

呟いて銀次郎は、表通り（商い通り）の方へと足を戻した。

路地口のところで、銀次郎は尚も暫く刻《とき》を潰した。権道《ごんどう》殺しや、両替屋「巴屋」の火付け強盗皆殺し事件の後だけに、「穴馬様」の噂が気になっていた。

「穴馬様」がどのような凶賊集団であるのか容易《たやす》く想像できそうで、思い描き難《にく》い。

「どうやら今宵は何事も起きそうにねえか……」

呟き呟き銀次郎が「飛竜」の方へ引き返し始めたのは、小半刻《こはんとき》近くも経ってからであった。月はまだ雲に隠されたままで、江戸は濃い闇をかぶせられていた。

犬の遠吠《とおぼ》えひとつ聞こえてこない。

「待たせたのう、すまねえ」

銀次郎は柳の幹に括り付けてある手綱を解いて、ひらりと馬上の人となった。

腰帯に大小刀を差し通したままだ。

「ほい。行こうぜ」

鐙《あぶみ》で微《かす》かに馬腹を蹴った銀次郎であったが、「飛竜」は動かなかった。

「ん？　どしたい」

銀次郎は三、四度、「飛竜」の首筋を掌《てのひら》で撫でるように叩いたが、「飛竜」は微動だにしない。

銀次郎は再び馬の背から降り立ってもう一度、手綱を柳の幹に括り付けると、「商い通り」と丁字型に接している手前まで歩いて商家の角から顔半分を覗《のぞ》かせ、様子をうかがった。

殆《ほとん》どその直後、と言ってもいいときだった。「近江屋」と向き合っている商家の並びから「近江屋」の東側路地へと一つの影が素早く走った。

厳しい武芸の鍛練によって夜目の利《き》く銀次郎である。犬や猫が走ったのと見紛《みまが》う筈《はず》がなかった。

銀次郎は「飛竜」の方を振り向いた。

「現われやがったい、有難《ありがと》よ」

囁《ささや》いて視線を「近江屋」の方へ戻すと、五、六人の影が一気に「近江屋」の東側路地に向かって駈け入って行く。その内の三人が両刀差しであることを銀次郎は見逃さなかった。

続いて四人。このうち二人は両刀を差していた。

「単なる食いつめ浪人と不良町人か……それともいよいよ『穴馬様』ときたかえ」

銀次郎は呟いて左手を大刀の鞘口《さやぐち》へと持っていき、「近江屋」目指して闇の中を走り出した。

雲が流れて皓々《こうこう》たる月明りが江戸の町々に降り注ぎ、銀次郎が思わず目を細める程《ほど》の〝夜昼《よひる》〟が訪れたのは、その瞬間であった。

銀次郎は不審な一団の後を追って路地へは入って行かず、「近江屋」の店玄関《たなげんかん》の前で立ち止まり小刀を抜き放った。

敷居に嵌《は》め込み式となっている何枚もの板戸の内の一枚の下へ、銀次郎は小刀の切っ先を差し込んだ。

しかし商家の板戸というのは何枚かごとに内側でしっかりと閂《かんぬき》が通され、しかも敷居の上下の嵌め込み穴には嵌め込み棒がしっかりと入っている。普通では容易に開けられるものではない。

その点のことをよく知っている銀次郎は、敷居に嵌め込み式となっている板戸の弱点にも通じていた。だが、事は急ぐ。不審な一団はすでに路地へ回り込んでいるのだ。急がなければならない。

「しかしまあ、よっく出来ていやがる」

銀次郎は呆《あき》れ返ったように漏らすと、敷居にしがみついている板戸の下から小刀を抜き戻して鞘に納めると、少し後ろに退がって大刀の柄《つか》に手を掛けた。

板戸を切り破る積もりだ。なるほどその方が遙《はる》かに速い。

二十八

切り破った板戸を潜《くぐ》るようにして薄暗い店土間に一歩入った銀次郎を待ち構えていたのは、広々とした板の間（店の間）に突っ立って手提《てさ》げ行灯を手にした銀次郎もよく知る手代金吉《きんきち》二十五歳の怯《おび》えた表情だった。

「ぎ、銀次郎さん」

「よ、金吉っつあん。びっくりさせてすまねえ。見回りかえ」

「ど、どうしたのですか。こんな夜更けに、しかも腰に両刀を差して……いきなり表戸を破られたので息が止まりましたよ」

「ゆっくり訳を話しているひまはねえんだい。すまねえが急ぎお内儀《かみ》さんを呼んで貰いてえ。大至急だ」

「は、はい」

「離れや庭、蔵回りに変わりはねえかい」

「他の手代が二手に分かれて見回っていますし、呼び笛が鳴らない限り異状はありませんので」

「ほう、『近江屋』は夜の見回りで何かあると、呼び笛を吹き鳴らす仕来たりかえ」

「はい」

かえって危ねえな、と思った銀次郎であったが、そうとは言わずに「ともかく、お内儀《かみ》さんを……」と促した。

「判りました。直ぐに呼んで参ります」

「この表戸の戸袋にゃあ、予備の板戸は納まっているのかえ」

「ええ。戸袋には予備に二枚の板戸が」

「よしきた。そいじゃあ、お内儀《かみ》さんを」

手代金吉は頷《うなず》いて板の間に続いている廊下を奥へと急ぎ足で消えて行き、店土《たなど》間《ま》が再び真っ暗となった。

銀次郎は閂《かんぬき》を取り外して切り破った板戸一枚を店土間に入れて立てかけると、無傷の板戸を順に詰めていった。

すると最後に一枚分が空《あ》いた状態となる。

銀次郎は戸袋に手を入れて予備の一枚を引き出すと敷居を滑らせ、これで大間口は元通り完全に閉ざされた。

銀次郎が閂をかけ終えると、長く暗い廊下の向こうから手提げ行灯二つの明りが、急いだ様子でこちらに近付いてくる。

「まあ銀次郎さん、これは一体何の騒ぎでございますの？」

いつもなら「銀ちゃん」あるいは「銀様」と呼ぶお内儀《かみ》が、さすがに手代金吉を従えている手前もあって「銀次郎さん」だった。

「お内儀《かみ》さん。切り破っちまった板戸は後日に弁償するとして、この店屋敷《たなやしき》の東側の路地へ、ほんの今し方、両刀差しを交《まじ》えた十人ばかりの怪しい集団が入っていきやした」

「ええっ、なんですって」

「私《あっし》がどういう理由《わけ》で不審なそ奴らを目撃したのか、今なぜ二本差しなのか、についちゃあゆっくりと話している余裕《ひま》はねえ。今大事なのはお内儀《かみ》さん、奉公人の皆を此処《ここ》へ静かに急ぎ集めるこったい。静かにねぃ」

「判りました。直ぐに皆を集めなさい金吉。急いで」

「は、はい。承知いたしました」

金吉がまた廊下を奥へと消えていった。

お内儀《かみ》季代が上がり框《かまち》に正座をして、銀次郎と向き合った。

「どうしたのです銀ちゃん。不自然なく似合っているその侍姿は」

「そのうちゆっくりと事情を話すから、それまで待っておくんなさいな、お内《か》儀《み》」

「わかりました。でも、とても素敵《すてき》。まるで名家の若侍そのもの」

「太っ腹な冗談を言っている場合じゃねえやな。いま話した怪しい連中は、この

『近江屋』を狙っているかも知れねえんだ」

「でも銀ちゃんと一緒なら、私《わたくし》、何も怖くありませんことよ」

「両替商『巴屋』の残虐事件で町奉行のお役人方もピリピリしていなさるんでい。どの大店《おおだな》も自衛の意識をしっかり持たなくちゃあなりやせんぜい」

「ええ、その通りだと思っていますよ銀ちゃん。実は『近江屋』では町奉行所のお許しを頂戴して、『袖《そで》がらみ』と『突棒《つくぼう》』を備え持ち、月に一度だけですけれど八丁堀同心の御指導でその使い方の訓練もしています」

「ほほう。そうだったのかえ」

　さすがは元三百石旗本家のご息女だ、と銀次郎は腹の内で感心した。ここまで心を配っている大店は、そうそう無い。

「で、その『袖がらみ』と『突棒』はどこに？　蔵に入っていますってえなら糞の役にも立ちませんぜい」

「とにかく上がって、銀ちゃん」

「うむ」

　促されて銀次郎は雪駄《せった》を脱ぎ、板の間に上がった。

奉公人たちがいない手提げ行灯ひとつの薄明りの中だと、お内儀《かみ》季代は大胆だった。銀次郎の手をしっかりと握りしめると「こちらです……」と、帳場囲い――八畳ほどの広さの――の方へと連れていく。

帳場には三つの座卓が横一列に並んでおり、それを縦格子が囲んでいた。

お内儀《かみ》が立ち止まったのは帳場の直ぐ後ろだった。

「ここ……」

とお内儀《かみ》は指差して言うと、普通の壁板としか見えない一部を右手指で押してみせた。

カタンと小さな音がしてカラクリ錠でも外れたのか、右手指で押した部分が凹《へこ》み、お内儀《かみ》は次にその右手指を手前に引いてみせた。

高さ七尺余、幅三尺余の一枚扉が開いて、「袖がらみ」および「突棒」がずらりと立て架けられた収納庫が銀次郎の前にあらわれた。

「へえ、大《てえ》したもんだ。さすが季代ちゃん」

「銀ちゃんがいつも、押し込み強盗には気を付けろ気を付けろ、とうるさく注意してくれるから、こうした意識を持つようになりましたのよ」

「いいことだえ」

と、言葉を交わし合っている内に、大番頭、番頭、手代、丁稚《でっち》、女中など続々と奉公人たちが板の間に集まり出した。

季代の指示を受けて大番頭が男の奉公人たちに、「袖がらみ」と「突棒」を手渡し始めた。

「袖がらみ」とは、長さ六尺ほどの棒の先端に長さ一尺ほどの刺《とげ》付き棒が丁字型に横に固定されたものである。この刺で暴れる下手人の衣服を搦《から》め捕って動きを封じ込めるのだが、下手人に劣らぬ気迫と相当な腕力が求められる。

「突棒」とは、やはり長さ六尺ほどの棒の先端に鋭い鈎《かぎ》や刺を植え込んだもので、この鈎や刺で相手の髪や衣服を搦め捕り、あるいは攻撃性が著《いちじる》しい下手人に対しては反撃して手傷を負わせることが出来る攻・守両用の捕物道具であった。

それら「袖がらみ」が六本、「突棒」が八本、収納庫に整然と架かっていたものであるから、銀次郎は尚《なお》のこと季代を気に入ってしまった。

皆に「袖がらみ」と「突棒」が行き渡ってから、銀次郎は一部始終を早口で話し出した。指示に近い、力強い口調であった。

「そういう訳だからよ、若《も》し不逞《ふてい》の輩《やから》がこの店屋敷に侵入してきやがったなら、皆は決してばらばらにはならねえで、そしてまた怯《ひる》むことなく相手と向き合う事でえ。思い切り大声を立ててよ。しかし対決はしても、やり合っちゃあならねえ。とにかく大声を出し、ひと固まりとなって『袖がらみ』や『突棒』を振り回すんでい。また女性《おんな》も甲高《かんだか》い悲鳴をあげることでござんす。外へ聞こえるように思い切り……よござんすね。店を守り、お内儀《かみ》さんを守るんでい」

大番頭以下は一斉に頷き、お内儀《かみ》の季代だけが、ほれぼれとしたような眼差しを銀次郎に向けていた。

そのお内儀《かみ》と銀次郎は目を合わせた。

「私は今から庭回りを見回りやす。それにしても……」

と、銀次郎は首をかしげてから、言葉を続けた。

「あれ程の人数が、この店の東側路地へ駈け込んだというのに、いまだ押し込んでくる気配を一向に感じねえのは……」

「その点なら銀次郎さん。銀次郎さんもご存知のように高さ凡《およ》そ六尺の塀の上には忍び返しが付いているからでございますよ。一尺間隔で縦格子状に取り付けられている忍び返しの一本一本には、竹を先鋭く削った幾本もの刺が植え込まれていますものね。いくら身軽な賊であってもそれを乗り越えるのは、かなり難儀と思いますけれど……」

「なるほど。確かにあの忍び返しは、無理をして乗り越えようとすりゃあ、体のどこかに深《ふけ》え傷をつけやすねい。ともかく私《あっし》は、庭へ出ておりやしょう」

「申し訳ございません。『近江屋』のために危険な目に立ち向かって下さるなど……どうかお気を付けて」

「なあに。どうせ私《あっし》は独り身なんでい。善人の懐《ふところ》へ土足で踏み込んでくるような凶悪な野郎は容赦しねえ。その五体を目茶苦茶に引き裂いてでも地獄に叩き込んでやりまさぁ。許しゃあしねえ。絶対に……」

銀次郎の胸の内に、盟友長之介を殺害した何者かに対する激しい怒りが、またしても音を立てて沸騰《ふっとう》しはじめ、歯がギリギリと嚙《か》み鳴った。己《おの》れの肉体を灼熱の大砲弾《おおづつだん》と化しても必ず報復する、と自身に誓うそれが銀次郎の宣戦布告だった。

二十九

庭に面した広縁《ひろえん》に、五棟の蔵を背中の位置にして、銀次郎は寅《とら》ノ刻（午前四時頃）まで大行灯の明りのなか身じろぎもせずに座っていた。

店屋敷は路地に対してコの字型に建っているから、蔵を背後方向として広縁に座ると庭の殆《ほとん》どを見渡せる。

五棟の蔵への注意も怠《おこた》る訳にはいかないから、座敷の広縁側の雨戸も障子《しょうじ》も開け放ち、加えて裏側（蔵側）の雨戸と障子も同様にして見通せるようにした銀次郎であった。

しかし遂《つい》に寅ノ刻となっても、賊は現われなかった。

「あの忍び返しが効《き》いたのかねい」

銀次郎は呟《つぶや》いて腰を上げると、高さ凡《およ》そ六尺の塀の上に横に連なっている針《はり》衾《ぶすま》と称していいような忍び返しを暫《しばら》く眺《なが》めていた。

と、廊下を店の方からゆっくりと近付いてくる手提げ行灯があった。心細げな明りが足元を明るくしてはいるが、腰から上は闇色に溶けて殆ど見分けがつかない。

が、銀次郎にはお内儀《かみ》季代であると判った。

季代が手提げ行灯を上にあげて不安そうな美しい表情を、揺れ動く明りの中に浮かびあがらせた。銀次郎に自分であると判って貰うためであろう。

「お疲れではありませぬか銀ちゃん」

眉《まゆ》をひそめ小声で問う季代に、銀次郎も「大丈夫でえ」と小声で返した。

「空腹ではないかと思って……食べてください銀ちゃん」

手提げ行灯の金口を柱に掛けた季代が左手に下げていた風呂敷《ふろしき》包みを足元に置いて正座をしたので、銀次郎も黙って季代を見習った。

風呂敷包みを解くと二段の重箱が出てきた。

「ほう……」

と、行灯の明りの中で銀次郎は目を細めた。「飛竜」の手綱を柳の幹に括りつけたままであったから、そろそろ江戸発《だ》ちをしても大丈夫か、と思っていた銀次郎であった。

暁《あかつき》七ツ・寅ノ刻は江戸では一般に「早発ち旅の刻限」とされている。

御重《おじゅう》の上段には海苔《のり》で巻かれた大きな握り飯が、下段には玉子焼き、小鮒《こぶな》の佃煮《つくだに》、大根の煮物、焼き干物、漬物などがびっしりと詰まっていた。

「こいつあ有難《ありがて》え」

「こちらは御酒《ごしゅ》、こちらはお茶……」

季代が着物の袖《そで》から二本の竹筒を取り出して、御重の横に立てた。

「まったくよく気が利くねい。お内儀《かみ》さんはよ」

「銀ちゃんのためなら……」

「有難《ありがと》よ」

銀次郎は握り飯を手に取ると、かぶりついた。

「うめえ……うめえな」

そう呟く銀次郎の両の目に、みるみる大粒の涙が浮きあがった。

長之介の姿が瞼《まぶた》の裏から消える筈のない銀次郎であった。

長之介の悲劇がまだ耳に届いていない季代が「え?」と驚きの様子を見せて、銀次郎に顔を近付ける。

「どうしたのです銀ちゃん、何かあったの？」

「いや、なんでもねえ。余り旨《うま》いもんで、つい気持が緩《ゆる》んでしまってよ」

「ね、聞かせて。どうして大小を腰にして『近江屋』へ現われたの。何か大事なことがあったのではありませんか銀ちゃん」

「何もねえよ。気が緩んだだけだい。お内儀《かみ》の優しさでよ」

「…………」

「本当だい。何もねえ。心配するねえって」

「…………」

「すまねえがな、お内儀《かみ》。この御重の馳走《ちそう》を笹の葉に包んでくれめえかい。そろそろ帰らせて貰うぜ。なあに、もう平気だろうぜ。間もなく早出の職人たちの往き来も始まるだろうからよ」

「銀ちゃん、私《わたくし》を信用していないのですね」

「冗談言うねい。信用してっから、こうして仲良く付き合えてるんじゃねえか」

「なら、正直に打ち明けて下さい。何があったの？　大小刀を腰に差し通して何《ど》処《こ》へ行こうとしていたの？　今は商家の主人《あるじ》の私《わたくし》ですけれど、これでも旗本三百石の家で育ったのです」

「………」

「今だから言いますけれど、私《わたくし》は銀ちゃんがどうしても町人とは思えなかったの。お侍でしょう。体にしみ付いたお侍の匂《にお》いというのは私《わたくし》には判るのです。お侍の家庭で生まれたのでしょう銀ちゃん。私《わたくし》と同じように」

「………」

「ね。お願いだから、両刀を帯びて何処へ行こうとしていたのか、それだけでもいいから教えて頂戴。銀ちゃんの素姓がお侍であろうと、町人であろうと、もう問い詰めやしないから」

「判った。打ち明けよう……私《あっし》のことをそこまで心配してくれて有難《ありがと》よ。実は、お内儀《かみ》にひと声かけてから江戸を離れようかと考えて『近江屋』を訪れたところ、不審な野郎共を偶然見かけたって訳なんでい」

「やっぱり……で、江戸を離れるってのは？……その理由《わけ》は？」

「お内儀《かみ》の耳へはまだ入っていめえ。お内儀《かみ》もよく知っている私《あっし》の友人《だち》の長之介がよ」

銀次郎は声を震わせながら、拳《こぶし》を握りしめて長之介の最期《さいご》について打ち明けた。

驚きの声を発することさえも忘れて、季代は大きく目を見張った。

ときには居酒屋で盃を交わしながら明るく冗談を言い合ってきた長之介である。

季代にとっても、銀次郎の無二の友としての長之介の存在は、大切な話し相手として大事な人でもあった。

その長之介が何者かに殺害され、濱町河岸《はまちょうがし》の杭《くい》にひっかかるようにして浮かんでいたという。

それは季代にとって余りにも信じられない悲報であった。

「なぜ……なぜ長之介さんが……ひど過ぎる」

季代は正座を崩してしまい、両手を廊下について肩を震わせた。

三十

翌朝、朝陽《あさひ》が障子を通して差し込むやわらかな明かりで銀次郎は目を覚ました。

昨夜、寝床に入る前には廊下の雨戸はしっかりと閉じた筈《はず》であったから、銀次郎は床の間の刀掛けにあった備前長永国友を手にして障子を開けた。季代か、それとも奉公人の誰かが音を立てぬよう気遣いつつ雨戸を開けてくれたのであろう。

庭に降り注ぐ陽の明るさで、銀次郎は「あ、辰《たつ》ノ刻（午前八時）は過ぎたか。不覚、不覚……」と呟《つぶや》いて頭の後ろに手をやり苦笑いを漏《も》らした。

庭先の柿の木に手綱を括《くく》られた「飛竜」がこちらに尻を向けて「遅いぞ……」と言わんばかりにゆったりと尾を振っている。

江戸の職人たちが勤めに出るのは、早い者で卯《う》ノ刻（午前六時頃）過ぎ、遅い者で六ツ半頃（午前七時頃）であるから、辰ノ刻の目覚めは確かに寝過ぎではあった。江戸の町人の真面目組は皆、なにしろ早起きだ。

昨夜、季代に「長之介さんの葬儀をきちんと済《す》ませ、遺骨を手に大坂を訪ねて御両親に理由《わけ》を報告する方が作法に適《かな》うのではありませんか」と説かれ、なるほどその通りだと考え直して「飛竜」と共に「近江屋」で一夜の世話になった銀次郎であった。

「長之介さんの葬儀のお手伝いは『近江屋』としても人手を出しますから」とも言ってくれた季代である。

「あの言葉にすっかり安心して甘えてしまったい……」

刀を床の間に戻した銀次郎が、庭に出て「飛竜」のそばに行き頬《ほお》、首を撫《な》でてやる。目を細めた「飛竜」が低く鼻を鳴らした。

「それにしても……」

と、銀次郎は「飛竜」から離れ、五棟並び建っている白堊《はくあ》の蔵に視線をやった。

結局、「近江屋」への賊の侵入はなく蔵は無事だった。

では「不審な一団」にしか見えなかった、あの十人前後は一体何処《どこ》へ消えたというのか？

銀次郎は頑丈な造りの丈《たけ》も幅も充分にある裏木戸を開けると、「近江屋」の東側を南北に走っている路地に出て辺りを見まわした。南に向かっては表通り（商い通り）に接し、北側には銀次郎が酒・味噌・醬油問屋「鳴戸屋《なるとや》」の本邸と承知している漆喰《しっくい》塗りの高く白い塀があった。

「鳴戸屋」は大きな商所《あきないしょ》（店）を鍛冶橋御門《かじばしごもん》前に構えている。本邸の方は、別名「金蔵邸《かなぐらてい》」などとも言われており、千両箱が唸《うな》ってるのだろう、などと噂されていた。

その「鳴戸屋」本邸の塀の高さは、矢張り「近江屋」の塀と同じくらいであろうか。ただし、「近江屋」の塀のような忍び返しは無い。

「矢張り、こいつが役に立っているのかねい」

銀次郎は目の前の忍び返しを仰ぎ見て呟いた。

「奴ら、一体《いってえ》何処へ消えたというんでい」

首を捻《ひね》った銀次郎は「近江屋」の裏木戸を閉じて「鳴戸屋」本邸の塀の方へと近付いていった。

路地の端まで来て、漆喰塗りの高く白い塀に突き当たる訳だが、べつだん辺りに妙な具合は見られなかった。白い漆喰塗りは昨日にでも塗りあげられたかのように綺麗で、足跡一つ付いていない。

強引に塀をのり越えたとすれば、白い塀には足跡の三つや四つは付いていそうなものである。それが無い。

路地は此処《ここ》で左に折れ、彼方《かなた》の広い通りへと塀伝いに抜けている。

「この本邸は、凄腕の浪人を用心棒として二人とか三人とか抱えているってえ噂もあるが……」

呟きながら銀次郎は路地を「近江屋」の裏木戸の方へと引き返した。

用心棒（浪人）を指して凄腕というのは、大体剣術の皆伝級というのが相場だ。が、近頃の食いつめ浪人には自称皆伝級の者も少なくないとかいう。

銀次郎が裏木戸を入ると、季代が広縁《ひろえん》に正座をしてこちらを見ていた。

その後ろに見えていていい筈の銀次郎の寝床は、すでに片付けられている。

裏木戸のからくり錠をしっかりと施錠した銀次郎は、「飛竜」に近付いて背中を三、四度撫でさすり、そして季代の方へと歩いていった。

「心配していたのですよ。どらへ？」

「なに。昨夜《ゆうべ》の怪し気な連中は一体《いってえ》何処へ消えやがったのか、と思ってよ」

「路地に出て、何か判りまして？」

「いや、判らねえ。十人前後の野郎共が駈け抜けたり、塀をよじ登ったりした痕跡は、目の届く範囲にゃあ一つも無かったたい」

「まあ、それじゃあ一体……」

「だろ。おかしいんでい。薄気味が悪いやな」

「いま朝餉《あさげ》を運んで来させます。この広縁で私《わたくし》もご一緒させてくださいな」

「すっかり世話を掛けちまって申し訳ねえ。ありがとよ」

「お礼を言いたいのは、私《わたくし》の方ですよ銀ちゃん。おかげで昨夜は安心して奉公人たちも私《わたくし》もよく眠れましたもの」

「それはなによりだい」

「あ、念の為《ため》にと思って手代を神田鍛冶町まで走らせ、旅籠《はたご》『長助』の様子を見てきて貰いました」

「お、それで？……」

「長之介さんの亡骸《なきがら》は昨夜《ゆうべ》の間《うち》に、奉行所から『長助』へ戻されているそうです」

「そうかえ。じゃあ、朝餉を済ませたら『長助』へ行かなくちゃあなんねい」

「私《わたくし》も御一緒します。店の者を四、五人連れてゆきましょう」

「私《あっし》は馬を飛ばして行きまさあ。お内儀《かみ》は後から来てくんない」

「そうですか。判りました。では、朝餉を急ぎましょう」

季代が腰を上げ、廊下をそそくさと店の間《ま》の方へと引き返していった。

銀次郎は腕組をして考え込んだ。十人前後もの不審な一団が何処へ消えてしまったのかどうしても納得できなかった。

（あの十人前後もの連中がまるで風のように路地を走り抜けて高く白い土塀に足跡一つ残さず『鳴戸屋』の本邸内へ消えたとすりゃあ……いや、無理だな……それが出来るとすりゃあ忍びだあな）

銀次郎は腕組をしてあれこれと考え続けたが、どれにも頷《うなず》けなかった。

若い女中たちが広縁に、二人分の朝餉を運んできた。季代の躾《しつけ》がいいから、「御陰様《おかげさま》で昨夜《ゆうべ》は安心して眠れました。ありがとうございました」と、きちんと礼を述べることを忘れない。さすが、旗本三百石の娘として育っただけのことはある季代の教育であった。

質素過ぎることもなく、贅沢《ぜいたく》過ぎることもない、「近江屋」の朝餉である。お内儀《かみ》の季代から、一番下の小僧や下働きの者まで皆、一日の食事は同じ献立であった。差別することなくしっかりと食べて貰って、一生懸命に仕事をしてもらう。それが季代の経営の仕方だった。

だから「近江屋」の奉公人たちは皆、健康で元気だ。ときにお内儀《かみ》が役者遊びをしても、それを決して批判しない奉公人たちだった。店の主人《あるじ》として、やるべき事は手抜きすることなく、やっているからである。ましてや奉公人たちを大切にして決して使い捨てなどしないから、「近江屋」には他の大店には見られない一致団結があった。

朝餉がはじまると、季代が「おいしいですか銀ちゃん？」と、銀次郎の顔を覗《のぞ》き込むように眼差《まなざ》しを向けた。

「ああ、おいしいね。お内儀《かみ》と一緒に食べるから、余計においしいんだろうねい」

「これからもずっと一緒に、朝餉を一緒にしても宜《よろ》しいですことよ」

「冗談じゃねえやな。朝餉のたびに本八丁堀から此処《ここ》まで通ってこなくちゃあなんねい」

「べつに通ってこなくってもいいですよう」

「どしてだえ」

「此処に住めば宜しいのです。私《わたくし》の寝間に銀ちゃんの御布団を敷けば、それで済むことではありませんか。そうでしょ」

「おいおい、お内儀《かみ》……」

まるで生娘《きむすめ》のように固いお色気をぶっつけてくる季代に、ときおり本気でうろたえてしまう銀次郎であった。

「長之介が……長之介が亡くなったんだい。暫《しばら》くお色気はよしにしねえ」

「ごめんなさい」

季代が、ふっと真顔に戻った。暗い表情から抜けきれていない銀次郎のことを思って、やわらかな演出をしてみせた季代の心を、むろん承知している銀次郎ではあった。

三十一

「近江屋」を出るとき身形《みなり》を町人態《てい》に改めた銀次郎は、大坂へ旅立つために整えた大小刀や衣類その他を季代に預け、職人旅籠《はたご》「長助」へ向かおうと「飛竜」の手綱《たづな》を引いて裏木戸を出た。丈も幅も充分にしっかりと造られている裏木戸ではあったが、さすがに「飛竜」の体いっぱいだった。

銀次郎は「飛竜」の手綱を引き、足早に表通りへと急いだ。

突然、「ここにも二人……」という叫びが背後から聞こえてきたため、銀次郎は反射的に振り返っていた。

「くそっ、ひでえ事をしやがる」と、別の大声があって、その声に聞き覚えがある銀次郎だった。

亡くなった長之介に言わせると「狼みたいに鼻の利く銀次郎」である。

最初の叫び声は〝左内坂の寛七親分〟、あとの声は〝湯島の義平親分〟と見当がついた銀次郎であった。

銀次郎はひらりと「飛竜」の背にまたがり軽く馬腹を蹴って表通りに出ると、人の往き来に注意を払いながら一町《ちょう》ばかり先の次の辻へ向けて「飛竜」の足を速めた。

その辻を左へ折れ、半町ばかり先をもう一度左へ折れると、「鳴戸屋」本邸の、旗本屋敷かと見紛《みまが》う豪奢《ごうしゃ》な四脚門《しきゃくもん》が見える。

その門前に野次馬がむらがっていた。奉行所役人の出入りも頻繁だ。

銀次郎は近付き過ぎぬ辺りで馬の背から降りて手綱を柳の幹に括り付け、「鳴戸屋」本邸に向かって小走った。

野次馬の中に顔見知りの大工がいたので、銀次郎は後ろから肩を叩いた。

「あ、銀さん……皆殺しだとよう」

振り向いた大工が顔を強張《こわば》らせ小声で言った。

「なに。皆殺し……」

「ごっそり千両箱を持っていかれたっていうぜ」

「で、押し込みやがったのは？」

「さあ、そこまでは……」

「ありがとうよ」

銀次郎は大工の肩をもう一度叩くと、野次馬を搔《か》き分けて前に出た。と、ちょうど表門から出てきた南町奉行所市中取締方筆頭同心千葉要一郎（鹿島新當流の達者）と、ばったり目が合った。

千葉同心が「おっ」という表情を拵えて、銀次郎を手招いた。

銀次郎は野次馬から離れて千葉同心に近付こうとしたが、六尺棒を手にした小者（捕方）に「おい……」と押し返された。

「いいんでい。そいつには、ちいと話がある」

後ろから千葉同心に言われて、小者が「はっ」と体を開いて銀次郎を通した。

銀次郎は石組の階段を三段駈け上がり、千葉同心の前に立った。

「俺達もちょいと前に此処へと着いたばかりなのに、どうしてお前《めえ》が此処にいるんでい。え、銀よ」

「化粧仕事で昨夜《ゆうべ》この直ぐ裏の『近江屋』へ来ておりやして、遅くなったもんで、そのまま泊めて戴きやしたもので」

「なに。『近江屋』へ泊めて貰っただと?」

「へい……で、いま野次馬の一人から聞かされやしたが、皆殺しだとか」

「その通りよ。主人《あるじ》も奉公人たちも一人残らずでえ。全くひでえ事をしやがる」

「この『鳴戸屋』本邸は俗に、『金蔵邸』とも言われておるようですが、奪われやしたんですかい。千両箱」

「ああ、これだけな」

と、千葉同心は口で言うのは避けて片手五本の指を開いてみせた。

五千両の意だ。

「なんとまあ。それにしても皆殺しとは……若《も》しかして『穴馬様』じゃあねえんでしょうねい」

「そいつが、ついに現われやがったのよ」

「えっ。じゃあ……『穴馬様』の貼り紙が？」

「そうよ。東海・北陸地方を縄張りとしていると聞いていたので、まだまだ江戸には現われまい、と思っていたが、俺たちの予想の先を行きやがったい」

「ついに江戸に現われやしたか。となると、先日の両替商『巴屋』の残虐な事件も」

「いや、ありゃあ別の凶賊の仕業だろうぜい。『穴馬様』の貼り紙が無かったしよう」

「火事で貼り紙が燃えてしまったんじゃあござんせんか」

「火を放つくれえなら『穴馬様』の貼り紙などはするめえよ。わざわざ貼り紙をするってえのは、手前《てめえ》らの存在を世の中に知らしめてえからだい」

「なるほど。その通りかも知れやせん」

「ところで銀よ。無二の友長之介が殺《や》られたってえのに、『近江屋』の妖しくて魅惑的な年増《としま》天女、で知られたお内儀《かみ》の化粧をいじくっていたのかえ」

「あ、まあ、いろいろと義理も絡《から》んでおりやすもので仕方なくと言いやすか」

「長之介の亡骸《なきがら》は『長助』へ戻しておいたからよ。ひとつ友として大事に見送ってやんねえ」

「ありがとうございやす。奉行所内でも大事に安置して下さいやして感謝申し上げやす」

「なに。長之介はよく顔を見知っていたし銀の友ともなりゃあ、大事にしねえわけにはいかねえやな。ところで銀よ。昨夜『近江屋』に泊まったってえことだが、不審な気配とかに気付いたりはしなかったかえ」

「へい。これといって、とくには……」

銀次郎は、この場はこのように答えておくべきだろうと判断して、言葉を濁《にご》した。

「そうかえ。お前《めえ》は江戸の表にも裏にも顔が広いんだ。何か下手人に関して耳にするようなことがあったら知らせてくんねえ」

「承知いたしやした。必ず」

「じゃあな……」

剣客同心千葉要一郎はくるりと身を返すと、『鳴戸屋』本邸の中へと引き返していった。

銀次郎は「飛竜」まで戻ると、手綱を引いて旅籠「長助」へ足を向けた。

「穴馬様」が遂《つい》に江戸に現われたという千葉同心の話は、かなりの衝撃を銀次郎に与えていた。

左内坂の寛七親分の話によれば、㊀印の半纏《はんてん》を着て殺害された権道《ごんどう》は、穴馬の首領民右衛門《たみえもん》の一味ではないか、ということであった。その権道が「穴馬様」と対決する勢力に殺害されたのか、それとも「穴馬様」に不都合を及ぼした廉《かど》で「穴馬様」の手の者によって殺害されたのかは、今のところ全く判っていない寛七親分の口ぶりだ。

「面倒なお江戸になってきやしたぜい、将軍様よ」

呟《つぶや》いた銀次郎は、手綱を引いて軽い調子で走り出した。往来は人の往き来が増えているので、いくらなんでも馬の背に乗って駈歩《かけあし》（競馬速度）という訳にはいかない。ましてや公用で馬に乗る訳ではないのだ。

（待ってろよ長《ちょう》。きちんと天界へ見送ってやっからよ。んで、一緒に大坂へ行こ

うや。な）

胸の内で亡き長《ちょう》に語りかける銀次郎であった。

銀次郎はまだ、全く気付いていなかった。いま目指して足を急がせている旅籠「長助」で、予想もしていなかった事態が待ち構えていることを。

三十二

次の角を曲がると神田鍛冶町《かじちょう》という所まで来た銀次郎は、背後から「銀ちゃん……」と野太い声を掛けられて振り返った。

「よう、留《とめ》……」

と、銀次郎の暗く硬い表情が少し緩《ゆる》んだ。

「久し振りだあな、留よ」

「銀ちゃんよう、長《ちょう》、えれえ事になっちまったなあ」

「まあな。が、今度ばかりは黙っちゃあいねえぜ、俺は」

「やっぱり仕返すんだな、銀ちゃんのことだから」

「当たり前だろが」

「仕返すったって、奉行所はまだ下手人を捕えていねえじゃねえか」

「俺が捜すんだ。捜して追い詰めて、なぶり殺しだ」

「おいおい、止《よ》せよ」

「なんだとう、もう一度言ってみろい」

「…………」

江戸一の速足駕籠《かご》と評判の高い「神田駕籠」の人足頭《にんそくがしら》（昇《か》き手頭）をしている留《とめ》三《ぞう》だった。銀次郎の酒仲間で三日にあげず居酒屋を渡り歩いてきた「俺」「お前」の間柄ではあったが、留三が昨年末に「神田駕籠」の人足三十五人を束ねる地位（頭《かしら》）に就《つ》いてからは、どちらからともなく付き合いが遠のいていた。

その原因は自分の方にある、と銀次郎は思っている。拵屋稼業は女との派手な接触が多い上に、自分が喧嘩《けんか》っ早い過激な性格《たち》であるとよく判っていた。

客評判こそ商売の第一条件、とする「神田駕籠」の人足頭ともなると、これまでのように酒仲間銀次郎と夜ごと肩組んで、「こんの野郎、文句あんのか」と酒の勢いに任せて肩に彫《ほ》った鬼の刺青《いれずみ》をちらつかせて歩く訳にもいかない。

「お客様は神様だ」になり切ってしまっている近頃の留三である。その変わり様《よう》を、むろん銀次郎は「いいことだ」と眺めてきた。

「銀ちゃん、今から何処《どこ》へ?」

「奉行所から長《ちょう》の亡骸《なきがら》が戻ってきたんでよう。先ずはきちんと弔《とむら》ってやんなきゃあならねえ」

「馬を連れてかえ」

二人は話を交わしながら、ゆっくりと歩き出した。

「弔いが済んだあと、この馬で俺はちょっと遠出をしなくちゃあならねえんでな」

「大坂じゃあねえのか」

「ふん、やっぱり留には判るかえ」

「気を付けねえよ銀ちゃん。大坂まではなにしろ遠い。途中で何があるか判らねえぜ。充分に気を付けてな」

「ちっ。肩にでけえ鬼の刺青を入れた留に、そう優しく言われると鳥肌が立つぜい。お前《めえ》はこれから何処へだい」

「俺も職人旅籠《はたご》『長助』へ行くところよ。長《ちょう》の亡骸が奉行所より戻ってきた、と耳にしたもんでな」

「まったく神田ってえところは、人の心の温《あった》けえ町だぜ。皆《みんな》、長《ちょう》のことを悲しく思ってくれているんだなあ」

「おうよ。『神田駕籠』の職人野郎どもも交替で皆、『長助』を訪ねさせて貰うことになってんだい」

「ありがとよ留。ところで『神田駕籠』の吉次郎《きちじろう》親方は長患《ながわずら》いというじゃあねえかい。度胸男と言われてきた親方だけに残念だがよ、容態の方はどうなんでい」

「ああ、一進一退ってえとこよ」

「子供に恵まれていなさらねえ吉次郎親方だ。万が一のことがあれば留が商《あきな》いを引き継ぐかたちで老いたお内儀《かみ》さんをきちんと立てていかなくちゃあならねえ。真っ当にしっかりと頑張るんだぜい」

「けっ。気色の悪い気遣いをみせてくれるじゃねえか銀ちゃん。けんどよ、何か困ったことがあったら俺たちを助《す》けてくれよな。頼りにしてっからよ」

「いけねえよ、いけねえ。これからのお前《めえ》は喧嘩修羅《しゅら》と言われている俺にあんまし近付いちゃあならねえ。何事も手前《てめえ》ひとりの力で切り開いてゆきな」

「おいおい、今日は何だかいやに神妙じゃねえか」

「いいから留。ここから先は俺と肩を並べてではなく、独りで行ってくれめえかい。俺は反対側の道をもう一回りしてから『長助』の裏木戸から入っていくからよ」

「な、なんでえ。その気色の悪い湿《しめ》った言い草は」

「判らねえのか。『長助』は泊まり客の頼みで『神田駕籠』をひっきりなしに呼んでいた上得意先でもあるじゃねえか。旅籠仲間もおそらく大勢見えているに違いねえ。だからよ。『神田駕籠』の人足頭として、びしっとした様子で独りで訪ねるんだ。さ、行きねえ」

銀次郎は、人足頭の地位に就くまでは〈鬼留《おにとめ》〉の異名で江戸の荒くれたちに恐れられていた留三の肩を、トンと軽く突いた。

「畜生め……人情落語みてえなことを言いやがって」

留三は鼻をぐすんと言わせると、銀次郎から足早に離れていった。

留三が辻の角を曲がったのを見届けてから、銀次郎はいま来た道を戻り出した。銀次郎は長之介の最期《さいご》の様子を脳裏に具体的に思い描こうとしたが、どう想像を膨《ふく》らませても出来なかった。

両刀を腰に帯びることを許されている身分ではない長之介ではあったが内懐《うちぶところ》の深いところに短刀は所持していた。しかしたとえ素手対素手の格闘であっても、そうやすやすと後《おく》れをとることはない、と知り過ぎるほど知っている銀次郎である。

自分が本気を出しても素手対素手ならおそらく五分と五分で渡り合える奴、と銀次郎は思ってきた。

しかし長之介は所持していた短刀で反撃することもなく、殺《や》られていたのである。背中から突然に襲いかかった「手裏剣」か「忍び小柄《こづか》」と思われる凶器。そうと想像させる傷跡が長之介の背中には、はっきりと残っていた。

そして心の臓を一撃のもとに貫いたと判る脇差か合口《あいくち》を想像させる創痕《きずあと》。

その一撃が致命傷であることは明らかだった。

長之介の亡骸に残っている傷跡からそれだけのことが確信的に推測できるにも

かかわらず、銀次郎は長之介の最期の一瞬がどうしても具体的に想像できなかった。

あれほどの男が……との思いが強過ぎるからだ。

(下手人は相当の手練《てだれ》だ。ひょっとすると尾行馴《な》れしてやがる忍びくずれかも知れねえ。どちらにしろ絶対に下手人を逃がしゃしねえ。追い詰めて追いつめて、その野郎の体を切り刻んでやるぜ……必ずこの手で)

銀次郎は歯を嚙み鳴らして、下手人への報復を己《おの》れに誓うのだった。

なるたけ大まわりをして鍛冶町の外側をひと回りした銀次郎は、「飛竜」の手《た》綱《づな》を引きながら裏通りから「長助」へと近付いて行った。

この辺《あた》りに住む職人たちの誰彼とは、お互いに知り過ぎた間柄だ。

しかし長之介の悲報がすでに行き渡っているのか、今日はどの家の表口も閉ざして沈み切った雰囲気だった。

無理もない。明らかに「病死ではない」という死に方として悲報は町内に広まっているのであろうから。

この界隈《かいわい》では知られた鍋屋の角を折れて銀次郎が「長助」の裏木戸に通じてい

る路地へ入って行こうとすると、その鍋屋の勝手口が開いて、白髪まじりの四十女が、水桶《みずおけ》を手にして顔を出した。

「おやまあ馬の手綱なんぞを引いて、一体どしたんだい銀ちゃん」

「や、お真沙《まさ》さん久し振りでござんす。理由《わけ》あってちょいと遠出をするもんで知り合いから馬を借りやした」

「ふうん、そうかね。あ、つい今し方、『長助』のタネさんと表口でばったり出会ったんだけどさあ、長《ちょう》さんの亡骸が御奉行所から戻ってきたんだってね」

お真沙がさも悲しそうな表情をつくり、声の調子を沈めて言った。

「へい、これから長《ちょう》の弔いの用意を手伝ってやろうと思いやしてね」

「旅籠の皆《みんな》さあ、悲しみをこらえて、泊まり客の最後のひとりまで、商いの作法に沿ってきちんと送り出したみたいだよ。私《あたし》と亭主も、ひと仕事終えたら必ず手伝いに行くから」

「ひとつ宜《よろ》しくお願い致しやす」

「あ、馬一頭くらいなら、うちの庭にだって充分に入るだろうから入れていきな。飲ませる水なら大瓶《おおがめ》にたっぷりあるから」

「そうですかえ。じゃあ、甘えさせて貰いやす」

「うん、そうしな、そうしな。さ、手綱をかしなよ」

「あれ、お真沙さんは馬は平気なんで？」

「なに言ってんだよ。これでも馬を三頭も飼っていた下総《しもうさ》の百姓の家に生まれたんだ。五、六歳の頃から馬の世話など鼻唄まじりでしてきたもんさな」

「それはまた……じゃ、お真沙さん」

銀次郎はお真沙の手に手綱を預け軽く頭を下げると「大人しくな」と馬の鼻面《はなづら》を二、三度撫《な》でてやってからその場を離れた。

「心配ないからね。ちゃんと面倒みれるからさ」

背中から追いかけてきたお真沙の声に、銀次郎は振り向いて頷《うなず》いた。

長《ちょう》を失った銀次郎にとって、心に染《し》みるお真沙の優しい気配りであった。

路地を左へ一度、右へ一度折れると、少し先に「長助」の裏木戸が見えてきた。

いつも通りの裏木戸だった。べつだん慌《あわ》ただしい様子は感じられない。悲しみの声も漏れ聞こえてこない。

それだけに銀次郎の腹の底が再び煮えくりかえり、ギリリと歯を噛み鳴らした。

必ず報復してやる……と。

「下手人皆殺し」の六文字が脳裏に浮かんでは消え、を繰り返した。

三十三

銀次郎が裏木戸の前に立って「閉まっているのかな……」と手を触れてみると、からくり錠《じょう》は下ろされていなかった。微《かす》かな軋《きし》み音を立てて裏木戸は開き、物音ひとつせず一人の人の姿もない深く静まりかえった見馴《みな》れた庭が銀次郎を迎えた。

銀次郎は庭内に入ると、裏木戸のからくり錠を下ろしたが、ちょっと考え込んでから元に戻した。間もなく忙しくなり、誰彼がこの裏木戸を潜《くぐ》って訪れることも考えられるからだ。

左へ目を向けると何時《いっ》もなら板場の勝手口が開いていて、忙しそうに立ち働く賄《まかな》い人たちの動きが窺《うかが》えるのであったが、今日は勝手口の障子戸は閉じられていて、コトリとした音も漏れ聞こえてこない。

銀次郎は庭先から廊下口に入ろうとして、ふと足を止め庭内を見まわした。

「ん？」という顔つきになっている。さほど広い敷地ではなかったから、庭の広さもたかが知れてはいたが、それでも泊まり客の目の保養にでもなればと、庭拵えには精を出してきた長之介であり、その拵えを積極的に手伝ってきた銀次郎であった。植木と花壇と小さな池の区割が上手に出来ている。

「はて……」

と呟《つぶや》いて、銀次郎は首を傾《かし》げた。いつもと、どこも変わっていない庭に見えるというのに、妙に何かを感じる銀次郎であった。

実は、コツンと肌に触れるこの奇妙な感じは、裏木戸を開けた瞬間からあったものだった。

そのときは気のせいかと思ったが、どうやらそうではなさそうだった。

銀次郎は一階の客間の広縁《ひろえん》に沿うかたちで庭先をゆっくりと歩き出した。

広縁つきの客間は南向きで大層日当たりがよい。

北側――裏庭側――にまわると櫺子窓《れんじまど》と障子の小窓付きの小部屋が幾部屋か続き、これらは主に宿賃の安い客間あるいは賄い人たちの部屋として宛行《あてが》われていた。

「べつに変わったところはねえなあ……」

元の位置に引き返して銀次郎はまた首を傾げた。

銀次郎は障子戸が閉じられている廊下口を開けて家の中へと入った。

雰囲気が一変した。一人や二人ではないすすり泣きが聞こえてくる。

銀次郎はがっくりと肩を落とし「おんのれ……」と呟きつつ、すすり泣きに引っ張られるようにして廊下を奥へ進んだ。

長之介が使っていた居間に、亡骸を囲むようにして奉公人たちが正座をし肩を震わせていた。

「あ、銀ちゃん」

銀次郎が居間に入ってきたことに気付いて、女中頭のタネが泣き声を出した。肩を震わせていた皆が顔を上げて銀次郎を見た。

「皆《みんな》、客の最後のひとりまで悲しみを堪《こら》えてきちんと送り出したらしいなあ。偉《えれ》えぞ。それでこそ長《ちょう》の下で働いてきた皆《みんな》だい」

銀次郎のそのひと言で、わっと泣き伏す若い女中たちもいた。

「さ、てきぱきと弔いの用意に入らなきゃあならねえ。女中頭のタネさんとタカさんの二人は間もなく次々と訪れる弔問客の応対に当たってくれるかえ。急な事情でこのような事態になってしまったからよ。着るものは洗濯の利《き》いたこざっぱりとした普段着でいい。賄頭《まかないがしら》の甚市《じんい》っつあんはすまねえが、湯島天神下の霊雲寺さんまで走って、御住職にあれこれと相談してみておくれ。それから下男頭の耕三《こうぞう》さんは……」

銀次郎が奉公人たちに対し次々と指示を出したことで、ようやくのこと奉公人たちひとりひとりの顔がひきしまって動き出し、居間は布団の上の長之介の亡骸と銀次郎の〝二人〟だけとなった。

銀次郎は、長之介の枕元に片膝《かたひざ》をつくと、亡骸の顔にかぶせられている白い布をそっとめくった。

瞼《まぶた》を閉じた仏らしい安らかで上品な死顔であった。

「必ずよ長《ちょう》、下手人を突き止めて、血まみれにして地獄の底へ叩き込んでやるぜい。暫《しばら》く辛抱《しんぼう》していねえ」

銀次郎は亡骸に向かってそう告げると、白布を顔の上に戻した。

その直後、銀次郎は「あっ」と小さな叫びを発して立ち上がっていた。

長之介の亡骸を囲んでいた皆《みんな》の中に混じっていてもいい筈《はず》の人、堀内秋江・千江母娘《おやこ》の姿を見かけなかったと気付いたのだ。

居間を出た銀次郎は、廊下を堀内母娘《おやこ》が泊まっている部屋へと急いだ。

「銀次郎です。開けてよございましょうか」

堀内母娘《おやこ》がいる筈の客間の障子越しに、銀次郎は声をかけた。

応答がない。嫌な予感が銀次郎の背筋を冷めたく走った。

銀次郎は二度、声を掛けることを止《よ》して、障子戸を勢いよく開いた。

母娘《おやこ》の姿はなかった。幾つかの身の回りの小荷物があったにもかかわらず、それも消えていた。

銀次郎は部屋の中へと入った。微《かす》かにだが髪油《かみあぶら》の香りが残っていると判った。が、相当に微かだ。

「消えた」

と銀次郎は断定した。それもかなり前にだ。髪油の残り香《が》の薄さが、それを証明していると思った。

銀次郎は玄関土間へと急いだ。

「すまねえ。ちょいと、どいてくれ」

帳場や板の間を忙しそうに片付けていた奉公人たちに肩をぶっつけながら銀次郎は外に出た。

女中頭のタネは、さっそく訪れた老夫婦らしい相手に、頭を下げて挨拶《あいさつ》を交わしていた。銀次郎の知らぬ相手であったが、タネの様子から、同業者かも、と予想できた。

小柄なタカは軒《のき》から下がっている宿の名が書かれた大提灯《おおぢょうちん》を、酒樽《さかだる》をひっくり返した上に乗って外そうとしていた。

銀次郎はタカに近付くと、その耳元で「訊《き》きてえことがある。大提灯はあとで俺が取り外すから」と囁《ささや》いた。

頷《うなず》いて酒樽の上から下りたタカを促《うなが》して、銀次郎は老夫婦の相手をしているタネから少し離れた。

「堀内母娘《おやこ》は何処へ行ったんでい」

「え？」

「堀内母娘《おやこ》だよ。部屋にいねえ。身の回りの小荷物も皆、消えている」

「そんなあ」

タカは押し殺した驚きの声を漏らして、目を大きく見開いた。

「気付かなかったのかえ」

「うん、全く……」

「最後に見たのは、いつだ」

「えーと。昨日《きのう》の朝、いや、その前の夜かな。だって銀ちゃん、こんな大変な状態が不意に訪れたから、堀内母娘《おやこ》のことなんぞ、誰も忘れてしまうよう」

「うん、その気持は判るがな」

「泊まり客を最後のひとりまで笑顔で見送ろうと皆《みんな》、大変だったんだからさあ」

「判ったよタカさん。判った。べつに誰彼を咎《とが》める積もりで訊いた訳じゃあねえんだ。ありがとよ」

銀次郎はタカの肩を軽く叩いて微笑《ほほえ》んでやると、また堀内母娘《おやこ》が泊まっていた部屋へと引き返した。

(仇討ちの相手、二見藩の比野策二郎《くらのさくじろう》が切腹させられたことで、江戸に滞在する必要がなくなったと判断し、姿を消したのか……それにしても、宿の者にひと声

もかけずに姿を消すなんざあ、不自然過ぎるじゃあねえか)

そう思いつつ堀内母娘《おやこ》の泊まっていた客間に戻った銀次郎は、部屋の隅々《すみずみ》に何かにつながるものは残っていないか、と探した。

が、無駄であった。

残っているのは、ごく微かな髪油の香りだけだ。

「それがこの私《あっし》に対する御武家の奥方としての作法なんでござんすかえ……え、堀内秋江殿」

呟いてから銀次郎は、チッと舌を打ち鳴らした。目が鈍い光を放ち始めている。

長之介の亡骸のそばへ戻った銀次郎は、「なんだか知らねえが、消えちまったぜい。あの綺麗《きれい》な奥方様の堀内秋江殿と可愛《かわい》い千江ちゃんがよう」と、亡骸の耳に顔を近付け小声で告げた。

銀次郎はまだ気付かないでいた。この堀内母娘《おやこ》の突然の〝蒸発〟こそ、銀次郎に迫る凄《すさ》まじい闘いと、かつてない哀愁《あいしゅう》の幕あけとなることに……。


(下巻へつづく)

「門田泰明時代劇場」刊行リスト

ひぐらし武士道
『大江戸剣花帳』（上・下）　徳間文庫　平成十六年十月
光文社文庫　平成二十四年十一月
新装版　徳間文庫　令和二年一月

ぜえろく武士道覚書
『斬りて候』（上・下）　光文社文庫　平成十七年十二月
徳間文庫　令和二年十一月

ぜえろく武士道覚書
『一閃なり』（上）　光文社文庫　平成十九年五月

ぜえろく武士道覚書
『一閃なり』（下）　光文社文庫　平成二十年五月
徳間文庫　令和三年五月
（上・下二巻を上・中・下三巻に再編集して刊行）

浮世絵宗次日月抄
『命賭け候』　徳間書店　平成二十年二月
徳間文庫　平成二十一年三月
祥伝社文庫　平成二十七年十一月
（加筆修正等を施し、特別書下ろし作品を収録して『特別改訂版』として刊行）

ぜえろく武士道覚書
『討ちて候』（上・下）　祥伝社文庫　平成二十二年五月
徳間文庫　令和三年七月

浮世絵宗次日月抄
『冗談じゃねえや』
徳間文庫　平成二十二年十一月
光文社文庫　平成二十六年十二月
（加筆修正等を施し、特別書下ろし作品を収録して『特別改訂版』として刊行）
祥伝社文庫　令和三年十二月
（上・下二巻に再編集して刊行）

浮世絵宗次日月抄
『任せなせえ』
光文社文庫　平成二十三年六月
祥伝社文庫　令和四年二月
（上・下二巻に再編集し、特別書下ろし作品を収録して『新刻改訂版』として刊行）

浮世絵宗次日月抄
『秘剣 双ツ竜』
祥伝社文庫　平成二十四年四月

浮世絵宗次日月抄
『奥傳 夢千鳥』
光文社文庫　平成二十四年六月
祥伝社文庫　令和四年四月
（上・下二巻に再編集して『新刻改訂版』として刊行）

浮世絵宗次日月抄
『半斬ノ蝶』（上）
祥伝社文庫　平成二十五年三月

浮世絵宗次日月抄
『半斬ノ蝶』（下）
祥伝社文庫　平成二十五年十月

浮世絵宗次日月抄
『夢剣 霞ざくら』
光文社文庫　平成二十五年九月
祥伝社文庫　令和四年六月
（上・下二巻に再編集して『新刻改訂版』として刊行）

拵屋銀次郎半畳記
『無外流 雷《いなずま》がえし』（上）
徳間文庫　平成二十五年十一月
新装版 徳間文庫　令和六年三月

拵屋銀次郎半畳記
『無外流 雷《いなずま》がえし』（下）　徳間文庫　平成二十六年三月
新装版 徳間文庫　令和六年三月

浮世絵宗次日月抄
『汝 薫るが如し』　光文社文庫　平成二十六年十二月
（特別書下ろし作品を収録）
祥伝社文庫　令和四年八月
（上・下二巻に再編集して『新刻改訂版』として刊行）

浮世絵宗次日月抄
『皇帝の剣』（上・下）　祥伝社文庫　平成二十七年十一月
（特別書下ろし作品を収録）

拵屋銀次郎半畳記
『俠客』（一）　徳間文庫　平成二十九年一月

浮世絵宗次日月抄
『天華の剣』（上・下）　光文社文庫　平成二十九年二月
祥伝社文庫　令和四年十月
（加筆修正を施し、『新刻改訂版』として刊行）

拵屋銀次郎半畳記
『俠客』（二）　徳間文庫　平成二十九年六月

拵屋銀次郎半畳記
『俠客』（三）　徳間文庫　平成三十年一月

浮世絵宗次日月抄
『汝《きみ》よさらば』（一）　祥伝社文庫　平成三十年三月

拵屋銀次郎半畳記 『俠客』（四） 徳間文庫 平成三十年八月

浮世絵宗次日月抄 『汝《きみ》よさらば』（二） 祥伝社文庫 平成三十一年三月

拵屋銀次郎半畳記 『俠客』（五） 徳間文庫 令和元年五月

浮世絵宗次日月抄 『汝《きみ》よさらば』（三） 祥伝社文庫 令和元年十月

『黄昏坂《たそがれざか》 七人《ななにん》斬《ぎ》り』 徳間文庫（特別書下ろし作品を収録） 令和二年五月

拵屋銀次郎半畳記 『汝《きみ》 想《おも》いて斬《ざん》』（一） 徳間文庫 令和二年七月

浮世絵宗次日月抄 『汝《きみ》よさらば』（四） 祥伝社文庫 令和二年九月

拵屋銀次郎半畳記 『汝《きみ》 想《おも》いて斬《ざん》』（二） 徳間文庫 令和三年三月

浮世絵宗次日月抄 『汝《きみ》よさらば』（五） 祥伝社文庫 令和三年八月

拵屋銀次郎半畳記『汝《きみ》 想《おも》いて斬《ざん》』(三)　徳間文庫　令和四年三月

拵屋銀次郎半畳記『汝《きみ》 戟《げき》とせば』(一)　徳間文庫　令和四年九月

『日暮坂《ひぐれさか》 右肘斬《みぎひじおと》し』　徳間文庫　令和五年六月

拵屋銀次郎半畳記『汝《きみ》 戟《げき》とせば』(二)　徳間文庫　令和五年八月

本書は２０１３年11月徳間文庫として刊行されたものの新装版です。

徳間文庫

拵屋《こしらえや》銀次郎半畳記

無《む》外《がい》流《りゅう》 雷《いなずま》がえし 上

〈新装版〉

2024年3月15日 初刷

著者 門《かど》田《た》泰《やす》明《あき》

発行者 小宮英行

発行所 株式会社徳間書店

東京都品川区上大崎三―一―一 〒141―8202
目黒セントラルスクエア

電話 編集〇三(五四〇三)四三四九
販売〇四九(二九三)五五二一

振替 〇〇一四〇―〇―四四三九二

印刷 製本 大日本印刷株式会社

ISBN978-4-19-894930-3 (乱丁、落丁本はお取りかえいたします)